新潮文庫

荻窪 シェアハウス小助川

小路幸也著

荻窪　シェアハウス小助川

一

その人がやってきたのは一月の最後の土曜の午後二時。

前の日はものすごく寒くて、このまま日本は氷河期に入るんじゃないかお前も冬眠するかってカメオに話しかけていたのに、その日は急に暖かくなったんだ。外に出てもダウンなんかもちろんいらないし、ちょっと無理したらシャツ一枚でもいいんじゃないかってぐらい。

そんな日に、焦《こ》げ茶色のパンツスーツをカチッと着こなしてバーバリーの山吹色のコートを腕に引っ掛けてオレンジ色の革の鞄《かばん》を肩に掛けて、その人は現れた。

「初めまして、相良奈津子《さがらなつこ》と申します」

台所のテーブルの前、どうぞって椅子《いす》を勧めた母さんに頷《うなず》いて、座る前に背筋を伸ばしながら僕に名刺を差し出した。

「あ、佳人《よしと》、です」

ちょっととまどっちゃってきちんと挨拶《あいさつ》はできなかったけど、丁寧に名刺を受け取る格好はできたよ。ドラマや映画で見たことあるからね。そういうことをとっさにやっちゃうっていう自分が少しイヤになるんだけど。

「ごめんなさいね、散らかしていて」

母さんがそう言ったのはいわゆる社交辞令というか時候の挨拶みたいなものだっていうのはわかってるけど、ちゃんと掃除もして片づけていますよ僕が、と心の中で言った。

相良奈津子さんはにっこりと笑って首を軽く横に振った。

「とんでもないです。きちんと片づけられていて、気持ちの良いお部屋です」

よしっ、と心の中で握り拳《こぶし》を作った。見栄《みば》えの良い整理整頓《せいとん》には自信があるんだ。

相良さんの名刺には会社の名前の〈ブルーフォール〉と〈一級建築士〉って肩書きが書いてあった。ふわふわのくるくるの肩ぐらいまでの髪の毛は、ちゃんとそういう髪形なのかそれともくせっ毛で風が強かったのかどうか区別がつかない。でも、キレイな顔をした人だ。キレイっていうのはモデルみたいとかじゃなくて、それこそ整った顔立ちって意味で。なんかこう、マンガに描かれた優等生の女の子みたいに。

女の子、なんていう年じゃないっていうのはわかったけどね。

相良さんと母さんが座って、そして僕はそのままちょうどいいタイミングで落ちるようにしておいたコーヒーをサーバーからカップに入れて「どうぞ」と出した。母さんと自分用にも。相良さんはにこにこしながらそれを見ていて「ありがとうございます」と軽く頭を下げた。

「ご覧の通り、男の子のくせにマメでしょ？」

母さんが言うと、相良さんは微笑《ほほえ》んだ。

「本当ですね。きちんとされてます」

褒められたんだろうけど、マメになってしまったのはお母様あなたのせいですよ、と心の中で付け加えておいた。

相良さんは、母さんのお客さんだそうだ。保険の外交員を長い間ずーっとやっている母さんは知り合いが本当に多い。

「それでね、佳人」

「うん」

「あんたにいい話があって、今日は相良さんに来てもらったの」

「いい話？」

お客さんが来るからあんたも一緒にいてよ、と言われてたから何かはあるんだろうって思っていたけど。

相良さんが僕を見ながらこくん、と頷いた。

「佳人さんは、小さいころから家の用事をされていたそうですね」

「あ、はい」

否応《いやおう》なしにですけど。

「母さんは、いや母は忙しかったので」

父さんは僕が中学一年のときに交通事故で死んでしまった。その前から母さんは保険の外交員として働いてはいたけど、僕ら三兄妹《きょうだい》を女手一つで育てるためにますます忙しく働き出した。長男の僕は、三つ下の双子の弟と妹の面倒を見ながら、お掃除お洗濯食事の支度となんでもかんでもやらされた。

「でも、嫌いじゃなかったですけどね」

そう、やってみたらイヤじゃなかったんだ。部屋や服がキレイになるのは嬉《うれ》しかったし、どうやったら上手に整理整頓できるかを考えるのは楽しかった。美味《お》しい料理を作る工夫は毎日やっても飽きなかったし、要するに僕は生まれつき主夫的要素を多く持った男だったことに気づかされた。

「今も、毎日されているんですよね」

相良さんが微笑みを浮かべながら訊《き》いてくる。これはいったい何のための会話なんだろうと思いながら答えていた。

「してますけど、もう、弟も妹も高校生で二人ともちゃんと仕込んできたので全部できるし、楽ですよ」

まぁ二人は学校に行ってるので、高校を卒業してアルバイト生活をしている僕が相変わらず家事の中心人物であることには違いないんだけど。

「部活もできなかったと聞きましたけど」

「それは、そうですけど」

正直、強いてやりたいものもなかったからそれも困りはしなかった。言ってみれば家事が部活みたいなもんで、友達なんかも僕の立場をわかってくれていたからそれでイジメられるようなこともなかったし。むしろ休みの日なんかは僕はずっと家にいるから皆が集まってきて我が家が社交場になったぐらいだ。

今年からは母さんもかなり上の立場になって、あちこち駆けずり回らなくてもよくなった。晩ご飯の時間の少し前には帰ってこられて、僕たちのために食事を作る余裕もできている。お蔭《かげ》で僕はどんどん自分の時間が持てるようになっている。

「アルバイトは、ご近所の酒屋さんで高校生の頃からもう何年も」

「そうです」

四丁目のバス通りにあって、地元でずっと育った母さんの同級生がやっている〈石《いし》嶺《みね》酒店〉。僕は店頭での販売から配達までなんでもござれ。酒屋っていっても雑貨や食料品も置いているので、近所のお年寄りのところに買い物を配送したり、店頭でお客さんにどんなワインが美味しいかを解説したりもする。いや、未成年だから飲めないけどね。あくまでも知識としての解説を。

でもそんな僕の個人的な話を聞いて何が楽しいのか、相良さんはいちいち頷きながら聞いている。

「大学に進むのを、自分の意志で保留にしたと聞きましたけど」

「保留」

その言葉に、ちょっと考えた。保留なんて僕は言ったかな。言ったのかもしれない。

「はい」

母さんは、長男である僕が大学に進学することを望んだ。高校での成績はそんなに良くもないけど悪くもなくて、がんばればそこそこの大学には行けそうな感じだった。

でも、我が家に三人の子供を全員大学に行かせるような余裕はない。それはわかってる。それでも奨学金とかなんとかかんとか方法はいろいろあったんだろうけど、問題は。

「将来何をするか、全然決められなくて」

弟の勝人《かつと》は中学校のころから学校の先生になるって言っていた。実際、僕より成績は良いんだ。妹の笑美《えみ》は美術の勉強をしたいって希望があって、中学高校とずっと美術部だ。そしてその絵で全国大会とかにも出るぐらいに上手なんだ。

つまり、二人とも、兄である僕よりはっきりとした目標があって、その目標を達成するためには大学に行った方がいい。

「僕は、何にもなかったんです」

何がやりたいとか、どうしたいとか。本当に何もなかった。

それでまぁ落ち込んだり引きこもったりするわけじゃなくて、ずっとのほほんと口笛を吹きながら家事ばっかりやってきたんだけど。

それで、弟と妹を大学に通わすために自分もどこかに就職してきちんと働いて家に金を持ってくる。なんてことだったらなかなか素晴らしい兄で美談なんだけどね。そこまではなんか考えられなかった。覚悟ができなかったという表現もあるかもしれない。

要するに、僕は中途半端《はんぱ》な人間なんだ。

そう言うと相良さんは少し首を傾《かし》げた。

「でも、ちゃんと考えてますね。自分のことを冷静に分析できてる」

「そう、ですかね」

「でもあなた、カメオと話すのが趣味じゃない。それが母さん心配なのよ」

「いやそれは」

相良さんがちょっと笑った。知ってるのか、そんなことまで話してしまったのか母さん。

カメオは、ペットのカメだ。クサガメという種類のカメ。小さいころにお祭りに行ったときに父さんと一緒に捕ったカメ。もう我が家で十年以上一緒に暮らしているカメ。名前はカメオ。

そのカメオと会話するのはクセみたいなものでそれで何かストレス発散してるとか趣味とかじゃない。

「単純に家で一人でいることが多かったんで、カメオに話しかけるのがクセになって」

主婦がテレビ観《み》ながら独り言を言うのとおんなじですって、ちょっと慌《あわ》てて相良さんに言うと、また笑った。きりっとした印象のある相良さんだけど笑うと笑窪《えくぼ》ができてカワイイと思う。いや年上好みとかそんなんじゃないけど。

「カメは冬眠するって聞いたことありますけど」

「冬眠させなくても大丈夫なんですよ」

そのままでも大丈夫なんだ。むしろ話では冬眠に失敗して死んじゃうことなんかもあるらしい。

「カメのことはもういいのよ」

あなたが話を振ってきたんじゃないですか。

「母さんはね」

「なに」

隣りに座っていた母さんが、少し椅子をずらして僕の方を向いた。そして、真面目《まじめ》な顔をした。

「あなたに、感謝してる」

なんですか改まって。

「長い間、家の主夫で頑張ってくれて、本当に本当に感謝してる。我が息子ながらよくぞこんなにできた子に育ってくれたって思ってる。でもね」

今現在、あなたの世界はこの家の中だけって母さんは言った。

それは少し大げさだと思うけど。僕だって友達と出掛けることはあるじゃないか。

「そんなに見栄えが悪くないとは思うのに彼女がいるわけでもない、趣味があって外にでるわけでもない、何かすごい目標があるわけでもない」

確かにその通りだけど他の人に言われると軽くムカッとするよ母さん。

「だからね」

「うん」

「巣立ってほしいの」

「巣立つ？」

この家から。

母さんはそう言った。

「どういうこと？」

母さんに訊いたら、母さんは何も言わないで相良さんを見た。つられて相良さんを見たら、また微笑んで小さく頷いた。

「問題ないと思います。むしろ、歓迎します。ぜひうちに来ていただきたいです」

「うちに？」

なに、就職のこと？って思ったら違った。相良さんは鞄の中から何かを取り出した。パンフレット？

「私どもの会社が、今度こちらにオープンさせるシェアハウスです」

「シェアハウス？」

パンフレットの表紙には、見慣れた家が載っていた。

〈小助川《こすけがわ》医院〉じゃないか。

「これって」

「〈シェアハウス小助川〉です」

二

荻窪五丁目にある我が家から小学校の前の通りを歩いて環八《かんぱち》通りの歩道橋を渡ると南荻窪。そのまま善福寺《ぜんぷくじ》川と環八通りが交差するところから川沿いを歩いて妙高《みょうこう》橋を渡るとそのすぐ角地にあるのが〈小助川医院〉だ。

草ぼうぼうの広い庭があってそこには柿《かき》の木と枇杷《びわ》の木がある。季節になって実がなっているときに来たら、好きに取っていいよって言われるんだ。

白いペンキで塗られた木の壁と赤い屋根の医院があって、渡り廊下で繋《つな》がっているのは住居部分。ここで五十年以上も医院をやってきたそうだから、ものすごく古い木造住宅なんだ。ザ・昭和って感じ。写真やドラマで見る古い学校みたい。トトロの家みたいだって言う人もいて、あぁそんな感じだなって思う。

少し敷地が高くなっていて、門のところには小さな石垣があって石段もある。その石段を四段上って、そのまま敷石を十二個ぴょんぴょんぴょんと跳んでいくと、玄関のところに白い柱の出っ張った屋根があって、その上には物干し台があるんだ。あそこに上がらせてもらうのが小さい頃はけっこう楽しみだった。

僕も弟も妹も病気になるといつもここに来ていた。往診もしてくれたし、この町で育った母さんも子供の頃からずっとここが、いわゆるかかりつけのお医者さん。

そういう人はけっこう多かったよ。クラスメイトにも。そして評判が良いお医者さんだった。玄関のところに掛かったこれも古い木の看板には〈内科〉とだけ書かれていたっけ。

でも、二年前に閉めちゃったんだよね。

タカ先生。

元気かな。そういえばもうずいぶん会っていないような気がする。

「ほら」

一緒にここまで歩いてきた相良さんは、なんだかものすっごく嬉しそうに指差した。久しぶりにやってきた〈小助川医院〉。

「あ」

変わっていた。建て直したとかじゃなくて、そのまんまの姿できれいにしたって感じ。色褪《あ》せてあちこち剝《は》がれていた壁のペンキもキレイに塗り替えられている。

「まだ完成はしていませんが、私が手掛けた仕事の中でも、最高の出来だと自負しています」

「中も全部新しくしたんですか？」

「できるだけ以前の雰囲気は残したまま、暮らしやすいようにリノベーションをしています」

元の姿をそのまま残さなければ、わざわざこの〈小助川医院〉をシェアハウスにした意味がないって相良さんは続けた。にこにこしながら、なんだか孫の自慢をするおばあちゃんみたいな顔をして。

二人で庭に立って、家を眺めていたんだ。本当にキレイになった、生まれ変わった〈小助川医院〉。

「全部で六部屋あります」

「六部屋」

つまり、六人が住める。

「新たに共同のお風呂《ふろ》とキッチンは作りました。母屋《おもや》の方の設備はそのまま小助川先生が住んで使いますから」

「タカ先生はそのまま住むんだ」

「それが」

相良さんは、ちょっと胸を張るように背筋を伸ばした。

「この〈シェアハウス小助川〉の特徴でもあるんです。大家さんである小助川先生が母屋に住み、なおかつ、健康面の相談役として入居者に対応してくれます」

「へー」

「ただし、医療行為は行いません。あくまでも、アドバイスをするだけです」

たとえば、ちょっと具合が悪いとき、熱を計ったり脈を取ったり話を聞いたり、いわゆる〈問診〉のようなことをして、休んでいれば治るとか病院に行った方がいいとかアドバイスしてくれるそうだ。なるほどなって思った。そういう人がいれば、確かに一人暮らしの場合は心強いかもしれない。なにしろ引退したとはいっても本物のお医者さんなんだし。

〈シェアハウス〉っていうのがどういうものなのかの説明は受けたけど、要するに友達と一緒に一軒の家を借りて住むみたいな感じだ。家賃もそれぞれ払ってそれぞれの部屋もあるけど、キッチンやお風呂は共同で使う。もちろん食事はそれぞれが勝手に作って食べるけど、共有の居間のようなスペースがあるから一緒にご飯を作ってそこで一緒に食べても構わない。あくまでも、それぞれの自由意思で。

ただし、って相良さんは真面目な顔をして言った。一緒に住む人たちと毎日を気持ち良く過ごすためのマナーやルールはきちんと守ってもらう。ひとつの家に住む仲間としての意識をきちんと持ってもらう。

一緒に住むのは友達じゃない。そこは普通のアパートと同じで、赤の他人ばっかりだ。他人が集まって、この家で一緒に住む。

他人同士でのゆるやかな共同生活って、相良さんは表現していた。

「ですから、お金さえ払えば誰でも入居できるというわけではありません。そういう生活がきちんとできる人かどうかを私たちが面接して、入居を許可します」

「つまり、相良さんが〈この人は無理だな〉って判断したら入居はご遠慮願うってことですか」

「そういうことです」

くるっと僕に向きなおった。

「佳人さんが、契約第一号です」

そういうことに、なってしまった。

☆

タカ先生は小助川鷹彦《たかひこ》って名前だ。お父さんもお医者さんで寅彦《とらひこ》って言う。まだそのお父さんが現役の頃にお医者さんになってここで一緒に患者さんを診ていたから、皆は〈タカ先生〉って呼び出したそうだ。同じ小助川先生じゃ混乱しちゃうからだろうね。

でも、もうお父さんもそれから看護師さんをやっていた奥さん、つまりタカ先生のお母さんもいない。二年ぐらい前にパタパタッて二人とも亡《な》くなってしまったんだ。お葬式には僕も出たよ。近所の人たちもたくさん集まっていてこんなに大きなお葬式は出たことなかったって母さんは言っていた。

そうして、それからしばらくしてタカ先生は病院を閉めてしまったんだ。廃業。医者に定年はないってことは知ってるから、今でもタカ先生は先生なんだけど、病院の経営自体を止《や》めてしまった。

優しくていい先生だったよ。いつも髪の毛ボサボサで痩《や》せ過ぎていて医者の不養生なんてからかわれていたけど、親切な先生だった。少なくとも僕はそういう記憶しかない。

どうして辞めたのか。

母さんは確か「辛《つら》くなっちゃったのかねぇ」なんて言っていた。〈小助川医院〉に通っていた患者さんは近くの総合病院に通っている。そうそう、その病院ができたのは四年ぐらい前だったから、そういうのもあったのかねぇ、なんて話していたっけ。

タカ先生がそれからどうやって暮らしてきたのかを僕は知らない。でも、たまにこの小助川医院の前を通ったときに、どんどん寂れていくなっていうのは感じていたんだ。元から庭の手入れには無関心だったけど、まったく手入れをしないで草ぼうぼうになっていって、家も、それこそ〈人気《ひとけ》〉ってものがなくなってうっすら煤《すす》けてしまっていった。

家は、そういうものですって相良さんは言っていた。

人が住まなくなった、あるいは何かを喪失してしまった家はまるでそこだけ時間の流れが速くなるみたいにどんどん寂れていってしまう。

って。

空き家があっという間にぼろぼろになっていくような印象を受けるのはそのせいだ

「家は人を作って、人は家を作るんです」

きっぱり、って感じでそう言った。それが信念です、みたいな感じで。

建築士をしてこういうふうに古い家をきれいにしてアパートやシェアハウスに作り替える仕事をしている相良さん。きっと天職なんだろうなって思った。羨《うらや》ましいとも考えた。そうやって自分のするべき仕事に巡り合えた人が。

「じゃ、行くね」

「うん」

三月三日。ひなまつりの日の朝。

僕が生まれたこの家を出て、初めての一人暮らしを始める日。

カメオをプラスチックの水槽に入れてそれを持って、鞄《かばん》一つを肩に提げて玄関で母さんに言った。母さんはニコニコして僕を見ている。勝人と笑美は学校だけど、別に違う町に行くわけじゃなくて走って十分のところなんだから別れの挨拶《あいさつ》なんかはしてない。

「しっかりやんなさい。って言わなくてもあんたはしっかりやるだろうけど」

「やるよ」

自分の家にいるときと同じようにちゃんとやるよ。でも、そういうことじゃなくて、将来のことを考えてねって母さんは言いたかったんだろう。

まぁ、頑張ってみるよ。

「お前も頑張れよ」

水槽の中のカメオに言う。

「お前だって、十何年か育った家を出るんだからな」

家を出て、卒業した桃井《ももい》第二小学校の前の道路を歩いて行く。

母さんが荻窪に生まれてずっとここで暮らしてきたように、僕も生まれてからずっとここにいる。小学校や中学校はもちろん、高校もすぐ近くの都立だ。別にそういうふうにしたかったわけじゃなく、なんとなく。

同じ学校に通っていた連中は、大学に進学したり就職したりして、バラバラになった。北海道に行った奴《やつ》もいるし、京都に行ったのも。そういえば九州の大学もいるし、青森県に就職したのもいる。

友達はそれぞれが一人暮らしを始めて、自分の道を歩き出している。焦《あせ》らなかったと言えば嘘《うそ》になるかもしれないけど、でも極端に焦ってはいない。やっぱり、僕はマイペース過ぎるのかもしれない。

そこが、良いのかもしれませんって相良さんが言っていた。

きちんとした自分のペースを持っている人間というのは、人が集まると意外な効果を発揮するそうだ。人に流されず、かといって和を乱さない。そういう人が必要なんですって。それが良いことなのかどうかわからないけど、必要ですって言われて悪い気はしない。

僕が入居を決めた、っていうか母さんに家を出ろと言われてまぁそうかと思ったとき、相良さんは僕にひとつの役割を与えてくれた。

タカ先生と他の入居者を繋ぐ役をしてほしいって。

義務じゃなくて、あくまでも、それこそゆるやかなお願い。

「大したことじゃないよな」

要は今まで通りタカ先生と話したりしてればいいんだろうから。

信じてもらえないだろうけど、カメオは僕が話しかけると頷《うなず》く。いや単に首を伸ばしたりするだけだってのはわかってるけど、そう思った方が楽しいじゃん。

歩道橋を渡って、この時期にはいつも臭《にお》いがきつくなる善福寺川の横の道を歩いて行く。相良さんの話では、タカ先生はなんだかすっかり隠居した老人みたいになってるそうだ。まだ五十七歳とか言ってたからそんなおじいちゃんってわけでもない。友達のお父さんにだってそれぐらいの齢《とし》の人はいるのに。

生きる気力を無くしてしまっているのかもしれないとも言っていた。今回〈小助川医院〉をシェアハウスにしたいという交渉にも相当時間が掛かったらしい。そしてようやく納得してもらってこうやって完成して、タカ先生は大家として暮らしていくことを決めたことは決めたんだけど、正直心配していたって相良さんは言った。

そこで、僕だ。

生まれたときからずっと僕を診てきたタカ先生。ホームドクターでもあった家の子供が入居者として部屋にいるのは、初めて大家という役割をしながら生活するタカ先生としても安心できる存在なのではないかって。

母さんから僕を住まわせてくれないかって話があって、僕がどういう男なのかを聞いたときにピンと来たんだってさ。

「さて」

病気のときにしか来なかった〈小助川医院〉。

入口のところに昔からあった小さなコンクリートの柱に〈シェアハウス小助川〉っ

ていう黒地の木の看板が掛かっている。

苔《こけ》むしたまんまの石段を登って、こっちはきれいになった飛び石を歩いて、今までは母さんに抱っこされたり手を繋がれたままでくぐったひさしの下に一人で立つ。ポケットから鍵《かぎ》を取り出す。

新しく作られた鍵。ドアは昔からのガラスが入った両開きの白い木製のドアのままだけど、鍵だけは最新のものに替えたそうだ。差し込んで捻《ひね》る。カチャンという軽い音が響いて、丸い形のノブを握って開けた。

失礼します、と言いそうになって止めた。違うよな。

「ただいま」

まだ早いかと思ったけどそう呟《つぶや》いてみた。呟いたけど誰かが返事するはずもない。他の入居者がやってくるのはバラバラで、お昼前には二人来るそうで、相良さんもその頃に顔を出しますって言ってた。僕はほったらかしだけど、まぁご近所さんだしこのことは良く知ってるからね。

広くて木のすのこみたいなのがあった入口のところは、やっぱりすのこみたいなのが置いてあったけど黒地の渋い木のものになっていた。入ってすぐの、昔は待合室だったところは共同で使えるリビング。

大きな木のテーブルが置いてあって、壁にはテレビもつけられてる。その奥には台所があって料理を作ってここで食べることもできるし、自分の部屋に持ってって食べてもいい。

僕の部屋はそのリビングの向かい側の、昔は受付だったところだ。覚えてるよ。そこにキレイな事務員さんがいて、けっこう好みだったんだけどあの人はどうしたのかな。

ドアの色は白。やっぱりもともとの雰囲気を残すってことで白が基調になっている。けど、たとえば窓枠の内側は明るいオレンジ色になっていたり、テレビがつけられている壁は渋い焦《こ》げ茶色だったり、なんとなく若い人が住む家って感じになってる。もちろん、トータルなイメージは木で、そして昭和って感じだけど。

自分の部屋の鍵を開けて入る。八畳一間だけどクローゼットがかなり大きく作られていてその上は梯子《はしご》で登るロフトになってて、ベッドマットが敷いてある。通路側の壁の真ん中は作り付けの本棚になってて、いろいろ置けるようになってる。ここの端にカメオの水槽もある。

扉のすぐ横には受話器の形をしたインターホンが付いてる。これは、大家さんのタカ先生の部屋に繫がっているんだ。これを取ったら自動的にタカ先生のインターホンが鳴るようになってるらしい。

「はい、新居」

持ってきた水槽からカメオをつまんで、新しい水槽の中に移す。カメオは驚きもしないですいーと水の中を泳いで島になってる石の上に登っていった。首を伸ばして辺りをうかがう。

「気に入らなくても我慢してよ」

そんなことはないと思うけどさ。

「さて」

近所の特権を利用して少しずつ荷物を運んだ。もう部屋の中に机もあるしパソコンも置いてある。自分の台所用品も共通のキッチンの自分のスペースにきちんと片づけてある。他の入居者といろいろ被《かぶ》ってきたらそれはそのときに話し合って決める。

自分の部屋でＤＶＤとか観《み》たいので新しいテレビとプレーヤーは貯金で買う予定なんだけど、それはまぁ後回しでいい。

とりあえずやることは、タカ先生に会いに行くことだ。

三

入居者の部屋のあるところは元々は医院だったところ。その一番奥に扉があって、渡り廊下で繋《つな》がっている母屋《おもや》。医院だったところは二階建てになっているけど、こっちは平屋でそんなに大きくない。

何回か、入ったことはあるはず。小学校の低学年の頃だよな。二年生だったかな。お正月に熱を出しちゃって母さんが僕をここに連れてきて、点滴を受けた。しばらく掛かるからって母さんは一度家に帰って、僕は母さんのお迎えを待っている間になんだかすっかり元気になってしまって。

そうだ、タカ先生のお母さんが「お腹《なか》は空《す》いてない？」って訊《き》いたんだ。空いていたから正直に言ったら母屋に連れてきてくれて、お餅《もち》を少しだけ食べさせてくれたんだ。柔らかくてあんこがいっぱい詰まっていたつきたてのお餅。

「思い出すもんだなー」

そんなの、すっかり忘れていた。

確かすきま風がびゅうびゅう吹いていた渡り廊下は改装されてきれいになって、ちょっとした物置きスペースになっていた。鍵《かぎ》がかかる木のボックスが並んで置いてあって入居者がそれぞれのボックスを自由に使えるし、留守中に届いた宅配物なんかはタカ先生が受けとってここに入れておいてくれるらしい。

母屋の入口には新しく作ったらしいガラスと格子《こうし》が入った引き戸があって、その横に部屋に付いているのと同じ電話みたいなインターホンがある。〈小助川鷹彦〉と表札も入ってる。

インターホンを取って耳に当てた。トルルルルルって柔らかい音が三回鳴って、出た。

「タカ先生。荻窪五丁目の沢方《さわかた》佳人です。今日からお世話になります」

(はい。小助川)

沈黙。

あれ、名前を覚えてもらってなかったかなと思ったけどそんなことはないはず。ここに来てたときにはちゃんと〈佳人くん〉って呼ばれていたんだから。

「先生?」

(あぁ、そうか。すまん、入ってきていいよ)

引き戸には鍵が掛かってなかった。開けて、一段高くなってる母屋の廊下に入った。

みしって木の廊下が鳴って、あぁそうだこんなふうにきしむんだよなって思い出した。

こっちは、ほとんど変わってなかった。きっとキレイに掃除して補修とかはしたんだろうけど、記憶の中にある母屋のまんまだった。短い廊下の右側には台所があって、その向かい側に居間があってそこには茶色の革のてかてか光ってるソファがあって。

そう思い出したら、そのソファにタカ先生が座っているのがガラス戸越しに見えた。白衣の前ははだけたまま。灰色のセーターに黒いパンツを穿《は》いて、新聞を開いて、黒縁の眼鏡は少し下がっていて。お医者さんをやめたはずなのに白衣を着てるのはどうしてなんだろう。

あ、でもすっごく白髪が増えた。でも、全体の雰囲気は変わっていない。僕を、まるで不思議な生き物が入ってきたみたいな眼で見ていた。引き戸をゆっくり開けた。

「タカ先生」

「佳人くんか」

表情は変わらなかった。笑ってもくれなかった。

「お久しぶりです」

「そうだな」

開いた新聞を持って、僕を見たままそう言った。

「いくつになった」

「十九歳です」

入っていいのかどうかわからなくて、僕は入口のところに立ったままだ。

「あの」

「どうした」

「入っていいですか」

こくんと頷《うなず》いた。

「廊下は寒いだろう」

そうですね。中に入って戸を閉めた。

「あれだ」

「はい」

そこでようやくタカ先生は新聞を畳んで、そして首を捻《ひね》った。ちょっと下を向いて咳払《せきばら》いした。眼鏡を指で押し上げて、座れって言われないので立ったままの僕をまた見た。

「佳人くん」

「はい」

「なんだな」

「はい」

何度返事させるんでしょうか。

「大家としては、お茶でも飲むかと言うべきなのか」

「え？」

「慣れなくてな。自分の立場に」

あ、わかった。

「相良さんが、何かわからなかったら君に聞けと言っていたぞ」

タカ先生、緊張してたんだ。

大家というのはどういうふうにふるまえば良いのかわからなくて。

☆

白衣を着たのは、ここを閉めて以来だってタカ先生は苦笑いしていた。今日から入居者がぞくぞくとやってくる。大家としてはちゃんと迎え入れてあげなきゃいけない。

しかも元医者として相談事にも乗らなきゃいけない。

「そう考えたら、白衣を着た方が落ち着くんじゃないかと思ってな」

タカ先生はコーヒーを淹《い》れてくれた。しかもペーパーで自分で落としていた。けっこうマメなんだ。

「落ち着いたんですか？」

「いや」

かえって落ち着かなかったってまた笑った。そうだ、こういう笑い方をしていた。

「慣れないことを引き受けるんじゃなかったって後悔してたよ」

「大家をですよね」

頷いた。健康や身体《からだ》の具合の相談はまぁいいとしてもって。訊いてみたかったことを思い出した。

「どうして、病院を改装してシェアハウスにしようって決めたんですか？」

ソファの横では丸い筒みたいな形の石油ストーブが唸《うな》っている。やかんが乗っかっていて口から少しだけ蒸気が出ている。あ、このストーブ確か昔は待合室にあったよな。

「どうしてなのかな」

先生はほんの少し首を傾《かし》げてから、コーヒーを一口飲んだ。カップを置いて、ソファの背に凭《もた》れかかった。ぼさぼさの白髪混じりの髪の毛が揺れた。昔より随分長くしている。単に伸ばしっ放しなだけなんだろうな。

「一年ぐらい前か、突然相良さんがやってきてな」

「はい」

きっとパリッとした姿で現れたんだろうなって想像できた。

「この家は素晴らしいってそりゃあもう褒めてくれた。昭和初期の和洋折衷の建築形式でこれほど状態もよく美しいものはそうそうないってな」

「そうだと思いますよ」

「こんな素晴らしい建築物がこのまま朽ちて行くのを見るに忍びないってな。それはそれは熱心に語るんだ」

あの女性は、と僕を見た。

「内緒だぞ」

「え？」

「相良さんはきっと人間より建物が好きだな。自分の仕事が好きで好きでしょうがないに違いない。きっとそのせいでいろいろ苦労しているはずだ。特に男には」

「何か話を聞いたんですか？」

いや、って手を振った。

「想像だがな」

「怒られますよ」

「だから内緒だと言ったんだ」

タカ先生、調子が出てきたみたいだ。にやりと笑ったその顔は昔小さい僕を診ていたときに「男の子だから平気だよな」なんて言って笑ったときの顔だ。

「それで、決めたんですか。シェアハウスにするって」

「まぁ」

小さく息を吐いた。

「確かに一人じゃこの家は広過ぎたしな。誰かに貸してもいいか、なんて考えていたのは事実でな。貸すにしても病院の姿のままじゃどうにもならない」

首を捻って窓の外を見た。ここから門のところが見える。

「どうせ貸すなら、人様の役に立つような形もいいだろうと。勝手に医者をやめた人間としては後ろめたい気持ちもあったんでな」

「それで大家だけじゃなくて、入居者の相談事も引き受けようと」

小さく頷いた。

「相談されることは、慣れているしな」

そう思う。こうやって話していても白衣を着ているせいでなんだか診察を受けているみたいになる。もし自分の身体がなんか不調だったら、ものすごく安心感を感じる。

「そのまま白衣を着ていた方がいいですよ」

「やっぱりそうか？」

「お医者さんらしくて、安心します」

「それは」

にやりと笑った。

「白衣を着てなかったら、ただの汚いおっさんだという印象の裏返しってことだな」

心の中でそうですって言ったけど、口にはしないで笑っておいた。

「散髪にも行ってきた方がいいとは考えたのだがな。見栄《みば》えを気にするのもこの齢《とし》になるとだんだん面倒臭くなってくる」

そんなものなんだろうか。

「佳人くんはあれだ、この〈シェアハウス〉っていうのを素直に受け入れられたか」

「と、言いますと」

タカ先生はテーブルの上に載っていた煙草《たばこ》を手にした。

「すまんが煙草を吸う。そこの扇風機の微弱のスイッチを入れてくれ」

僕の横を指差すので見たら、背の低い箪笥《たんす》の上にめちゃくちゃ古い形の小さな扇風機があった。

「回すんですか？」

「微弱だから寒くはない。煙を君に向けないためだ」

そう言って自分も後ろを向いてソファに膝《ひざ》を載せて手を伸ばして、壁に付いている換気扇のスイッチの紐《ひも》を引っ張った。なるほど、それで煙はまっすぐに外に出ていくってわけだ。一本取って火を点《つ》けた。医者なのに煙草を吸ってるのはどうなんだって思ったけど、周囲にはちゃんと気を使っているんだ。

「最初に話を聞いたとき、要するに昔のアパートじゃないのかって考えた。共同玄関、共同炊事場、トイレも一つ。俺が若い頃の木造アパートなんてそんな感じのがまだ多かったんだ。まさしく正しいアパートの形だ」

「そうなんですか」

「ところが、相良さんは違うという。あくまでも、入居者全員が同じ意識を持って暮らすことが必要なひとつの〈家〉なんだと言う。そんなこと言われても、若い頃そういうアパートで暮らしている友人のところへ行けば、違う部屋で暮らす赤の他人と仲良くなって日々を過ごしている奴《やつ》なんか普通にいた。あえて〈シェアハウス〉などと名付けてゆるやかな共同生活をきちんとしてください、なんていう感覚が理解できなかった」

今でも、まだ理解できないって先生は言った。そして僕みたいな若い男の子はどう考えるのかって。

「僕は、なんとなくですけど、ちゃんと暮らしていくためのひとつの形なのかなって思ってます」

「ちゃんと暮らす？」

そんな深く考えているわけじゃないけど。

「他人と上手に係わっていけない人とか、性格的に一人暮らしに向かない人とかっていますよね？　そういう人が暮らす部屋を選ぶための選択肢のひとつなのかなって普通に思いました。普通のマンションとかアパートじゃそこに暮らしている他人と積極的に係わっていかなくてもいいし、係わったら余計な心配事とか問題が増えるかもしれない。でも社会人になったら心配事も問題も自分一人でなんとかしなきゃならない。これって、意外とハードルが高いって思う人は多いと思います」

タカ先生は少し眼を大きくした。

「そういうことがちゃんとできない、できそうもないと自己診断している人の中にも、できた方がいいんだって考えたり悩んでいる人がいて、そういう人のための部屋なんじゃないかって」

ふーむ、という表情と仕草をしてタカ先生は僕を見た。

「佳人くん」

「はい」

「君は、あれだな。ジジ臭いと言われたことないか」

「たっぷりあります」

同級生に「お母さんみたい」って言われたことなんか何十回もある。

「成程なぁ」

また煙草に火を点けて、先生は考え込んだ。

「選択肢の、多様化か。そう言われてみればそうか」

「僕がそう思ってるだけですからね。相良さんなんかはまた違う考え方を持ってるみたいですし」

「そうなのか」

いや、そう感じただけで詳しく聞いたわけじゃないですけど。

「少なくとも君はどこでもうまくやっていけるタイプで、ここに入居する必要性はなさそうだがな」

「いや」

そんなことはないと思う。僕だって初めての一人暮らしだし、僕が知ってる世界は本当に狭いって自分でもわかってる。

「どんな暮らしになるのか、けっこうドキドキしてますよ」

「あれだ、バイトは今のを続けるのか」

「とりあえずは、続けます」

ここの家賃を払って、自炊できるぐらいのお金は貰《もら》っている。ほとんどギリギリだけど、食費なんかは母さんが助けてくれるそうだし。

「やってみて、キツくなったら新しいアルバイトとかも考えなきゃならないかもですけど」

「そうか」

コーヒーを飲んで、頷いた。

「将来が見えないか」

僕の現在の状況は、入居者の情報という形で相良さんから聞いているんだろう。

「見えないというか、考えられないっていうか」

「考えられないというのは、どういうことだ」

そのどういうことかっていうのも、よくわからないんだけど。

「自分が何かをすることによって、誰かが気持ち良くなったり、調子が良くなったり、助かったりするのは、家事だと思うんですよね」

「家事」

僕はずっとそれをやってきた。

「それが、楽しかったんです。家族の皆に感謝されたし。じゃあ、それを止《や》めて、自分のために、自分のお金を稼ぐために僕は何をしたらいいんだろうって。どんなことがしたいんだろうって考えても何も思いつかないんです。今やってるバイトで充分じゃないかって。でも、いつまでもそんなことはできないでしょうって母さんは言うけど、そうなのかなって」

タカ先生は眉間《みけん》に皺《しわ》を寄せて僕の話を聞いている。

「家族ではなく、自分のために、あるいは他人に気持ち良くなってもらったり、誰かを助けるために何か仕事をしようという気にはならないってことか」

「いや、ならないってわけじゃなく」

うまく、説明できない。

「想像できないんです。単純に。何かの職業に就いている自分が」

訊いてみたいと思った。

「タカ先生は、どうしてお医者さんになろうと思ったんですか？」

うん、って頷いた。

「単純明快だな。親父《おやじ》が医者だったからだ」

親父は町医者として、皆に親しまれていた。それが子供心にもわかったし、いいなと感じていた。お医者さんになって毎日毎日皆の病気を治していくというのがあたりまえだという感覚になっていたって。

「中学生や高校生になっても、その気持ちに変化がなかったからな。そのまま医者を目指した」

そうか、って呟《つぶや》いて僕を見た。

「ある意味じゃ、俺は単純バカな人間だったんだな」

いや、単純バカな人間が医者にはなかなかなれないと思うけど。タカ先生は何かに気づいたように壁についていた丸い時計を見た。

「そろそろ、来るか」

「あ、そうですね」

にこりと先生は笑った。

「成程な」

「なにが成程ですか」

「教えてもらった。やはり君をここに呼んだ相良さんの選択は正解だったのかもな」

よくわからないけど。

「俺はこれから、こういうふうに毎日を過ごせばいいわけだ」

四

陽が沈む前に、六部屋のうちの五部屋は埋まった。残りの一部屋の住人は明日来るそうだ。

俺はどうしたらいいかなってタカ先生が言っていたので、そのまま母屋《おもや》でどっしり構えていていいと思いますよって言っておいた。入居者が次々と挨拶《あいさつ》に来るだろうから、まぁよろしくって笑っておけばいいんじゃないですかって。

僕もどうしようか迷っていた。いちばん最初に来てしまったので、他の人の引っ越し荷物がバタバタと届く中で、部屋に閉じこもってカメオと話しているわけにもいかないんじゃないかなって。

だから、居間になったところのテーブルの前に座って、やってきた人たちのキッチン道具を上手にさばく係になった。

ＩＨヒーターやオーブンレンジはもちろん、炊飯器とジューサーミキサーは共同で使えるものが設置してある。それ以外の鍋釜《なべかま》なんかは個人のものをそれぞれに使うわけだけど、台所の収納場所は極端に広いわけじゃない。包丁だって六人全員が持ち寄ったら十何本もずらりと並ぶわけでどこのレストランの厨房《ちゅうぼう》だって話になってしまう。

そういう感じで、来た人来た人と話し合って僕は調整していった。他人と共同で使っても構わない人はそうしましょう。やっぱり自分のを使いたい人はそのようにしましょう。きちんとわかるようにシールを貼《は》っておきましょうとか、そういう感じ。中にはまったく用意してきていない人もいて、皆と話し合ってから足りないものを買おうと決めていた人もいた。やっぱり人それぞれだ。

相良さんは、夕方過ぎ、五人目の入居者の荷物が納まった段階で帰っていった。明日また来ますと。

「強制ではないですけど」

帰り際《ぎわ》、五人が見送ろうと並んだ玄関のところで振り返った相良さんは微笑《ほほえ》みながら言った。

「明日の夜は、全員で一緒にご飯を食べた方がいいかもしれませんね。居間で、小助川さんも含めて」

少なくとも、僕らの顔を見渡して続けた。

「何か特別な事情が出てこない限り、契約の一年の間は、この家で一緒に暮らす生活者です」

相良さんは、仲間、という言葉は使いませんと言っていた。仲間とは共通の思い出や目標や仕事やそういうものを抱えた他人同士。僕らにはそういうものはない。誤解を避けるためにも、確認した方がいいって言っていた。

「もちろん、仲良くなる分にはいっこうに構いませんし、その方が楽しくなるはずです。でも、何かのために全員揃《そろ》わなきゃならないという感覚は、意識的に避けた方がいいです。それを確認するためにも」

そこで相良さんは僕を見て、言葉を止めた。

「最初は全員で一緒にご飯を作って、食卓を囲んで、それぞれの生活サイクルやそういうものを確認した方がいいということですね？　それもきっちりではなく、ゆるやかに。皆が気持ち良くここで暮らしていくために」

「そういうことです」

上手《うま》いなぁと思った。相良さんは今の会話で、僕を明日の食事会のリーダーにしてしまったんだ。この家事万能男の僕を。

「それと皆さん」

全員が相良さんを見た。

「こちらの沢方佳人さんは、すぐご近所で生まれ育った方です。この町のことで知りたいことがあったら、小助川さんはもちろんですが、佳人さんに訊《き》いてもらってもいいと思います」

僕以外の皆が何らかの反応を顔に浮かべて頷《うなず》いていた。それではまた明日、と言って相良さんは出ていった。

誰かが小さく息を吐いた。

ここだな。それぞれが動く前に言ってみた。

「あの」

皆の視線が僕に向かう。

「食事は明日にするとして、とりあえずお茶にしませんか。ここで」

居間の大きなテーブルを指差すと、他の四人は微笑んで頷いてくれた。

僕以外は、全員女性。これで明日やってくる人も女性だったら僕は黒一点だったんだけど、幸い男性がやってくる予定だ。

明日来る最後の入居者は大場大吉《おおばだいきち》さん。三十七歳。レストランでウエイターをやっているそうだ。大場さんの部屋は僕の隣り。

残りの女性四人は二階の部屋だ。この辺はたまたま男が二人だったので、相良さんが意図的に男女でわけたんだろうなって思った。

三浦亜由《みうらあゆ》さんは二十二歳。大学を卒業して近所の幼稚園の先生になるそうだ。偶然にも僕が通っていた幼稚園なのでびっくりしてしまった。

細川今日子《ほそかわきょうこ》さんは十九歳。高校を卒業して、駅のルミネ荻窪の本屋に就職が決まった。僕もよく本を買いに行くから今後は店でも会うんだろうな。

柳田茉莉子《やなぎだまりこ》さんは四十歳で、実は入居者の中ではいちばん年上。もちろんタカ先生の方がずっと上だけど。近くの歯科医院で歯科衛生士をしている。相良さんは僕だけが地元みたいな話をしていたけど、実は柳田さんもほとんど地元。

橋本恵美里《はしもとえみり》さんは十八歳の大学生。以前からこの町が気に入っていたので、一人暮らしを始めるならこの辺と決めていたそうだ。

それぞれどうしてこの〈シェアハウス〉に決めたかとか、出身地とか、その他の詳しい話は明日大場さんも揃って、ご飯を食べるときにしようと話した。

とりあえず確認した方がいいのは、お風呂《ふろ》。

いくら冬でも皆引っ越しの作業で汗をかいている。さっさとシャワーを浴びたい人もいるだろうし、ゆっくりお風呂に入りたい人もいるだろう。そしてなんたって男である僕もいるんだ。

「どうしましょうか」

「私は」

柳田茉莉子さんはおずおずと言った。

「おばさんなので、古い考え方ですけど、男の方《かた》が先に入ってもらった方が落ち着くんですけど」

「あ、ワタシもです」

橋本恵美里さんが教室でそうするみたいに、さっと手を上げた。

「家でもお父さんが入ってから、ってなってたし」

そう言うと三浦亜由さんも、細川今日子さんもうんうんと頷いた。

「それでいいと思います」

もちろん、そのときどきでケースバイケースはあるだろうけどそれは確認すればいいだけのこと。

「じゃあ、今日は僕一人ですけど、明日からは大場さんもいるときには男二人が先に入って、そのときにお湯を入れ替えるってことにしましょうか」

柳田さんは、あら、という顔をして皆がその表情に気づいた。柳田さんは少し微笑んだ。

「そうね、ごめんなさい。お湯を入れ替えるのはもったいないような気がしたけど、若い方が多いからその方がいいのかしらね」

「確かに、水道代もボイラー代ももったいないよね」

橋本恵美里さんだ。当然だけど水道代は頭割り。三浦亜由さんも頷いて僕に向かって言った。

「沢方さんは」

「あ、佳人でいいです」

実はそう言うチャンスを狙《ねら》っていた。僕が年下なのはわかっていたし、下の名前で呼んでもらった方が早く慣れるんじゃないかって思っていた。亜由さんは、にこっと微笑んだ。

「それじゃ、佳人さんは夜はいつもいるって話だったけど大場さんはまだわからないですよね。レストランにお勤めってことは夜遅くなるかもしれないし」

あぁ、そうよね、と皆が頷いた。

「じゃ、六人だから、三人ずつにしよう。あ、しましょう」

恵美里だ。同学年だしなんか人懐《ひとなつ》っこいぽいし態度もわりとラフだから、心の中では呼び捨てで呼ばせてもらう。

「三人お風呂に入ったら、三人目の人が出るときにお湯を換える。シンプルでいいんじゃないですか？」

「そうだね」

どうでしょうかって訊いたら、皆がうん、と頷いた。

「入ったことがわかるような、たとえばそれぞれのネームが入ったマグネットを用意してお風呂のところにくっつけるとか、そんなようなのを用意するってのはどうでしょう。あ、自分で三人目だってわかりますよね」

今思いついたことを言ったら、皆が口々にそれがわかりやすいって賛成してくれた。

柳田茉莉子さん、もう茉莉子さんでいいや。可笑《おか》しそうに口に手を当てて少し笑った。

「こういうものなんですね、ゆるやかに皆で暮らすって」

そうですね。

「私はもう長い間ずっと一人で暮らしてきたので、なんだか新鮮で。楽しいわ」

それはきっと皆そうだと思う。大場さんはわからないけどとりあえず茉莉子さん以外は一人暮らしさえ初めてのこと。

「きっと、決めなきゃならないことはこれからたくさん出てくると思うんですよ。それはその都度、皆で話し合って決めるってことでいいですよね」

「それぞれに連絡するのも、メールとかじゃなくて、たとえばここに連絡用のノートを置いとくとかどうですか？　一緒に暮らしてるって感じがするし」

恵美里は積極的な性格のようだ。それもおもしろいですねって亜由さんが頷いていた。それも明日改めて皆で話し合おう。

とりあえず絶対条件として守らなきゃならないルールは、部屋に家族以外を泊めてはいけないってこと。そして友人家族といえども、遊びに来た人は日付が変わる前に帰ってもらうこと。それを確認して、皆でカップやスプーンを洗って解散になった。

そうやって、始まった。

タカ先生の家で、〈シェアハウス小助川〉で暮らす僕の毎日が。

五

もう四年近くもアルバイトをしている〈石嶺酒店〉だけど、お昼には家に帰ってきてご飯を食べていたんだ。もちろん外食するのはお金がもったいないし、家がすぐ近くだったからね。

〈シェアハウス小助川〉に引っ越してきてしまったから、〈石嶺酒店〉は前より少し遠くなった。お弁当を作って持っていこうかとも考えたんだけど、なりゆきでタカ先生とお昼ご飯を一緒に食べてしまって、それが習慣になりつつある。

っていうかもう二週間続いているんだから習慣にしちゃえばいいんだよね。その方がタカ先生ともコミュニケーション取れるし。そしてタカ先生、医院を閉めてからはマジでろくな食事をしていなかったみたいだし。お味噌汁《みそしる》を数年ぶりに飲んだとか言ってるんだからねこの人。

お医者さんとしての評判はすっごく良かったはずだけど、もしかしたら炊事洗濯をしなきゃならない一人暮らしは苦手とか、そういう感じじゃないだろうかって。だって部屋の隅には埃《ほこり》が溜《た》まっていたりしてるし、冷蔵庫の中にも食材はほとんど何も入っていなかったんだ。

もちろん、このお昼ご飯の材料費は折半で貰《もら》っているし、手間賃だといって先生は三百円くれる。なんで三百円？ と思って訊《き》いたら煙草《たばこ》一箱買える値段だろうって。なんか、その感覚がおもしろかった。昔の人はそんな感じなのかな。

今日も母屋《おもや》の居間で午後一時頃。タカ先生は僕が朝バイトに出る前に作っておいた豚汁を飲んで、大きく溜息《ためいき》をついた。

「旨《うま》い」

「どうも」

「君はあれだな」

「なんです」

「仕事に生きる、たとえば相良さんのような人を奥さんにもらって、家庭で主夫をやって生きていけばいいんじゃないか」

実はそう思ったことは何回かあります。でも。

「なんで相良さんを仕事に生きる女性と決めつけるんですか」

結婚してるかどうかは僕は訊いていないけど。タカ先生は豚汁からさつまいもを箸《はし》で抓《つま》んで口に入れてから、うん、と頷《うなず》いた。僕の豚汁はさつまいもを入れるんだ。その方が甘くて好きなんだよね。

「指輪の跡があった。左手の薬指にな」

なるほど。そういうところはちゃんと観察してるんだ。それとも結婚生活を経験した男は皆そういうところを見るんだろうか。

「あれほど仕事に熱心な女性が、家庭生活をも完璧《かんぺき》に円満にこなしているとは思えん」

「偏見ですよそれ。全国の働く女性に怒られますよ」

そうだな、と先生は苦笑いした。

タカ先生が離婚経験者なのは知ってる。まだ僕が生まれる前の話だそうだ。二十年ぐらい前はこの家に先生の奥さんがいて、事務をやっていたって母さんが言っていた。別れた理由までは知らないけど、子供はいなかったらしい。

それからタカ先生はずっと独身だ。母さんも実はお見合い写真を持ってったことがあったらしいけど、あっさり断られたって。そんなことを訊くつもりはまったくなかったけど、話のついでって感じで訊いてみた。

「タカ先生、どうして再婚しなかったんですか」

うん？　と少し唇を歪《ゆが》めて、苦笑いした。ワカメご飯を箸で口に運んだ。

「君は十九だったよな」

「そうです」

「彼女はいないんだよな」

特定のは。

「女友達はけっこういますけど」

「そういうのは彼女と言わん」

また少しワカメご飯を口に運んだ。

「あれだ、今日子ちゃんとか恵美里ちゃんは同い年だろ」

にやにやしながら言う。うん、その話題はいつか出るだろうと思っていたよ先生。

「どっちも標準以上に可愛《かわい》い子だろ。せっかく一つ屋根の下に住んでいるんだ」

「せっかく、ってなんですか」

笑っておいた。

「そんな話するなら先生、茉莉子さんはどうですか。四十歳で独身ですよ。先生の標準がどこかわかりませんけど、僕の母よりはずっと美人ですよ」

「馬鹿《ばか》言っちゃいかん。あの年まで独身でいた女性がどんなに怖いかお前はまだ知らん」

「また失礼ですって」

どうもタカ先生、女性に関しては不用意な発言が多いんだよね。ひょっとして離婚の原因もそんなところにあったのか。それとも、再婚に関する僕の質問をはぐらかしたのかもしれない。やっぱり訊いちゃいけないことだったのかな。そう思っていたら、インターホンがトゥルルルルと鳴った。あの音が住人たちからのコールで、母屋の玄関のインターホンはポーン、と鳴る。そういうこともこの二週間で覚えた。

先生が立ち上がって、取る。

「はい、小助川」

うん、とか、あぁ、とか先生が応《こた》える。平日のこの時間に家にいるのは誰だったかな。まだ学校が始まっていない恵美里か、水曜日がお休みの茉莉子さんかな。

先生が「そりゃあ済まないね。どうぞ」と言ってインターホンを切った。同時に引き戸が開く音がして、続いて足音。

あれ、この足音は、と思ったら、ガラス戸の向こうに大吉さんの笑顔が見えて、右手を軽く上げた。

「失礼しまーす」

クルクルのカーリーが伸びたような髪形が揺れて、大吉さんが居間に入ってきた。

先生はこの髪形を見て「桑名正博《まさひろ》だな」と言っていて、全然知らない名前なのであとからググってみたらなるほどと思ったっけ。

大吉さんは手に持っていたお重みたいに三段になったタッパーをトン、とテーブルの上に置いて、手際《てぎわ》よく並べて蓋《ふた》を開けていった。

「わお」

すごい。白身魚のカルパッチョに、たぶんムール貝とラビオリのトマトソースかけに、それからたぶんラザーニャ。

「どうしたの？」

「今日は貸し切りなんだ。仕込みだけやってあとは夜からなんでね。お裾分《すそわ》けしに来た」

ニコッと笑って大吉さんが言う。

「こりゃ多いな。他に誰かいなかったか」

「そう思って外出札見たんだけど、佳人くん以外は誰もいなかったですね」

「まぁ残ったら晩ご飯にでも食べるか」

カルパッチョと貝は片づけましょう、と大吉さんが言って皆で食べ出した。大吉さんが塩味が効いているカルパッチョは意外とご飯に合うんだって言うから、ワカメご飯をよそってあげた。

「じゃあ今夜は遅いんだね」

「いや、そうでもないかな。貸し切りの場合は意外といつもより早く終わることが多いんだ」

隣りの部屋だし、男同士だし、大吉さんとはもう普通に友達だ。二日目の夜に、同じようにタッパーにマリネを詰めてワインを持って僕の部屋にやってきてくれて、「お近づきの印に」って二人で乾杯をした。故郷の北海道に弟がいて、実家に居た頃はこうやって隣りの部屋だったから何か懐《なつ》かしくて嬉《うれ》しいなって言ってた。

その弟さんとはもう十年ぐらい会っていないそうだ。つまり大吉さんは十年間故郷に帰っていない。故郷を離れた経験がないから実感できないけど、十年も帰ってないってものすごく長い時間だ。大吉さんは三十七歳だから、二十七のときから帰っていないことになる。弟さんがいるってことは、お母さんもお父さんもきっと北海道に住んでいるんだろう。

何か事情があるんだろうけど、それ以外故郷の話は出なかったから訊かなかった。わからないけど、きっと向こうが言い出すまで訊かない方がいいよね。

年上に失礼な言い方だけど、すごく可愛らしくて人懐こい笑顔の大吉さんは実は女性陣にけっこう人気だ。ウエイターをやっているだけあって物腰も柔らかいし、三十七歳だっていう年齢も信じられないぐらい若く見える。

「男三人で食べるというのは初めてだな」

「そうですね」

なんとなく、この新しい生活もリズムが摑《つか》めてきた。それぞれの生活のサイクルが分かってきたっていうのもあるし、性格なんかもなんとなく把握できてきたからだ。最初はやっぱり探り探りだったけど、大吉さんと恵美里とはもう完全にオトモダチ状態で話していられる。

タカ先生が小さく切ってあるラザーニャを、味を確かめるようにして食べた。

「どうだ、大場くん。ここには慣れたか」

「あぁ、もうすっかり」

馴染《なじ》んじゃってコワイくらいですよって笑った。

「あんまり居心地が良いんで、ここを出るのが考えられないですね」

「そんなにか」

タカ先生が本気で驚いた顔をした。その表情に大吉さんもちょっと驚いて顔を動かして笑った。

「いや、本当に。ヘンですかね？」

「いやいや、おかしなことではないが」

どの辺が居心地が良いんだと先生が訊いた。小さく頷いて、大吉さんは豚汁を飲んでから続けた。

「どう表現したら適切ですかね。人が居る、と、はっきり感じられるのがいいのかな」

「人が居る？」

そうですって大吉さんが今度は大きく頷いた。

「もちろん、普通のマンションやアパートとかでも他の人が住んでいるんだから、居るんですけど、ここはもともと一軒の家でしょう。でも家族ではない人が一緒に住んでいて、しかも皆の顔も名前もどんな暮らしをしているのかも知ってるし、性格さえも把握できるようになる」

「なるほど」

「そういう状態が、心地良いんですね。特に僕はこの中でいちばん帰ってくるのが遅いでしょう？」

確かにそうだ。本屋さんに就職した今日子ちゃんは遅番や何かで遅くなる日はあるけれど、それでも大吉さんより早い。

「帰ってきたら家のあちこちに明かりが点《つ》いていて、居間で誰かがテレビを観《み》てたり、誰かはお風呂《ふろ》上がりだったりしてるとホッとしますね。しかもそれが家族じゃないっていうのが余計に」

タカ先生は頷いて、それから顎《あご》を撫《な》でながら言った。

「家族みたいな煩《わずら》わしさはないのに、傍に誰かが居てくれるという安心感か」

「そうだと思います」

「性格が合わないとか、そういうのは感じないのか」

大吉さんがにやりと笑った。

「僕は男ですからね」

僕を見て頷くので、同意しておいた。

「女性同士の間でそういうのはあるのかもしれないですけど、僕にとっては皆さん可愛らしい女性ばかりですよ」

箸を置いて、会話の合間に僕がポットのお湯で淹《い》れておいたお茶をタカ先生は飲んだ。飲んでから気づいたようにして、「あぁありがとう」って僕に言う。

「大場くんは、前は全然違う仕事をしていたよな」

先生が煙草を取り出したので、扇風機のスイッチを入れた。

「そうですね。証券会社でした」

「その会社を辞めたことが、ここに入居しようと決めたことに繋《つな》がっているのか。いや、これは純粋に興味本位でしかない質問だから、適当に流してくれていいんだが」

少し首を捻《ひね》って、大吉さんも煙草を取り出した。

〈シェアハウス小助川〉は母屋は別として、禁煙だ。自分の部屋でも禁煙なんだけど、大吉さんが気の毒なので、特別に窓を開けて部屋に煙草の臭《にお》いがつかないようにするという条件で認めてもらった。

少し笑みを見せながら大吉さんは煙を吐いた。タカ先生は大吉さんの言葉を待っていた。

「まぁ、広い意味ではそうなりますね」

「そうか」

「詳しくは、酒でも飲みながらしなきゃならない話になっちゃいますけど」

「今度飲むか」

タカ先生が微笑《ほほえ》みながら言うと、大吉さんは頷いた。

「そうですね」

そこで僕を見たので、お前も一緒にな、という意味だと解釈してどう返そうか迷ったけど。

「僕は未成年ですけど」

予想通り、先生も大吉さんも笑った。

「医者が言う台詞《せりふ》じゃないがな。そんなもの、くそくらえだ」

六

僕たちが入居してから、相良さんは三日置きぐらいにバイト先の〈石嶺酒店〉にやってきていた。少し遠回りにはなるんだけど、会社から自宅までの途中にここがあるらしい。

〈シェアハウス小助川〉の皆や、タカ先生の様子を僕に訊《き》きに来るんだ。なんだか僕は体《てい》のいいスパイにでもなったような気がしているけど、それも僕の役割なんだよなと思って納得してる。〈石嶺酒店〉には小さなカウンターがあって、そこで立ち飲みもできるようになっているから、相良さん、ちょいと一杯ひっかけて帰るってこともある。お酒はけっこう好きで強いみたいだね。

誰が外出しているかがわかるように、小さなボードに磁石でくっつく札を作ったとか、お風呂《ふろ》は結局二人入ったら、もしくは男性陣が入ったらお湯を入れ替えるようにしたとか、最初のうちは二週間に一回皆で顔を合わせる日を作って、何か決めごとを作った方がいいとかを話し合う〈井戸端会議〉をすることになったとか。

そういうのを話していると、相良さんは本当に嬉《うれ》しそうににこにこしながら頷《うなず》く。

そして美味《おい》しそうに地酒をくいっ、と空けたりするんだ。

「二週間経《た》ちましたけど、特に気になることなどありますか？」

そう訊かれて、僕は首を捻《ひね》った。

「いや、特には」

本当になかった。もちろんまだ全然仲良くなっていない、というかそれほど会話を交わさない人もいる。亜由さんと今日子ちゃんがそうだ。たまたまなんだろうけど僕はこの二人と全然会話していない。でも、恵美里がいうには「ぜんぜんフツーの女の子」らしいからそうなんだろうと思う。

「遊びに来たらどうですか？　皆喜ぶと思いますよ」

それは本当だ。恵美里なんか相良さんのことを「めちゃカッコいいって思ってる」って眼がハートになっていた。それにこうやって僕に訊くより、直接会って個別に皆の意見を聞いた方が今後の参考になると思うんだけど。

でも、相良さんは微笑《ほほえ》んで首を横に振るんだ。

「私の役目は、皆さんを選ぶまでですから」

そこから先は、やたらと顔を出さない方がいいと決めているらしい。自分の仕事は箱、つまり住む場所を作ってそれで終わりなんだと。それでも、シェアハウスみたいに入居者を自分で選ぶというのにはかなり特別な思いがあるらしい。

「画竜点睛《がりょうてんせい》、という言葉を知っていますか？」

「知ってます」

竜の絵の最後の仕上げに眼を入れるってやつだ。そうすると絵の竜が本物になって空へと舞い上がっていく。

「私にとって、皆さんを選んだのがまさにそれなんです」

自分で作った理想の家に、自分がふさわしいと思った人たちに入居してもらった。つまり、眼を入れた。

「あとは、皆さんがそこから何かを得て、人生を作っていただければ嬉しいんです」

そう言っていた。本当に嬉しそうに。

「小助川先生は、どうですか」

「全然、普通ですよ」

自分の立場に慣れない雰囲気はすぐになくなった。皆が揃《そろ》った日の夜、相良さんの意見に従って皆で晩ご飯を食べたんだ。メニューは、僕が決めた。なんちゃって懐石料理。

ようするに和風のお総菜をたくさん少しずつ作って、それを皆で抓《つま》みながら食べられるようにした。ご飯はゆかりご飯。どうしても醤油《しょうゆ》ベースのものが多くなったりするので、さっぱりした後口《あとくち》がお総菜に合うんだよね。ちょこちょこ食べながら、ゆっくり話をするのにいいと思ったんだ。

女の人たちは皆料理が得意そうだったし、大吉さんもウエイターだけど厨房《ちゅうぼう》に入ることもある。だから皆でわいわいと作れれば良かったけど、キッチンがそんなに広いわけじゃない。メニューを決めた僕と、年長の茉莉子さんと二人でほとんど作った。他の皆は買い物に行ってもらったり、食器の整理をどうするかをその場で話し合ってもらったりしていた。

それで、全員がテーブルについたんだけど、自然とタカ先生が上座になった。向かい側には大吉さんが座って、皆でお茶と白ワインで乾杯して。

照れみたいなものは少しあったけど、違和感は何もなかったと思う。これから、この家で過ごすのがこのメンバーなんだっていう、ささやかな連帯感みたいなものをすぐに感じていた。少なくとも僕は。

そうして、その中心にタカ先生が居たんだ。

「身体《からだ》の調子はどうだい、って話から始まって」

その場で、タカ先生はお医者さんだった。あたりまえだけど、そんなことを強く感じた。

大吉さんが「立ち仕事で腰が痛くなる」って冗談交じりで言うと「もうすぐ四十なんだからあきらめろ」ってタカ先生も笑った。

茉莉子さんが冷え性で困っているんですと言うと、亜由さんも同じように頷いた。先生は食べ物を工夫するんだなって答えていた。体質改善は専門じゃないから知り合いに訊いといてやるからって。

今日子ちゃんがすぐに頭痛がして困ると言うと、タカ先生はそのときは真剣な顔をした。

「たかが頭痛だと放っておくのがいちばん良くない。どこかに疾患があるのか、あるいはストレスによるものなのか、きちんと調べた方がいい」って。

皆が、タカ先生の言葉を真剣に聞いていて、その言葉に安心しているのがわかった。

あ、これって問診だよなって思ったんだ。いくら治療はしないって言っても、お医者さんが大家さんだということこのメリットを皆が期待して、そしてタカ先生を頼ろうとしているのが感じられたんだ。

タカ先生は、よく喋《しゃべ》った。この家、つまり元々は医院だったものがいつ建てられて、どんなふうに自分が過ごしてきたか。ついでにここで死人は出ていないから安心していいなんてジョークも飛ばして。

「僕が小さい頃から知ってるタカ先生そのものでしたよ」

そう言うと、相良さんは安心したように、大きく頷いていた。

☆

「でも、何かあると思わないか？」

バイトから帰ってきて、自分の部屋で一息ついて、今日の相良さんとの会話を思い出しながらカメオに言った台詞《せりふ》。

「相良さんと、タカ先生さ」

いや、二人の間に何かがあったとかそういうんじゃなくて、相良さんの態度だ。タカ先生自身というよりか、この家を含めて。特別な感情。

「きっと持ってるよなー」

何か、感じているんだ。相良さんから。それが何なのかは全然わからないけど、単純な恋とか愛とかそういうんじゃないような気がするんだよね。

「ひょっとして相良さんって、昔ここの患者さんだったんじゃないのか？」

カメオは、首を伸ばして、うんうんと頷いた。

昔からこの家を、医院だった頃から知っていて気になっていたんじゃないか。だからこの家をシェアハウスにしようなんて考えたんじゃないかって。まぁだからどうしたってことなんだけどさ。

「今度タカ先生に聞いてみようか」

もし患者さんとかだったら、タカ先生が覚えていなくてもカルテとか残っているんじゃないのか。それとも医院を閉めたときに、そういうものは全部処分してしまったんだろうか。でも、そんなことまで確認したりするのは、気にし過ぎだろうか。

「そうカメね」

もちろん、くだらないダジャレをカメオに言う。

玄関の扉が開く音がして、大吉さんの「ただいま」の声が聞こえてきた。あの人の声は気持ち良く響くんだ。いい声の男ってなんか得なような気がする。

僕の部屋は玄関入ってすぐだから誰が帰ってきたのかすぐにわかるんだけど、他の部屋はどうなんだろう。そういうところも確認してみた方がいいのかな。たとえば、今日子ちゃんの部屋は玄関の上の方だ。夜中でも人の出入りがすぐにわかるかもしれない。頭痛持ちだなんて言っていたから意外と神経質なのかもしれないし。

ノックの音。

「どうぞー」

大吉さんがニコニコしながら顔を覗《のぞ》かせた。

「〈井戸端会議〉するんだろ?」

「そうですね」

大吉さんの帰りを待って初めての〈井戸端会議〉をやる予定になっていた。もう皆は帰ってきていて、自分の部屋で過ごしているか、二階の〈プチ〉って名付けた踊り場のスペースで和んでいるか。そこはちょっとした広さがあるからってソファとクッションと小さなテーブルを置いたんだ。女性陣がそこでお喋りしているみたい。

「すぐ、いいよ」

「お風呂とか入らなくていいですか?」

後からゆっくり入るからいいよって大吉さんが微笑んだ。そのまま部屋を出て、二階へ続く階段のドラクエのスライムみたいな手すりの飾りに手を掛けて振り仰いだら、上から恵美里が顔をのぞかせた。

「みんな、いるよ。降りてくよ」

僕と大吉さんの会話が聞こえていたんだ。じゃ、紅茶を淹《い》れましょうか。意外だったけど大吉さんがコーヒーを飲めないので。

リビングになった元は待合室のスペース。テーブルは大きな一枚板で立派なもの。これは相良さんが取り壊しになる古民家から見つけてきた元は座卓だったものだそうだ。それに脚をつけてオシャレな家具に早変わり。

僕が紅茶を淹れている間に誰かがカーペンターズのCDを掛けた。CDデッキは今日子ちゃんが新しいものを買ったので、古いのをここに置いた。懐《なつ》かしのメロディーのカーペンターズのCDはきっと茉莉子さんのものだと思う。

なんだかんだ話しながらそれぞれのカップが並べられた。ものの見事にバラバラでちゃんとしたティーカップは茉莉子さんしか持っていない。大きめのティーサーバーは大吉さんのもの。

今日子ちゃんと恵美里がテレビの下に作り付けられた収納スペースから袋詰めのお

菓子を取り出して、菓子器に開けた。このお菓子はなんと意外にもパチンコが趣味だという茉莉子さんが景品でもらってきたもの。「常に補充するから好きに食べてね」って言われて女の子たちが喜んでいた。

〈井戸端会議〉の最初の議題は、そのお菓子についてだった。亜由さんがおずおずと言い出した。

「すごく嬉しいのだけど、やっぱり申し訳ないから」

そう言って、ピンクのブタの貯金箱をポン、とテーブルの上に置いた。

「お菓子をいただいたら、これに気持ちを入れるっていうのはどうかしら」

茉莉子さんが大げさに顔を顰《しか》めてのけぞりながら手を振った。

「いいのよいいのよ。どうせ不労所得なのよ？　そんなことされたら私が気を遣っちゃう」

「あ、じゃあさ、ブタさんにお金が貯《た》まったら、それでまたみんなのためのお菓子を買えばいいんだよ」

恵美里が言う。恵美里の人懐っこさはいいと思うんだけど、ちょっと言葉遣いがラフすぎるって思うのは僕がジジ臭いからだろうか。

「気持ちって、いくらぐらい？」

恵美里が続けたら、皆が苦笑いした。

「気持ちは、気持ちだよ」

「でも、こういう生活なんだからきちんと決めた方がいいんじゃないの？」

しまった。大人の対応をしたつもりなのに、恵美里に一本取られてしまった。

「確かにそうだな」

大吉さんが頷いた。

「かといって、せんべい一枚食べただけで十円払うっていうのもなんだろうし、払うんなら自分で買って食べるわ、ってなると茉莉子さんの行為が無駄になっちゃうしな」

「だから、いいのよ。気持ちだけ受けとっておくから、ね？　ブタさんはいいわよ」

「じゃあ」

こうしよう。

「このテーブルの真ん中に常にお菓子入れを置いとくんですよ。それで、そこに入っているお菓子は自由にタダで食べていいってことにするのはどうですか」

我ながらいいアイデアだと思うんだけど。恵美里が、ポン、と手を打った。

「お菓子を常に補充するのは、茉莉子さんにしてもらえばいいんだ！」

「そうそう」

「俺たちが置くのも自由でいいだろうな」

それなら、って亜由さんが頷いた。

「たとえば、お客さんとかが来て、あ、お菓子切らしちゃったってときに茶箪笥《ちゃだんす》から
いただいて、そのときには気持ちをこのブタに入れておくというのは」

「いいね」

いい折衷案だって大吉さんが言うと、今日子ちゃんも頷いていた。

「じゃ、それをノートに書いておこう」

テーブルの上に置いておくことにした連絡ノート。毎日の日付を最初に書いて、そ
こに何か連絡事項があったら書いておくことにしたんだ。決め事は最初のページに赤
ペンで書いておく。それを書くのは言い出した恵美里なので、ノートは女の子っぽい
カワイイ文字で埋まっていた。

「他には？」

書き終えた恵美里が顔を上げて皆に訊いた。それで、皆が顔を見合わせた。

「どうですかね、俺は特にはないんですけど」

大吉さんが茉莉子さんに向かって言った。

「そうですね。私も特には」

こういうときに、明らかに年長の人がいるっていうのはわかりやすいなって思っていた。亜由さんは三つぐらいしか違わなくて、恵美里はカンペキにタメロをきいているけど。大吉さんは僕より十八も上で、茉莉子さんは二十一も上。言ったら失礼だと思うから言わないけど、ほとんどお母さん気分。

「そうそう、夜中に洗濯機回しても大丈夫だった？　音がうるさいって思った人いない？」

思い出したように茉莉子さんが言ったけど、女性陣は皆首を軽く横に振った。

「全然、聞こえないですよ」

「上には響かないみたいね」

「大吉さんところは？」

洗濯機と乾燥機が置いてある洗濯室は一階。大吉さんの部屋がいちばん近い。

「気にならないですよ。俺はそもそも生活音が気になるなんて性質《たち》じゃないんで」

「あ、じゃあ、ついでですけど、今日子さん」

「わたし？」

訊いてみよう。

「玄関の開け閉めが気になることはないですか？　今日子さんの部屋がちょうど玄関の真上辺りになるんだけど」

同い年の恵美里は呼び捨てで今日子さんにはさん付けなのは誰かが言い出すまで放っておく。今日子さんは、ほんのちょっと首を傾《かし》げた。

傾げて、何か迷うような表情をした。

「今日子ちゃん、何かあるなら言った方がいいよ。そのための〈井戸端会議〉なんだから」

恵美里が言うと、茉莉子さんも続けた。

「音が気になるようなら、私の部屋と交換してもいいのよ？　私そういうのは平気だし、部屋の作りはまったく同じでしょう？」

「あ、いえ」

少しだけ困ったような顔をした。今日子さん、大人しいんだよね。読書好きだから本屋さんに就職して、忙しいのに毎日本を読むのは欠かさないような女の子。いや読書好きだから大人しいっていうのは偏《かたよ》ったイメージだろうけど。

「あの、ですね」

うん、って恵美里が少し前のめりになって、今日子ちゃんを見つめた。口を挟まないで待った。その態度で、今まで気づかなかったけど今日子ちゃんと会話をするときのコツがわかった。

そうか、そういう人なんだって。同時に、恵美里はラフなようでそういうところはちゃんと摑《つか》んでいるんだって感心した。

「こういうことは、タカ先生に言うべきなのかなって思っていたんですけど」

今日子ちゃんは皆の顔を見回そうとするけど、すぐ下を向いてしまう。タカ先生に？皆の頭の上に疑問符が浮かんだ。でも、まだ待った。今日子ちゃんは、唇を結んでまた考えた。

「あのですね、それは、やっぱりあれなんですけど」

さっぱりわからないけど頷いておいた。

「とりあえず、音は確かに皆さんの部屋より聞こえると思うんですけど、今のところは大丈夫です。もし」

そこで、また皆の顔を見回した。

「我慢できなくなったら、またここで相談します」

そこで、ニコッと笑ったのでホッとした。

「わかった」

恵美里も同じように微笑んで頷いて、僕を見た。それでこの話題は終わりってことだ。タカ先生にどんなことを言おうと思っていたのかは気になるけど、それはそれで別の話だ。

「じゃあ、俺から、前に言ってた水廻りの掃除なんだけどさ」

大吉さんが言った。水廻り、つまりトイレとお風呂とキッチン、そして洗濯室の掃除は一週間交代で持ち回りですることになっていた。トイレの掃除は、女性の皆が男性にしてもらうのは恥ずかしいって話になって、四人で分担してもらっている。その代わりにお風呂は僕と大吉さんが交代で。洗濯室も女性陣で、キッチンは基本僕になった。いちばん使うのは僕なのでちょうどいい。まさに私のお城ってやつだ。

「風呂、俺一人でやるよ。佳人くんがキッチン全部やってるし」

「いや、大丈夫ですよ」

違うんだって大吉さんが少し苦笑いした。

「大体風呂は俺が最後だろ？　その方が都合が良いし、実はさ」

「実は？」

くるくるした髪の毛に手を突っ込んで、少し頭を掻《か》いた。

「ストレス解消に、いいんだよね、風呂掃除。やるから、じゃなくてしたいのでお願いしますって感じ」

ストレス解消。あぁ、って感じで茉莉子さんが頷いた。

「お掃除はそうよね。私もそうだけどちょうどいいのよね」

それはよく聞く話だけど。

「大吉さんもやっぱりストレスとかあるんですか」

「そりゃあ、あるさ。人間だからね」

「客商売だもんね大吉さん」

恵美里が言う。それを言ったら僕も客商売なんだけどまぁいいや。

「大吉さんが、それでいいなら」

「サンキュ」

もし具合悪かったり、何かあったら自分でなんとかしようとか思わないで、すぐに誰かに相談しよう、という話になった。相良さんは、強いて皆一緒にという気持ちは持たない方がいいかもしれない。ゆるやかに繋《つな》がる方向性と言っていたけど、あくまでも僕の印象でしかないけど、皆はかなり積極的に仲良くなろうとしている感じだ。

仲良くすることが目的じゃなくて、とにかくここでの生活を気持ち良いものにしたい。そのためにはそれぞれに気を使いましょうっていう空気があるって感じていた。

同時に、気になるものも、あった。

亜由さん。

にこにこしながら皆の話を聞いて、求められれば発言もするんだけど、自分から話すことは一切ないんだ。

七

「いい季節だな」

軍手を外して重ねてジーンズのお尻《しり》のポケットに入れて、タカ先生が反対側のポケットから煙草《たばこ》を取り出して、火を点《つ》けた。

まるでペンキで描いたような雲が浮かぶ青空を眺めながら、ふぅ、と吐き出した煙がさっと流れて、芽吹き出した桜の細かい枝に巻き込まれるように消えていった。僕は持っていた熊手《くまで》を動かす手を止めて、同じように空を見上げた。

三月も末になった。

先生が暮らす母屋《おもや》の居間の縁側の先には小さな庭がある。そこには遅咲きの小さな古い桜の木があって、この時期になってようやくつぼみから桜色が覗《のぞ》いていた。あと

二、三日暖かい日が続いたら咲くんじゃないかって感じだ。

バイトが休みの日に、タカ先生に頼まれてその小さな庭の掃除を一緒にしていた。シェアハウス側の大きな庭は家をきれいにするときに業者さんがきちんとしたんだけど、ここは自分でやろうと思ってそのままにしておいたそうだ。もう長いこと放ってあったので、本当に荒れていた。手伝い賃は二千円。何でその金額なのか訊《き》いたら、サラリーマンの昼飯二日分だそうだ。別にいらないって言ったけど先生は必ずバイト代を渡すって言うんだよね。額はそんなに多くはないんだけど。

「君は、煙草を吸ったことないのか」

「ないですね」

「吸いたいとも思ったことないのか」

「ないですね」

むぅ、って感じで唇をへの字にしてタカ先生が頷《うなず》いた。

「時代は変わったな」

「あれじゃないですかね。家族に煙草を吸う人がいなかったから。煙草に興味を持つ頃にはもう父親は死んじゃってたし」

そう言ったら、あぁってタカ先生が左手で自分の頭を軽く叩《たた》いた。

「これはデリカシーに欠ける質問だったな。すまん」

「いや、なんてことないです」

父親がいないことなんて、もうあたりまえすぎちゃって全然なんでもない。

「いつだったかな」

「中一のときです」

正確には小学校を卒業して、中学生になる前だから、七年前。

「七年か」

置いてあるブロックの上に先生は腰かけたので、僕も縁側に座って、そこに置いといたお茶を飲んだ。もう冷めてしまっているけど、先生が奮発して買った高いお茶だそうで美味《おい》しかった。

「淋《さび》しさは、もう消えたか。感じることはないか」

真面目《まじめ》な顔をして先生が訊いた。淋しさか。どうやって答えようかと思って少し考えた。

「そのときは悲しかったんですけど」

「うん」

「泣いたりもしたんですけど、淋しいって感覚はなかったですね。っていうか、感じる間もなく家事に突入したって感じで」

そうなんだ。泣いた。悲しかった。どうして父さんが死んじゃうんだって、自分でも信じられないぐらいに泣けてきた。

でも、お葬式では泣けなかった。僕の代わりに勝人と笑美がわんわん泣いていて、そうすると僕は長男としてそれをなぐさめなきゃならなくて、自然と涙は止まった。

「お葬式が終わったらもうすぐに中学生活が始まったし、家事を母さんに頼まれてどんどんやらなきゃならなかったし。とにかく必死だったので」

父さんがいない淋しさなんて感じる暇がなかった。淋しいなんて思わなかった。家ではいつも母さんと勝人と笑美と、ドタバタしながら過ごしていたから。

「あ、でも」

「なんだ」

「三回忌のときだったかな」

近所の同級生がお父さんと一緒に線香を上げに来てくれた。二人で並んで仏壇の前に座っているその背中を見ていて、思った。

「もうこうやって父さんの背中を見られないんだな、二人で並ぶこともないんだなって感じちゃいました」

そのときに、胸に湧《わ》き上がってきた感情は確かに淋しさだったと思う。もう、父さんが僕たち家族の傍にいることは、この先一生ないんだって。

「三回忌で今さらって感じだったけど、そう思いました」

ふぅ、と煙草の煙を吐いて、タカ先生は小さく頷いた。

「そうか」

「はい」

「偉いな」

なにがでしょうか。先生は煙草の火を地面にこすりつけて消しながら、苦笑いした。

「俺はな」

ゆっくりと立ち上がって、お尻の辺りをポンポンと叩いて腰を伸ばした。

「死んじまったときから、ずっと淋しかったんだ」

そうか。忘れていたけど、タカ先生のお父さん、寅彦先生が死んじゃったのは、二年ぐらい前だった。タカ先生は、僕じゃないどこか空の方を見つめながら続けた。

「自分でも信じられないぐらい淋しかったよ」

頷いて相づちを打つぐらいしかできなかった。タカ先生みたいに年上の男の人にそんなふうに言われたら、僕は何にも言えない。

「この家で、ずっと暮らしていたんだ、俺は。生まれてから今まで、一人で外にでることなく、な」

「そう、ですね」

そうか。タカ先生は一人暮らしをしたことなかったんだ。今まで。

「大学もここから通ったからな。家の中にはずっと親父《おやじ》がいておふくろがいて、他に働いている看護婦さんがいて、な」

今は看護師さんですよってツッコミは入れなかった。

「なんてまぁ温室暮らしをしてきたんだって思う。そりゃあ、いつかは親は死ぬなんてのはあたりまえに感じていたが、いざ二人ともいなくなっちまうと、その喪失感ってのは想像以上だった。こう、な」

手を伸ばしてぐるりと大きく円を描いた。

「家の中にいてもな、自分の廻りのその空間がぽっかり空いちまった感じがしてな。全身がすーすーして、そりゃあもう凍えそうで身体《からだ》が震えたぐらいだ」

「それは」

訊いてみた。余計な質問なのかもしれないけれど。

「医者として、自分の親を救えなかったっていう感情も混じっちゃったとか、そういうのがあったんですか」

僕が考えたことじゃない。母さんが言っていたことだ。タカ先生は一度小さく口を開けて、すぐに閉じた。僕を見て、それから頭をがりがり掻《か》いた。

「そうだな」

小さく頷いて、同じ言葉を繰り返した。

「そうだな」

「すみません、変なこと訊いちゃって」

「いや、そんなことはない」

ゆっくり動いて、縁側に腰かけた。

「お茶が冷めたな」

そう言って、急須《きゅうす》を足下に向けて中に残っていたお茶を捨てた。それからポットを押して、お湯を入れて、ぐるぐる軽く回して湯飲みにお茶を注いだ。もちろん、僕のにも。
二、三日前から急に暖かくなっていて、こうやって陽が当たる縁側に座っていたら陽差しが暑いぐらいだ。そういえば、昨日一緒に晩ご飯をたべたときに、茉莉子さんが衣替えしなきゃとか言っていた。

冬物をしまって、春物を出す。僕も家ではやっていた作業。今年はちゃんと母さんがやっているだろうかって考える。

「医者を辞めたのはな」

「はい」

いや、って言い直した。

「医者は一生辞められんからな。医院の経営を止《や》めたのは、確かにそうなのかもしれん」

「そう、とは」

「親が死んじまったせいってことさ」

湯飲みを口に運んで、お茶を飲んだ。陽差しに少し湯気が先生の顔を覆《おお》うように昇って行くのが見えた。

「ああいう感覚をどう言えばいいものかな。漠とした思い、と言うか」

「バク?」

「空《むな》しい、かな。とめどないような、とりとめのないような、ただ荒野が拡《ひろ》がっていくだけのような感覚が襲ってきて、それを止められなかった」

自分は医者なのに、同じ医者である父親、看護婦である母親が死んでしまったのを、ただ見ているだけだった。先生は早口でそう言った。

「状況は聞いたことあるか？　俺の親がどうやって死んだのか」

「ないです」

「親父はな」

俺が在宅診療に出ている最中に突然死してしまったって、タカ先生は続けた。

「この辺りも、老人ばかりが増えてきてしまってな。古い家で一人暮らしとか、あるいは老夫婦だけで住んでいる家庭も多い」

タカ先生の仕事の多くは、そうやって暮らしている老人たちの在宅診療をしていたらしい。

「まぁ昔で言う往診だな。そういや君の家にも何度か行ったな」

「そうですね」

寅彦先生が来てくれたこともあったし、タカ先生のこともあった。

「親父は足腰が弱ってきたこともあって、こっちで診療をしていた。まぁそれも、ほとんどは元気で病院に通える老人たちの話し相手みたいなものだ」

本格的、っていうのは変だけど、いよいよになったら新しくできた大きな病院に通う人が多かったそうだ。患者さんの数はやっぱりかなり減っていたらしい。

「親父が倒れたと、携帯に電話があった。慌《あわ》ててこっちに帰ってきたら、おふくろが救命措置をやっていたけど、もうダメだった」

そのときに医院にいた誰かが救急車を呼んだらしい。医院に、救急車が来て、しかもお医者さんを診たんだ。

「屈辱というか、なんだそりゃと思ったね。俺はいったい、なんだって」

寅彦先生は結局突然死だったらしい。心臓が停まってしまったんだ。そうして、お母さん、看護師だったタカ先生のお母さんも同じようにして死んでしまった。

正確には母屋の自分の部屋で眠るように。

「朝、起きたらもう冷たくなっていた。親父の後を追うようにな」

タカ先生は、唇を嘗《な》めた。それから、少し嚙《か》んだ。悔しがるような顔をした。

「いまだにそう思うんだが」

「はい」

「ガキっぽい理由だが、何のために俺は医者として生きてきたんだ。自分の親も救えずに、何もできないままに死なせてしまったと思うと、やる気がまったくなくなってしまった。それは、自分の患者を、自分を信頼してくれた患者さんを捨てたと思われてもしょうがない」

何も言えなくて、ただ僕は小さく頭を動かすだけだった。でも、そんなことはないだろうと思って。

「そうは、考えなかったんですよね。捨てようなんて気持ちは」

先生は、少し笑った。

「もちろんだ。そんな気持ちになるはずがない。ただ、そう言われてもしょうがない。実際に経営を止めてしまったんだからな」

お茶を飲んで、溜息《ためいき》をついた。口を閉じて、何も言わずに庭を眺めていた。僕も何を言えばいいのかわからなくて、黙っていた。

スズメと、あと何かわからない小鳥の声が聞こえていた。そういえば向こうの庭にはたくさんの小鳥たちが来てるって思っていた。朝、窓を開けるとけっこういろんな声が聞こえてくるんだ。

「俺は、内科医だからな」

「はい」

「心の病とか、そういうものは専門じゃない。まぁ患者の精神的なケアという部分でもちろん勉強もしたし、それなりに経験も積んだつもりだが、いざ自分の中にそういうものを抱え込んじまうと、なんと自分は愚かなことを重ねてきたのかと痛感した」

「愚か、ですか」

　また煙草に火を点けた。医者なのにそんなに煙草を吸っていいのかっていつも思うけど、余計なことだよね。

「ここにな」

　親指で、自分の胸の辺りを指差した。

「何かを抱えちまった人間ってのは多い。もちろん、人間何十年も生きてりゃいろんなものを抱え込む。でも、生き物ってのはな」

　そこで僕を見て、笑った。

「生き物ってぐらいだから、放っておいても生きていく方向に進むようになってんのさ。眠くなりゃ寝る、腹が減ったら喰う、咽《のど》が渇いたら水を飲む。それを止めようとは思わんだろう？」

「そうですね」

　確かにそうだ。事情がない限りそういうものを止めようなんて思わない。身体が自然にそれを要求する。

「大抵《たいてい》はそれで生きていく。しかし、何かを抱えちまったら、生きる方向に向かうはずのそれが滞っちまう。病気なら、身体の機能がおかしくなったのならそれを治せばいいだけの話だが、胸の内に抱え込んじまったものはどうしようもない。まさに〈お医者様でも草津の湯でも〉ってやつだ」

知ってるか？　と訊くので頷いた。

「なんかの歌ですよね。恋の病は治せないって」

そうだそうだって笑った。それから、煙草を吸って大きく息を吐き出した。

「俺は、抱え込んじまった。そういうものを。そいつを抱え込んだまま、まぁそんなに長くはないだろう人生を生きなきゃならん」

うん、と頷いてタカ先生は僕を見た。

「なんでこんな話になったか、わかるか？」

「えーと」

いきなり言われて、困った。なんでだろう。

「お前はまだ若い」

「そうですね」

「若くて、しかも生きる力が強い。沢方佳人はそういう資質を持った男だ。それはこの年寄りが保証する。お前がここに来てから毎日一緒に飯を食っていて、それがよくわかった」

腕を伸ばして、ポンポンと僕の肩を叩いた。よくわからないけど褒められたのかもしれないので、とりあえず頷いておいた。そうなのかな。僕は生きる力が強い男なのか。

「父親が死んでしまっても、何かを抱え込まないで、抱え込んだとしてもそれを糧《かて》として生きていける人間だ」

そこでタカ先生は、でもなぁ、と急にくだけた調子で、縁側に両手をついて少しのけぞるようにした。

「なかなかそれができん人間もいるんだ。この中にもな」

「この中？」

くいっ、と顎《あご》を動かして、シェアハウスの方を示した。

「皆の中にですか？」

そうだって頷いた。

「俺は、彼らのパーソナルデータを相良さんから聞いている。経験上、そこからある程度の推測が出来る。皆が皆とは言わんが、幾人かは胸の内に何かを抱え込んじまっている奴《やつ》もいる」

そうなのか。

「誰がいつどんなことを相談に来るか」

待ってはいる、と先生は言った。

「もし、何か気がつくことがあったら、そいつの背中を押してやるのも、お前の役割かもしれんな。俺のところへ相談に行け、と」

八

朝、いつも大体同じ時間に朝食を食べるメンバーは、僕と茉莉子さんと亜由さん。大吉さんと今日子ちゃんと恵美里はバラバラなので、顔を合わせることもあるし、合わせないこともある。

たまに全員が揃《そろ》うと、そういうのも楽しいよねってことで、皆で準備を一緒にして「いただきます」と大きな声で揃って言ってご飯を食べ始めることにしている。

茉莉子さんも亜由さんもお弁当を作って持っていくんだ。二人とも料理が上手で、しかもきちんと工夫してお弁当を作るので、ものすごく参考になる。そう言うと二人とも逆に僕のことをすごいって褒めてくれたんだけどね。

「男の子でここまで出来るってことが感心しちゃうわよ」

きちんと育てられたお母様にお会いしたいわって茉莉子さんが言ってた。お母様なんてものじゃないし、実は茉莉子さんと母さんはほとんど同年代だ。

その日も、僕と茉莉子さんと亜由さんが洗濯室で顔を合わせた。洗濯室って言ってるけどここに洗面所もあるからね。

最初のうちは、女性の皆さんすっぴんを僕と大吉さんに見られるのがすっごく恥ずかしかったって言ってた。大吉さんなんか、恋人と家族以外の寝起きのすっぴんを見たのは久しぶりだって大人のジョークを飛ばしていた。

まぁ僕はそんなこと考えもしていなかったんだけど、確かにそうかもね。今はすっかり慣れたらしくて、こうやって歯を磨いているところに僕が入っていっても、二人とも動じない。歯を磨きながら「おふぁようほふぁいふぁふ」なんて言う。

同じ時間に起きて食べるんだから、バラバラに作るのは非効率的なので最近は適当に同じものを食べるようにしている。茉莉子さんも亜由さんも朝はパンの人で、僕はどっちでもいいので二人に合わせた。

パンを焼いて、目玉焼きやスクランブルエッグを作って、前の晩に作っておいたコーンスープを出したり、サラダは適当にある野菜を切って盛りつけたり。もう三人で台所でぶつかったりしないで手際《てぎわ》よく作っちゃう。

「あえて言わないようにしていたのだけど」

食べ始めて、茉莉子さんは少し微笑《ほほえ》みながら言った。

「なんですか」

僕が言って、亜由さんも茉莉子さんの顔を見た。

「家族よね、こうしていると」

なんだか馴染《なじ》んじゃって、と茉莉子さんが嬉《うれ》しそうに言う。

「私は、この歳《とし》になるまでずっと一人暮らしだったでしょう？　息子と娘がいるって感覚はこういうものなのかなぁって嬉しくなっちゃって」

ごめんなさいねってまた笑う。

「本当の家族がいる人には失礼な感想かも知れないけど」

「そんなことないですよ」

僕はまぁ、すぐ近くに家族がいるからだけど。

「親戚《しんせき》のおばさんの家にいるって感じでしょうかね」

「おばさん」

「あ、すみません」

ジョークよ、って茉莉子さんは笑う。茉莉子さんは楽しい人だ。よく喋《しゃべ》るし、よく笑う。年上らしく意見もきちんと言うし、良くないところは指摘する。恵美里なんかよく言葉遣いを注意されたりしている。でも、それがイヤミじゃないんだ。それは恵美里も言っていた。カラッとした言い方だから気持ちが良いって。

亜由さんは、にこにこ笑いながら頷《うなず》いたり、きちんと受け答えはするけれども、やっぱりこうして馴染んでもほとんど自分から話すことはない。幼稚園の先生をやってるぐらいだから、子供の前では元気に話したりするんだろうけど。

「亜由ちゃんどう？　幼稚園の方は」

「はい、順調です」

仕事が始まって半月ぐらいが過ぎている。

「楽しい？」

「楽しいです。子供たちは、みんな元気だし」

茉莉子さんが話しかけても、それぐらいで会話が終わる。もう慣れたけど、最初のうちはこの人本当は集団生活ができない人じゃないかって心配したぐらいだ。二階のプチでなごんだりするのも茉莉子さんと恵美里が中心で、亜由さんがそこに交じることはあんまりないって恵美里が言っていた。

「あの」

だから、ちょっと驚いた。亜由さんがそうやって僕に向かって話しかけてきたのが。

「はい」

「タカ先生のことなんですけど」

茉莉子さんも、あらどうしたかしら、という表情をして亜由さんと僕の顔を見ている。

「佳人さんは、小さい頃から知っているんですよね」

「そうです」

それこそ、生まれたときから診てもらっていました。

「内科のお医者さんですよね」

「そうです」

何かを言って、サラダを食べたりするものだからこの会話が続くのかどうかよくわからない。それでも焦《あせ》らないで待っていた。たぶん今日子ちゃんと同じように会話に時間が掛かる人なんだろう。

「相良さんは、なんでもタカ先生に相談していいですって言っていたんですけど、内科以外のことでもいいんでしょうか」

内科以外。どんなことを訊《き》きたいのか。

「いいと思いますよ。タカ先生も、専門外のことはきちんと知り合いの専門医のところに訊いてみるって言ってたので」

「何か、心配事があるの？」

茉莉子さんが訊いた。亜由さんは、ちょっとだけ眉間《みけん》に皺《しわ》を寄せたふうな顔をした。

「あまり、言うと恥ずかしいことなので」

「あぁ、そうね」

僕を見た。男の前では話せないようなことなんだろう。

「たとえば」

「たとえば？」

「いびきをかくとか、そういうような」

恥ずかしそうに亜由さんは言った。茉莉子さんは微笑んだ。

「それは立派に内科の範疇《はんちゅう》よ。ねぇ？」

ねぇ、と言われても僕は医者じゃないので。それに内科というよりは耳鼻咽喉科《いんこうか》じゃないかと思ったけど広い意味では内科なのかもしれない。

「そんなようなことを相談していいのかってことですよね？」

訊いたら、亜由さんは恥ずかしそうに微笑んで頷いた。

「大丈夫ですよ。お医者さんなんだから患者の秘密は守りますから、相談したことがこの中の誰かに知られるってこともないし」

ちょっと見タカ先生は厳しそうな顔に見えるけど優しい。

「あの人、夜は二時ぐらいまで起きているから、夜中でも大丈夫ですよ」

「あら、そんなに遅くまで起きているの？」

「らしいです。本人が言ってました」

本を読んだり、ＤＶＤを観《み》たりしている。

「かなりたくさん持ってるので、借りにいってもいいですよ」

僕は〈ダイ・ハード〉のシリーズを全部借りてきた。亜由さんは安心したように微笑んで頷いて、トーストを齧《かじ》った。

出掛けるのも三人一緒に出る。亜由さんは徒歩で南荻窪の二丁目の方へ、僕と茉莉子さんは荻窪の駅に向かう。僕は歩いていくけど、茉莉子さんの職場は阿佐ケ谷《あさがや》の駅の近くだ。

「あの子ね、佳人くん」

「はい」

「亜由ちゃん」

歩きながら、前を見ながら茉莉子さんは言う。なんでしょうか。

「男性恐怖症みたいなものじゃないかしらって思うのよ」

なんですかそれ。茉莉子さんはちょっと首を傾《かし》げた。

「見当違いかもしれないけどね。なんとなく、そういうふうに感じているのよ」

おばさんとしては、って付け加えた。茉莉子さんの歩き方はとっても早い。男の僕がこの人早いって思ってペースを上げるぐらいだ。

「えーと、それは」

「あら、違うの。なんとかしろとかそういうんじゃなくて」

僕の方を見て、ニコッと笑った。母さんと同年代だけど、茉莉子さん若く見えるんだよね。

「そういうのを気にしながら、仲良くなった方がいいんじゃないのかしらって。大吉さんにも伝えておいて」

そう言って、茉莉子さんは、じゃね、アルバイト頑張ってね、と手を振った。

「いってらっしゃい」

いってきます、って茉莉子さんは嬉しそうに微笑んで、また手を僕に向かって振った。

九

コーヒーメーカーは三台、台所に並んでいる。僕と今日子ちゃんと茉莉子さんのものだ。他の三人はコーヒーを飲む習慣がなかったけど、恵美里はコーヒー好きの今日子ちゃんに影響されて、買おうかな、とか言っていた。

台所は、けっこう壮観なんだ。なんたって炊飯器が人数分の六台並んでいるんだから。それ用にちゃんと作られたスライド式の二列縦型の什器《じゅうき》にね。背の高い順に上から並べて置いたんだけど、六台がいっぺんに稼働《かどう》したことは今まで一度もない。そもそも家で晩ご飯を食べる人は少ないしね。

そんなに広くはない台所だけど、いろんなものを効率良く整理できるように、本当によく考えて作られているんだ。全部相良さんが設計したんだと思うけど、大したものだなぁって思う。やっぱりプロなんだよね。

家を出て、ここに暮らし始めて、そういうことを考えるようになった。

プロになるってこと。

相良さんは住居ではなかったこの家を住みやすいように設計して完成するまでを指

揮して、しかも入居者を決めた。僕がそうして実際に住んでみるときちんと考えられているんだなぁって感心して、それを考えて設計したのが相良さんだと思うとまた感心した。

ウエイターをやっている大吉さんだって、初めて会ったときは「あぁウエイターね」って、料理を運ぶだけの人だって思っていたんだけど違う。話をしていると、どうやってお客さんにお店を、料理を楽しんでもらおうかっていうのを毎日考えているのがわかる。ただ料理を運ぶだけなら中学生にだってできるんだ。お店の料理の代金には大吉さんの給料も含まれている。その代金分の、それ以上の働きをしてお店に貢献してお客さんに楽しんでもらうのにはどうしたらいいのか。

そういうことを、プロは考える。

それを理解できたっていうか、考え出した。

茉莉子さんだって亜由さんだって同い年の今日子ちゃんだって、プロとしてお金を稼いでいる。まぁ毎日毎日そんなふうに眉間《みけん》に皺《しわ》を寄せて真剣に考えているわけじゃないだろうけど、でも、そうやって働いている。

「どうなんだろうね、僕は」

カメオにソーセージをあげながら訊《き》くと、カメオは首を伸ばしてソーセージを齧《かじ》る。

さぁどうなんでしょうねぇって顔をして、首を振る。母さんは自分で自分の将来を考えろって僕を一人暮らしさせたけど。

「考えなきゃねぇ」

カメオもそうだねぇ、と頷《うなず》いた。


いつの間にか四月が終わろうとしている。

夜の十時頃、コーヒーを淹《い》れようと思って部屋を出ると居間に茉莉子さんがいて、新聞を読んでいた。お互いに顔を見て挨拶《あいさつ》して、茉莉子さんはまた新聞に眼を落として僕はコーヒーメーカーの準備をして。

新聞は茉莉子さんと大吉さんが取っている。今までも取っていたし習慣なのでなくなるのは淋《さび》しいって、ここでも取り出した。どうせならってんで二人で話し合って違う新聞にしたらしい。居間のテーブルに置いておくから皆さん読むなり、古いのは何かに使うなりご自由にどうぞって言っていた。

でも一番人気はチラシだ。〈三人娘〉ってタカ先生が呼び出した亜由さん今日子ちゃん恵美里は、一人暮らしを始めてやっぱり買い物は安く済ませなきゃならないと目覚めたらしく、チラシを熟読することにしたらしい。チラシを見ながらメモを取るために専用のメモ帳がテーブルの上に常時置かれることになった。これは無印の大きめのメモ帳で、お金はもちろん割り勘で。

僕は新聞はテレビ欄を見るぐらいだ。ニュースとかそういうのはネットで済ませてしまう。そもそも新聞だってネットで見られる。最近の若者はそうなんだろうねぇってタカ先生も言っていた。読む、じゃなくて、見る、なんだろうなって。

「明日から五月ねぇ」

会話というのでもなく、独り言でもなく、茉莉子さんがそう言って初めて気づいた。そうか、もう四月も終わっちゃうのかって。ここで六人で住み始めてからあっという間に二ヶ月近くが過ぎたわけだ。

家の中がなんとなく静かに感じるのは、亜由さんと恵美里と今日子ちゃん、三人娘がいないからだと思う。別に普段そんなに騒がしいわけじゃないけど、家の中にいつもあった人の気配が減っているっていうのは何となく感じる。もっと小さい頃に、一人でお留守番しているときのような感覚。

ゴールデンウィーク。亜由さんと今日子ちゃんは実家に帰って、恵美里は友達と旅行に行ってる。大学生の恵美里以外は仕事の都合でそんなに長い休みは取れなくて、二日ぐらいで帰ってくるはずだ。

僕は変わらずバイト。〈石嶺酒店〉は盆暮れ正月以外は年中無休だ。大吉さんも休みはなくて普段とまるで変わらない。茉莉子さんはカレンダー通りにお休み。去年はバリ島に行っていたそうだけど、今年は新しい環境になったこともあって、何の予定も入れないでのんびりするとか。

「コーヒー、飲みます？」

新聞を読むとき茉莉子さんは眼鏡を掛ける。最初に見た時、すごく眼鏡が似合う人だと思った。普段でも掛けていればかなり印象が違うと思う。

「あら」

その眼鏡をちょっと下げて上目遣いに僕を見た。

「いただくわ」

「ブラックでいいんですよね？」

「そうよ」

茉莉子さんの渋いオレンジ色のマグカップを茶簞笥《ちゃだんす》から出して、コーヒーを入れた。自分の真っ黒のマグカップにも入れて、居間のテーブルに持っていった。茉莉子さんは新聞を広げて熟読している。

「どうぞ」

「ありがとう」

そのまま部屋に戻るのもなんだな、と思って、立ったまま一口飲んだ。同時に茉莉子さんも飲んで、ふぅ、と小さく息を吐いた。

「美味《おい》しい」

「どうも」

「テレビ、観《み》たいものあるならいいわよ？」

「や、何もないです」

六人とも自分の部屋にテレビはある。でも大吉さん以外は小さめな画面のテレビなので、映画とか観るときにはここの大画面で観ることが多い。一人ならヘッドホンをつけるけど、二人以上で観るときには皆僕と大吉さんに声を掛ける。ここでテレビを観ると僕たちの部屋に音が聞こえてくるからね。

茉莉子さんは映画好きで、週末には映画を観に行ったり、レンタルしてきてここで観ることが多いんだ。一年に百本以上は観るわねって言ってたからかなりの数だと思うよ。

「ねぇ」

新聞を読みながら軽い感じで茉莉子さんが呼んだ。

「佳人くんぐらいの男の子はね」

「はいはい」

「私みたいなオバサンには『なんで結婚してないんですか』って訊かないのかしら」

ちょっと意地悪そうな顔を僕に向けて、茉莉子さんが言った。いきなり何だろうと思って、茉莉子さんの向かい側に座った。

「えーと」

訊いてほしいんだろうか。

「訊くのは、失礼ですよね」

「そうよねぇ」

うん、と頷きながら微笑《ほほえ》む茉莉子さん。

「そういう失礼なことを平気で訊く男は世の中にごまんと居るのよ」

「まぁ、そうなんでしょうね」

「大吉さんは客商売だからそういうのを心得ているだろうけど、佳人くんぐらいの子はどうなんだろうなっていう単純な疑問」

そうですねー。興味がないって言い方はそれこそ失礼だろうから避けて。

「まだ結婚ってものに何も思いがないんじゃないですかね。だから、年上の女性が結婚してようが独身だろうが、どっちでもいいって言うか」

そんな感じなんじゃないだろうか。実際、茉莉子さんが四十歳で独身だと聞いたときも僕は、あぁそうなんだ、と思っただけだ。これがものすごい美人だったら疑問も湧《わ》いたかもしれないけど、またまた失礼ながら茉莉子さんは決してものすごい美人ではないと思う。

でも、可愛《かわい》らしい雰囲気の女性だ。容姿だけを芸能人でいうと大竹しのぶさんみたいなタイプで、決して男に縁がないようには思えない。今でもそう思うんだから若い頃はそれなりにモテたんじゃないかな。大吉さんもそう言っていたし。

「どっちでもいい、か」

うん、と頷きながら茉莉子さんが言う。

「そうよね、どっちでもいいことなのよね」

何かあったのかなって、思う。仕事に出て毎日いろんな人と会う中で、ちょっとしたケンカや気に入らないことは僕にだってある。家に居た頃、仕事から帰ってきて母さんとこうして同じようにテーブルで向かい合って話すことが多かった。それでわかったけど、大人は自分の中で何かを納得したいときには、人に話しかけるんだ。自分がどう思ってるかは言わないで、人の意見だけ聞いてうんうんって頷いている。

コーヒーを飲んで、マグカップを置いた茉莉子さんが、何か思いついたように「そうだ」って言って顔を上げて僕を見た。

「ねぇ佳人くん」

「はい」

「恵美里ちゃんだけどね」

何でしょう。

「タカ先生と何か関係があるのかどうか、知ってる？」

え？

「関係って、何ですか」

「それが、わからないんだけど」

わからないって何だ？　思わず顔をしかめちゃったら、茉莉子さんが手をひらひらと振った。

「あぁごめんなさい。そんな真剣でも深刻な話題でもないのよ。ちょっとそう思っただけなの」

まだわからないけど、頷いた。

「恵美里が何か言ってたんですか？」

茉莉子さんがちょっと首を傾《かし》げた。

「具体的にどうこう、ではないのだけど、佳人くんは何も知らないのね？」

「知りません」

いやその何か関係があるのかっていう表現がどういう意味なのかもわからないんだけど。茉莉子さんが苦笑いしながら新聞を畳んで、眼鏡を外した。

「たとえば上のプチで話をしているときにね、タカ先生のことが話題になったりすると、恵美里ちゃん、ほんの少しだけど饒舌《じょうぜつ》になるのね。まぁ普段からお喋《しゃべ》りな子だけど」

二人で笑った。恵美里は本当によく喋る。それが嫌なんじゃなくて、会話の糸口を探さなくて済むからすごく助かるんだけど。

「何かこう、表情の質が変わるのよ。たとえば女の子って彼氏の話をするときには雰囲気変わるじゃない？　わかる？」

まぁ、なんとなくは。いくら友達が少ないとはいえ、カレシの話を嬉《うれ》しそうにしてくる同級生の女友達ぐらいはいます。別に聞きたくはないんだけどね。

「タカ先生が恵美里ちゃんの彼氏だって言ってるわけじゃないわよ」

「わかってますよ」

笑った。もし恵美里とタカ先生がつきあっていたらびっくりだ。年の差四十歳ぐらいのカップルになってしまう。

「何かこう、特別な感情ということでもないけど、恵美里ちゃんの中に何かがあるのかなぁってちょっと思ったの。それだけ」

そうか。人生経験豊富な茉莉子さんがそう思ったんだからきっとそうなんだろうな。でもそれは僕が気にしなきゃいけないことではないだろうし。たぶん。

「おもしろいわぁ」

茉莉子さんが嬉しそうに微笑んだ。

「何がですか」

「こういう家で、付かず離れずで誰かと暮らすってこと」

高校を卒業してからずっと一人で暮らしてきた茉莉子さん。それと独身であることは何か関係があるんだろうけど。

「今までは、こうやって夜の時間なんかは、自分のことしか考えなかったのね。それが今は皆のことをあれこれ考えて時間を過ごせるの。他人だから放っておいてもいいのだけど、自分が関わることもできるって思うと、なんかすごく楽しいの」

本当に嬉しそうな顔をして言う。

「私がオバサンだから余計にかもしれないけどね」

恵美里ちゃんや今日子ちゃんや亜由ちゃんが、これからどういう毎日を過ごしてどういう女性になっていくのかがすごく気になるって続けた。

「もちろん、嫌がられないように、おせっかいはしないようにするけれど」

してもいいとは思うけど、どうなんだろう。その辺は人それぞれの考え方があるとは思うけど、少なくともこうやってシェアハウスに暮らすという選択をしたんだから、他人との関わりを受け入れる準備のある人ばかりだとは思うけどね。

表玄関の扉が開く音がした。カチャン、という鍵《かぎ》を掛ける音が続いて、居間の引き戸が開いた。

「ただいま」

くるくる頭の大吉さんが帰ってきた。

「お帰りなさい」

茉莉子さんと同時にそう言う。二、三日はこの家にこのメンバーだけ。

「大吉さん」

「はい」

「三人しかいないから、お風呂《ふろ》のお湯、抜いてないわよ。いいでしょう？」

「あぁ、いいですよ」

僕からすると三十七歳の立派なおじさんである大吉さんも、四十歳の茉莉子さんからすると自分の年齢に近い年下の男。茉莉子さんは僕に対してより、もっとざっくばらんな感じで大吉さんに話しかけて、大吉さんは他の女の子に対してより丁寧に茉莉子さんに話しかける。

「これ、食べませんか」

大吉さんがニコッと笑って、手に持っていたコンビニの袋をひょいと上げた。中にはなんだかアルミホイルに包まれたものが入っているけど。

「あら、なぁに」

「カントゥッチです。少し余ったので」

☆

「美味しい」

「でしょう？」

大吉さんがニコッと笑って、手に持ったカントゥッチを自分で淹れた紅茶に浸して食べた。僕は全然知らなかったけど、イタリアではポピュラーなお菓子だそうだ。なんか固過ぎるクッキーみたいなパンみたいな不思議な食感。ワインやコーヒーや紅茶に浸しながら食べるのが美味しいらしい。

で、確かに美味しかった。

「大吉さんのお店にも行ってみないと」

茉莉子さんが言う。そういえば僕もまだ行ったことないんだ。

「どうぞどうぞ」

ごく普通のイタリアンレストランなので、全然値段も高くないとは言っていた。

「日本で言えば定食屋みたいなところだよ」

「今日子ちゃんと恵美里ちゃんはとても美味しかったって言ってたわ。二人で行ったのよね？」

「そうですよ」

「あ、二人は行ったんだ」

亜由さんは行ってないのかって訊いたら、大吉さんは頷いた。

「まだだな」

「今度、佳人くんが誘えばいいのよ。イタリアンに一人で行くのはバカらしいでしょう」

いや、僕が誘わなくてもと思ったけど。亜由さんにだってカレシはいるかもしれないし。

「何かのときに、皆で行けばいいんですよ。タカ先生も連れて」

「あら、いいわね。タカ先生の誕生日祝いとか」

「それは、俺だけが働いて皆は美味しい思いをするってことですね」

三人で笑った。笑った後に、大吉さんが天井の方をちらっと見上げて、顔を僕に向けた。

「三人娘はいないんだよな」

「いませんよ」

うん、と、大吉さんは頷いた。あ、この顔はあのときの顔だって思った。僕に弟さんの話をしたときの顔。何か躊躇《ためら》うっていうか、これは話していいものかどうか、なんて考えながら喋っていたときの顔。

「茉莉子さん」

「はい」

「佳人くんにも、ちょっと相談があるんだけどな」

「相談？」

「ちょっと待ってて」

手のひらをこっちに向けて立ち上がって自分の部屋に入っていった。どうしたんだろう、と僕と茉莉子さんは顔を見合わせて、それから大吉さんの部屋の方を見つめていた。ドアは開けっ放しで、何かごそごそ音がして、すぐに大吉さんは戻ってきた。

手に、コンビニの袋の小さいのを持っている。

「なに？」

茉莉子さんが顔を顰《しか》めた。お菓子ではないことは一目でわかったんだ。中に入っているものが、なんだかわからないけどひどく薄汚れたものだったから。ゴミ？　って思ってしまったぐらい。

「ちょっと汚いですけど我慢してください」

もういらないチラシはないかって僕に言うので、適当なチラシを渡すとそれをテーブルの上に拡《ひろ》げた。そして、コンビニの袋の中のものを出した。

「マッチ？」

マッチだった。それも、使ったマッチ。火が点《つ》いて頭のところがなくなったやつや、黒くなったやつや、ほとんど燃えつきているような、とにかく全部が使ったマッチ。

相当たくさん、何十本、いやひょっとしたら百本以上もあった。

途端にイヤな臭《にお》いがしてきて茉莉子さんがまた顔を顰めたので、すぐに大吉さんは袋の中に戻して口を閉じて、置いた。汚れた手をティッシュで拭《ふ》いた。臭いを飛ばすように手で空気を掻《か》き回した。

「水で濡《ぬ》れてるので火事になる心配はないです」

「なんなの？　それ」

茉莉子さんがまだ顔を顰めたまま訊くと、大吉さんが口をへの字にした。

「ご覧の通り、使ったマッチなんですよ」

「それは見ればわかるけれども、あなたが使ったもの？」

大吉さんは首を横に振って、ジーンズの後ろのポケットに手をやってジッポーのオイルライターを取り出した。

「俺はライターしか使ってません。タカ先生も煙草《たばこ》を吸うときはライターです。だよな？」

僕に訊いたので頷いた。百円ライターを使っている。

「他にこの家には煙草を吸う人間はいないし、マッチで火を点けなきゃならないような古いガス台もないですよね」

「そうね」

大吉さんが何を言いたいのかわからないけど、黙って聞いていた。

「他に日常生活でマッチを使う場面がありますか？」

考えて、すぐに思いついた。

「ロウソク」

「そう、ロウソク。茉莉子さん」

「はい」

「女の子たちの部屋に俺は入ったことないんだけど、茉莉子さんはあの三人娘のそれぞれの部屋に入ったことありますか？」

「あるわよ、もちろん」

「仏壇とか置いてますか？」

茉莉子さんが驚いた顔をした。

「毎日仏壇にロウソクをってこと？」

「そうです」

「ないわよ。もちろん私の部屋にも」

「じゃあ、たとえばお香を焚《た》くとか、アロマキャンドルに毎晩火を点けるとか、そういう子はいますか?」

これにも茉莉子さんは即答した。

「いないわね。少なくとも今のところは。そういう香りはすぐにわかるもの」

大吉さんは、マッチが入った袋をちょっと持ち上げた。

「これ、先週の土曜のゴミの日に出したうちのゴミ袋の中に入っていたんです」

「え?」

ゴミ袋の中に?

「偶然だったんですよ。ゴミを出したすぐ後に俺は早出で通りかかってその袋がうちのゴミだっていうのはわかった。通りがかりに何気なく見たらこのマッチの束のようなものがゴミ袋越しに見えて」

「中から出したの?」

訊いたら、大吉さんが頷いた。

「なんでそんなことを」

「だって、普通じゃないでしょう? 使ったマッチの束を日常生活で捨てることなんかまず有り得ない。喫煙者だって捨てるときは煙草《たばこ》の吸い殻と一緒ですから束になってることなんかないですよ」

確かに、その通りだと思う。茉莉子さんも驚いた顔のまま、そうね、って二回呟《つぶや》くように言って頷いていた。

「それに、不思議に思ったことがあったんですよ。以前に」

「なに？」

「夜中に煙草を吸おうと思って窓を開けると、マッチを擦った匂いが漂ってきたことがあったんです。何度か」

そうなんだ。

「そのときは、あぁ誰かがマッチを擦ったんだなって思っただけだったんですけどね。でも、このマッチの束を見たときに、ふっとそれが頭に浮かんできて」

「この家に、マッチをこんなに大量に擦っている人がいるってことなんだ」

大吉さんが頷いた。

「ざっと数えても二百本近くはある。ここに住み始めておおよそ六十日だとしても一日三本以上使っている。少なくとも俺は喫煙者以外でそんなにマッチを使う人を今までの人生で見たことない」

ゴミ出しはとりあえず一ヶ月交代で当番制になっている。当番になった人が前の晩にそれぞれに呼びかけてゴミを回収してまとめているんだ。どうしても都合が悪い日は誰かに頼んだり、その辺は柔軟に対応しているけれど。

茉莉子さんが、僕の顔を見て、大吉さんの顔を見た。

「今、ゴミ当番は亜由ちゃんよね。その日、ゴミを出した人は？　大吉さん見たの？」

大吉さんが苦虫を嚙《か》み潰《つぶ》したような顔をして頷いた。

「もちろん。だから不審に思ったんですよ」

「誰なの？」

「亜由ちゃんでした」

亜由さん。三人で顔を見合わせてしまった。

「もちろん、ゴミを出したのが亜由ちゃんだからって、このマッチの束をゴミにしたのが彼女とは限らないけど、佳人くんじゃないよな」

「違います」

マッチなんて使ったことがない。

「私も、違うわ」

「俺もです」

ということは、やっぱり三人娘の中の誰かで。

「これはどう考えても、通常じゃないことだと思うんですよ。誰かに知られたら絶対に不審がられる。だから」

「亜由ちゃんである可能性が高いわけね。最後にゴミ袋に入れて自分で出せば誰にも知られない」

「そういうことです」

考え込んでしまった。

マッチを使うこと自体はおかしなことでもなんでもないけど、でも、どう考えてもこんなに使う場面なんて、ない。

「隠れて煙草を吸っているとか？」

茉莉子さんが言った。

「それなら、まぁルールは破ってますけど、別に心配するようなことじゃないんですけど。それでも、さっきも言いましたけど吸い殻と別になっていることがおかしいし、ゴミ袋を全部漁《あさ》ったわけじゃないですけど、吸い殻は見当たらなかった」

そうね、確かにそうね、と茉莉子さんは繰り返した。

「でも、お香とかアロマキャンドルを毎晩点けているんなら、それぐらいの数になってもおかしくないよね」

「そうだな。なんでライターじゃなくてマッチなんだという疑問は残るけれど、おかしなことじゃない」

でも、茉莉子さんは誰もそんなことはしていないと言っていた。大吉さんが、首を捻《ひね》った。

「ちょっと、気にし過ぎかなとも思ったんですけどね。放っておいてもいいことかもしれないけれど、ものがマッチだけに火事とかの心配もあるし、誰が何のために使っているかってことだけでも確かめた方がいいのかなって思ったんですよ」

茉莉子さんが頷いて、僕もそうした。確かにそうかもしれない。契約書や注意事項にアロマキャンドルやお香については明記していなかったけど、相良さんは言っていた。基本的に各自の部屋の中で火気は厳禁。部屋の中でアロマキャンドルなどのロウソク類を使う場合はしょうがないけど、十二分に注意してくださいと。

だから、部屋の中で唯一《ゆいいつ》煙草を吸う大吉さんは小さな防火バケツを自分で用意して、煙草は灰皿からすぐにそっちに移して水の中に浸す。イヤな臭いが出ないように、寝る前に吸い殻はフィルター以外はさらに水浸しにして全部生ゴミの袋に入れる。それぐらい気を遣っている。

茉莉子さんがうーん、と唸《うな》って人差し指をおでこにあてた。今まで見たことない仕草だけど、それが考えるときの癖なんだろうか。

「角が立たないように確かめなきゃいけないわね」

「それで、茉莉子さんに」

大吉さんが言うと茉莉子さんも頷いた。

「私よねぇ確かに」

でも、と続けた。

「問題があるわよ大吉さん」

「わかってます」

両手を拡げて大吉さんが苦笑いした。

「いくら一つ屋根の下に住んでるとはいっても、勝手にゴミ袋を開けたのは明らかにプライバシーの侵害です。警察に突き出されても文句は言えない」

そうか。そういう問題があったのか。全然気づかなかった。

「そのまま捨てられていれば、何の問題もなかったかもしれないのよ。何か私たちには考えつかない真っ当な理由があっただけかもしれないし」

確かめるのはいいけれどと茉莉子さんは眉間の皺をさらに深めた。

「皆に知られてしまったら、せっかくの皆の生活に大きなヒビが入るわよ」

大吉さんが、溜息《ためいき》をついた。

「だから、悩んだんですけどね。このマッチを捨ててしまって、俺一人の胸の中にしまっておけばいいかなって。でも」

そうか、って気づいた。大吉さんが、ゴミ袋を開けてまで確かめたのは。気にしているのは。

「大吉さん、それだけじゃないですよね」

僕を見た。その表情は明らかに、気づいたか、という顔をしていた。

「煙草や、お香やアロマキャンドルだけじゃなくて、最悪のマッチの使用法も」

うん、と頷いて顔を顰めた。

「何なの？　最悪って」

茉莉子さんは知っているだろうか。芸能人とかの事件でかなりニュースにもなったから耳には入っているかもしれない。

「覚醒剤《かくせいざい》」

「覚醒剤？」

茉莉子さんの口がパカッと開いた。

「マッチやライターで熱して覚醒剤を使用する方法もあるんですよ」

もちろん、僕も知識としてあるだけだ。

「そんな、まさか」

「まさか、だとは思います。少なくとも亜由ちゃんにそんなものを使っているような兆候は見られない。でも、ちらっと頭をかすめたのも事実です。その場合でも、どうしてライターじゃなくてマッチなんだって疑問は残りますけど」

兆候は見られない。大吉さんはそう言った。僕は黙っていよう後から訊こうと思ったけど、茉莉子さんも気づいたみたいだった。

「大吉さん」

「はい」

茉莉子さんは、静かに訊いた。

「そういうものに、詳しいの？　覚醒剤を使っているような人が普段どういうふうになるのか」

大吉さんが一度唇を噛んだ。それから小さく頷いた。

「ごく身近な人間に、いたんです」

その返事がどこかに染《し》みるのを待つように大吉さんは間を置いた。置いてから、続けた。

「俺は使ったことないですけどね。過去に、いたんです」

そう、と茉莉子さんは一瞬眼を伏せた。

「詳しいことは訊かない方がいいわね」

お願いします、と大吉さんは言った。

「でも、亜由ちゃんみたいな大人しい普通の女の子でも、そういうことに巻き込まれてしまう可能性があるというのを、あなたは知ってるのね」

「そういうことです」

深く、茉莉子さんは溜息をついた。

「そんなことまで考えなきゃならないのなら、ますます気が重いわね」

確かに。

でも、茉莉子さんじゃなくてもいいんだ。

「タカ先生という手もありますよ」

僕が言うと二人で同時にこっちを見た。

「大家さんで、なんたって医者なんだから」

十

午後十一時五十二分。

タカ先生は居間のくたびれたソファの背に凭《もた》れて腕を組んで眼を閉じてずーっと考え込んで、十分近く過ぎた。ようやく動いたと思ったら手を伸ばして煙草《たばこ》を取ったので、扇風機のスイッチを入れた。ついでに換気扇も。

済まんな、というふうに僕を見て小さく頷《うなず》いて、ふぅ、と天井を見上げるようにして煙を吐いた。

「佳人くん」

「はい」

「小腹が空《す》いたな」

それは確かにそう思っていたので頷いた。僕はさっき食べたカントゥッチが呼び水になってしまったみたいだ。

「冷蔵庫に、もらいものの薩摩《さつま》揚《あ》げがあるんだ。軽く焼いてくれないか。それと炊飯器にご飯が残ってるから、茶漬けでもどうだ」

「わかりました。やりますからいいですよ」

最近のタカ先生は、少しずつだけど家事にも目覚めてきたようだ。僕たちが来る前までは、話によると玄関に出前のどんぶりやそういうものが山積みになっていたらしい。まさしく医者の不養生ってやつだ。いや出前で食べるものが悪いってわけじゃないけど、家にいるんだったらやっぱりきちんと栄養バランスを考えて作らなきゃダメだと思う。

来る前と違ってきちんと整理された台所。冷蔵庫の中には薩摩揚げの他に、たぶん夕食の残り物だと思う風呂《ふろ》吹《ふ》き大根があったので、先生に訊《き》いてからそれもチンした。お茶漬けの素《もと》だけじゃ味気ないので、沢庵《たくあん》をちょっと水に晒《さら》してからみじん切りにしてご飯にのっけた。ホウレンソウのおひたしもあったので、それにごま油をちょっと垂らして七味をかけた。

「はい、おまちどおさまです」

二人分のお茶漬けとおかずをお盆に載せて運んで、テーブルの上に置く。まだ考え事をしていたらしい先生は背凭れから跳ね上がるようにして座り直した。

「おお、すまんな」

ずっとテーブルの上に置きっ放しだった、あのマッチが入ったコンビニ袋をタカ先生は床に下ろした。

「いただきます」

「はい、どうぞ」

二人で手を合わせて、箸《はし》を持った。タカ先生が薩摩揚げにちょっと醬油《しょうゆ》をかけて、一口齧《かじ》る。

「旨《うま》い」

「美味《おい》しいですよね」

焼いた薩摩揚げは僕も好物だ。スーパーでもいろんな種類を売ってるしバリエーションも豊富だから、ちょっとした一品のときに助かるんだよね。

「あのご飯にかけるラー油ってのを君は食べたか」

「食べましたよ。向こうの冷蔵庫に入ってますよ」

「俺はまだ食べていないんだよな」

「明日のお昼に持っていきます」

タカ先生とのお昼ご飯も、すっかり日常になっている。今では先生が適当に買っておいてくれた材料を、自由に使っていいことになっているので僕の昼食代も浮いて助かってるんだ。しかもお小遣いをくれるし、洗い物はタカ先生がやるので僕にとってはいことずくめ。

「亜由ちゃんのことはな」

「はい」

「任せろ、と二人には言っておけ」

お茶漬けを食べながらタカ先生は言った。

「わかりました」

「たぶん、最悪のケースじゃないだろう。極端に心配する必要はない」

ってことは。

「何か、思い当たることがあるんですね」

うん、と先生は頷いた。

「あるな。あの子に関しては」

亜由さんには。タカ先生はちらっと僕を見た。

「あの二人も、お前のことを信頼しているようだな」

「信頼？」

「いい年した大人が二人も揃《そろ》って、お前一人に説明に来させるのがその証拠だろう」

いや、それは僕が言い出したんだ。三人揃って来るのもなんだろうし、僕はしょっちゅうタカ先生と一緒に夜中にＤＶＤとか観《み》ているから、そのついでに話してきますって。

「それでも、だ」

お茶漬けを啜《すす》ってからタカ先生が笑った。

「普通の大人はお前みたいな子供にこんなことを任せない。まぁ最初から俺とお前をワンセットみたいに言っていた相良さんのせいもあるんだろうけどな」

そうかもしれない。タカ先生は僕たちの家の方には滅多に入ってこない。何か自分の中で決めているみたいだ。たとえばどこかが壊れたから確認してほしいとかの用事がなければ、入らないようにしているみたいだ。だから、タカ先生の様子を皆僕に訊く。

「まぁ、だが」

「なんです」

「お前に任せてしまおうという、大人の狡《ずる》さもあったんだろう」

大人の狡さ、とは。わからないって顔をしたら、それだ、とタカ先生は箸で僕を示した。お行儀悪いですよ。

「それって何です」

「お前に任せてしまっても、お前はそれを当たり前に思って、平気な顔をしている。それだけ心が強い証拠だ。まぁ表現を変えれば若さ故《ゆえ》の怖い物知らずってことだ」

「何が怖いんです」

「ひょっとしたら亜由ちゃんが抱えている事情、文学的な表現をすれば心の中の暗い部分を、自分が引き受けてしまうかもしれないのが怖いのさ。大吉も茉莉子さんも、そういう状況の辛《つら》さや怖さを十二分にわかっている大人だ。だから、お前が一人で俺に言ってくるというので喜んで任せた。そういうのが大人の狡さだ」

いや、そんなふうに言わなくてもいいと思うけど。

「すごい心配してましたよ二人とも。茉莉子さんだって、皆と関わっていくのが楽しいって言ってたし」

タカ先生は、ふふん、とわざとらしく笑った。

「そりゃあ楽しいさ。良いところだけ皆と共有すれば毎日に変化があって刺激になる。年寄りには何よりの御馳走《ごちそう》だ」

「そんな言い方しなくても」

まぁな、と、ホウレンソウのおひたしを食べた。

「それは意地悪な見方ではあるが、多かれ少なかれそういう気持ちを持ってる。保証してもいい。きっと茉莉子さんと今度二人きりになったとき、彼女はお前に謝ってくるぞ。任せちゃってごめんなさいって」

　そうなんだろうか。そういうものなんだろうか。タカ先生は、一度箸を置いて、少し息を吐いた。

「抱え込めないって、事情もあるんだろう」

「と言うと」

「大吉も、茉莉子さんも、それぞれに何かを抱えている。ここにやってきたのは、少しでもそれが軽くなるかもしれないという淡い期待のようなものがあったからに違いない。だから、他人のそんなものを引き受けられないんだろう。別に俺はあの二人の狡さを責めてるわけじゃない。狡さ、と表現したが、言い換えれば生存本能みたいなものだ。生き物は本能で危険を回避する」

　だからそのために、って言って僕を見た。

「ここには俺が居るんだからな」

　タカ先生の役割。大家であって、同時に医者として相談にのる役割。

「聞くか？」

「何をですか」

「亜由ちゃんが、抱えているものだ。もっとも俺の推測も大分入っているんだが」

「そんなの、僕が聞いていいんですか」

また箸を手にして、風呂吹き大根を割った。大根を口にして、あふい、って言いながらはふはふする。

「話したからって、お前が皆に言いふらすわけじゃあるまい。そして、それを重荷だとお前は思わない」

確かに口は固いつもりですけど。

「整理するためにも、聞き手というのは必要な存在なんだ。話は少しそれちまうかもしれないがな」

昔のことを良く言うのは好かないが、と前置きした。

「昔は、家の中にもっとたくさんの人が居た。おじいちゃんおばあちゃんに兄弟姉妹。たくさん人が居れば、その中に聞き上手な人間が一人ぐらいは居たのさ。もやもやしてるもんを全部吐き出して、すっきりさせてくれる相手がな」

「今だって、家族と限らなきゃたくさんいるじゃないですか。ネットの中に」

ケータイでも何でも使って皆はコミュニケーションしてる。グチだってさんざん吐いてる。友達の少ない僕のところにも、同級生たちからいろんなメールが入る。

「あのな」

「はい」

「お前は俺にこの薩摩揚げを焼いてくれた。俺はそれを眼の前で見ていたから、この薩摩揚げの旨さは倍増した。同じメニューでもお母さんが一生懸命作ってくれたものと見えない厨房《ちゅうぼう》で作られたものじゃあ、旨さが違う。実は材料も味も一緒なんだが、人間は旨く感じる。そういうものだ」

料理してくれる相手は見えた方が旨い。話し相手は、眼の前に居なきゃならない。

先生はそう続けた。

「大昔の話だ。電話がようやく一般家庭に普及した頃にな」

「はい」

「今まで手紙しか交流の手段がなかったんだからそりゃあ便利になった。遠く離れた相手と直接話せるんだからな。でもな、お年寄りは皆言ったそうだ」

「何でです」

「淋《さび》しい、とな」

淋しい？　どうして？

「声が聞こえるのに、姿が見えない。こんな淋しいことはない。それなら声も姿もない手紙の方がなんぼか心が温まるってな」

なんとなく、言いたいことはわかった。

「引退しておいてこんなことを言うのはなんだが、医者と患者もそうだ。最近はネットで遠く離れた患者さんと話したりカメラやデータで診療を行うこともできる。それはそれで非常に有効で、有意義なことだ。でもな」

「触診ですか」

「そうだ」

実際に患者さんの身体《からだ》に触れて、調べること。

「そういうものは、大事なことだ。大切なことだ。便利になるのはいい。だが、それと同じぐらい大切なことを置き去りにしちゃいけない」

お茶漬けを全部かきこんだ。

「話が大分それちまったがな」

「はい」

「あの子、亜由ちゃんな」

「はい」

「簡単な言葉で言えば、人付き合いが下手な人間だ」

んー、と考えた。確かに大人しい女の人ではあるけれども。

「別にそんな感じはしませんけど」

話しかければ答えるし。何より幼稚園の先生なのに。

「子供たちの面倒を毎日見てるじゃないですか」

「幼稚園ぐらいの子供ってのはな、ありゃあ人間じゃないんだ」

人間じゃないって何ですか。

「園児は、天使だ」

「天使？」

思わず吹き出しそうになった。何を言い出すんですか。

「冗談じゃあないぞ。俺は本気でそう思っている。長年子供も診てきたんだ」

そう言えばそうだ。〈小助川医院〉は内科と小児科のお医者さんだったっけ。僕もそれぐらいのときに診てもらっていたんだ。

「大人の常識なんか通用しない。何も考えていない。自分の欲望のままに行動してなおかつそれが愛らしい」

優しそうに、タカ先生は微笑《ほほえ》んだ。

「疲れるのは確かだが、大人と付き合って疲れるのとは別の疲れ方だ」

「そうなんですかね」

それぱっかりは幼稚園ぐらいの子供と長い間一緒にいなきゃわからないんだろうけど。

「しかしな、園児の向こう側には親がいる。大人がたくさんな。そして幼稚園の先生はそのギャップと戦わなきゃならない」

「ギャップ？」

「園児とその親の違いにだ。どんなに可愛《かわい》い園児でもその親がとても良い人かどうかは別だ」

まぁ、そうなんだろうな。

「普通の、この現代社会で普通に対応して生きていける人間だってそのギャップに悩まされることはある。ましてや、そういうものに対応していけない人間は、そりゃあ辛い」

「いるんですよね、そういう人が」

それが亜由さんだって言うんだろうか。タカ先生は煙草に火を点けて、壁に掛かっている柱時計を見た。僕にしてみたらどこかの昭和博物館にあるんじゃないかってぐらいの古い形の振り子が揺れる柱時計だ。

「もうこんな時間か。明日もバイトだろう」

「そうです」

帰って寝ろ、と微笑んだ。いやでも。

「亜由さんが抱えているものの話は」

まだ途中のような気もするけど。

「帰ってくるのは二日後だろう。急がなくてもいい。このマッチの件も含めて俺も少し考えておく」

そう言われたら、頷くしかない。

「それからな」

「はい」

「大吉くんのことをあんまり怒るなって、茉莉子さんに伝えておけ」

「怒るなとは」

「ゴミ袋を開けたことさ。女はそういうのをことさら嫌がる。特に茉莉子さんみたいな年の女性はな」

それもタカ先生の女性に対する偏見ではないかと思ったけど、確かに茉莉子さんはかなり気にしていた。

「悪気はなかったんだから許してやれってな。長く一緒にいりゃあ、いずれわかってくることもあるってな。そう言っておいてくれ」

「わかりました」

後片づけはしておくからいいって言うから腰を上げようとして思い出した。茉莉子さんと言えば。

「タカ先生」

「なんだ」

「恵美里って、赤の他人ですよね」

なんだそりゃと煙草の煙を吐いた。

「いや、たとえば小っちゃい頃に、タカ先生の患者さんだったとかじゃないですよね」

「違うぞ。大体あの子の実家は埼玉だろうに」

「そうですよね」

なんかあったのかって言うから、何でもないって答えた。

「なんか妙にタカ先生のことを親しげに話すから、ちらっとそう思っただけです」

「あの子は誰に対してでも親しげだろう。俺にタメ口利《き》いてくるしな」

笑った。そう言えばそうだった。

十一

遅番のはずの大吉さんが起きてきた。

いつもなら僕と茉莉子さんと亜由さんの三人で朝食を摂《と》る曜日。昨日の夜は大吉さんとは顔を合わせなかったから話さなかったけど、やっぱり気づいていたんだ。

「帰ってきませんでしたよね」

寝起きの少しがらがら声の大吉さんが茉莉子さんに向かって言うと、僕も茉莉子さんも同時に頷《うなず》いた。話していたんだ。亜由さんが昨夜実家から帰ってこなかったって。

大吉さんが、そうか、って小さく呟《つぶや》いた。

「でも、今日は実家からまっすぐ幼稚園に行って、そしてこっちに帰ってくるんじゃないかって話していたんです」

茉莉子さんも頷いた。

「まぁ、そうですかね」

それは全然不自然なことじゃないと思う。そうだな、ってもう一度大吉さんが言って苦笑いした。

「もう一度寝ます」

大吉さんが頭を掻《か》きながら部屋に戻って、僕と茉莉子さんは顔を見合わせてちょっと笑って、朝食をまた食べ出した。でも確かに心配ではあった。メールでもして聞いてみればすぐにわかるんだろうけど、わざわざメールで聞くようなことでもないような気がする。それこそ、家族でもないしめちゃくちゃ親しい友人というわけでもない。僕から〈今日は帰ってきますか？〉なんてメールが来たら亜由さんはちょっと驚くんじゃないか。

でも、同じ家に住んでる。

中途半端《はんぱ》な関係だなぁって考えていた。

お昼になる前に、久しぶりに相良さんが〈石嶺酒店〉に顔を出した。ここ一ヶ月ぐらいは忙しかったみたいで顔を出さなかったし、こんな時間にやってくるのは珍しい。

「まさか昼酒飲みに来たんじゃないですよね」

冗談で言うと笑った。

「たまにはそんなことしたいわ」

今日は美味《おい》しそうなクリーム色のスーツ。茶色の革の鞄《かばん》。少し髪を切ったみたいだ。

「今日もお昼はタカ先生と一緒なのよね」

「そうですよ」

うん、と相良さんは頷いた。

「ご挨拶《あいさつ》がてら、私もご一緒していいかしら」

もちろん、歓迎です。

タカ先生が好きだって言う富山の地酒を、お土産にって相良さんは買った。売り上げにご協力ありがとうございます。僕がその箱を持って、二人で歩いて家に向かっていた。

「やっぱり大家さんには定期的に挨拶とかするんですか」

「それはもちろん、アフターケアですから」

「日本酒持って？」

訊《き》いたら、笑った。

「それは、ケースバイケースですよ。タカ先生の場合は」

そこで、いったん言葉を切った。

「まぁ、ちょっと特殊で、思い出深い仕事なので」

思い出深いのか。確かに元医院でしかもそこを経営していたお医者さんが大家になった〈シェアハウス〉っていうのはかなり珍しいだろうから特殊だとは思う。だから思い出深いのか、他に理由があるのか。

何気ないふうに言ったけど、何かちょっとしたものがあるようにも感じた。でも、そんなことを探っている感じの自分に軽くイラッとしてしまった。

「皆さん、お元気かしら」

「元気ですよ」

亜由さんのことは黙っておく。

「生活のパターンもわかってきたし」

何より、自分でもそうだよなって思っていたんだけど。

「誰かが何かをしていても、気にならなくなりました」

たとえば、居間でテレビを観《み》ているときに誰かが二階から降りてきて、冷蔵庫からおやつを出してちょっとテレビを冷やかしてそのまま二階に上がって行く。もちろん挨拶とかはするし、久しぶりだったら御機嫌伺いの会話はするけれど、会話をしなきゃならないっていう義務感みたいなものは消えてしまった。

これは今日子ちゃんが言っていたんだけど、お風呂《ふろ》上がりにまっすぐ自分の部屋に戻らなくても平気になったって。つまり素っぴんでお風呂上がりに女性陣はもちろん、僕と大吉さんにその姿を見られても平気になったって。さすがに実家に居るときのようにパジャマ姿ではいられないそうだけど。

「じゃあ、俺は今度風呂上がりにパンツ一丁で歩き回ろうかなって大吉さんが言ったら、オヤジだって皆に怒られてました」

茉莉子さんなんか、そんなことしたらパンツもひんむいてやるわって言ってた。相良さんが可笑《おか》しそうに笑う。

「いいですね」

いいですね、と同じ言葉を二回小声で呟いた。

「そういうふうになってくれれば、いちばん良い」

相良さんの頭の中には、理想のシェアハウスっていうのがあるんだろうと思う。それは最初に会ったときから感じていた。話し方や考え方やそういうので。

相良さんが手掛けたシェアハウスはうちで四棟目。五棟目が墨田区の方に、もうすぐできあがるって言っていた。その中でも〈シェアハウス小助川〉には特別の思い入れがある。本人もそう言っているし、そう感じる。

家に着いたら、すぐに相良さんは外装からあちこちチェックを始めた。先に行っててくださいと言うので、僕はそのままタカ先生のいる母屋《おもや》へ。いつものようにインターホンを鳴らして、「入りますよー」と声を掛けて中へ入って行く。

「作りますよー」

居間で新聞を読んでいたタカ先生に声を掛けて、タカ先生も「おう」と返事をする。本当にこれがパターンになってしまった。僕はタカ先生と一緒に暮らしているみたいなものだ。

「先生」

台所から少し大きな声で呼んだ。

「なんだ」

「相良さんが御機嫌伺いに来てます。一緒にお昼を食べるそうですよ」

これ、相良さんからの差し入れで美味しいメンチカツだそうですよってタカ先生を振り返って見たら、なんか微妙な表情をしていた。でも、それは一瞬で、すぐにメンチカツか、と微笑《ほほえ》んだ。メンチカツは先生の好物なんだ。

「今は、あちこち点検してます。日本酒も差し入れです」

箱を見せると、大きく頷いた。メンチカツを貰《もら》ったから冷蔵庫からキャベツを出して千切りにする。レモンもあったので四つ切りにした。お味噌汁《みそしる》の具は増えるワカメと豆腐にする。ご飯は先生がスイッチを入れて炊《た》いておいてくれていて、あと一分で炊き上がり。

「あとは」

お漬物と残り物のキンピラゴボウを出しておけばいいだろうなんて考えているうちにインターホンが鳴って、相良さんが入ってきた。

「本当に料理が上手なんですね」

「買ってきたメンチカツじゃないですか」

いえ、このキャベツの千切りなんて細くてプロ並みです、と相良さんが微笑んだ。

居間のテーブルで三人でお昼ご飯。

「手際《てぎわ》の良さは本当に凄《すご》いぞ。そこらの主婦は敵《かな》わんだろうな」

先生もニヤリと笑いながら僕を見た。

「しかし出世はしないかもしれんな」

「どうしてです」

「こんなに人のために何かをしてやれる男なんてのはな、上には立てんもんだ。まぁいいとこナンバー2だな」

僕を話の肴《さかな》にして、大学はこれからでも遅くはないから受験しろとか、あるいは何か日本の伝統工芸の世界に弟子入りしろとか、彼女にするのには家事は嫌いだけど仕事の好きな女性にした方がいいとかあれこれあれこれ。

楽しそうに笑いながらご飯を食べていた。相良さんとご飯を食べるのは初めてだけど、意外とたくさん元気良く食べるのでちょっと意外だった。細身であんまり食べるような人には見えなかったけど。

「ところで」

いつも先生はお味噌汁を最後に飲み干して、箸《はし》を置く。それも本当にきれいに全部飲み干すんだ。

「おもしろいことに気づいたんだ」

僕じゃなくて、相良さんに向かって言った。同じようにちょうど食べ終わった相良さんが、バッグからポケットティッシュを一枚取り出して、口を軽く拭《ふ》いた。

「おもしろいこと」

「ついこの間なんだが」

「なんでしょうか」

相良さんが微笑みながら、タカ先生を見た。タカ先生は、ちょっとテーブルを見回して僕も食べ終わっているのを確認して胸ポケットから煙草《たばこ》を取り出した。もちろん、僕はすぐに扇風機を回して、相良さんが少し不思議そうに眼を大きくさせた。

火を点《つ》けて、吸い込んで、タカ先生が煙を上に向かって吐き出す。

「橋本恵美里」

恵美里の名前を先生は言った。相良さんが、こくん、と頷いた。

「まったく気づかなかった。まぁ気にしていなかったというのが正解か」

相良さんの眉間《みけん》にほんの少し皺《しわ》が寄った。

「お母さんの名前は、橋本亜紀子《あきこ》。これもまぁ、特に珍しくもない名前なんで気にはしなかった。ほとんど気にならなくなっていたというのが正解か」

タカ先生はずっと相良さんを見ながら話をしている。その言い方に、何かいつもとは違う調子があったのでなんだろうと考えていた。なんで恵美里の話を。

「そして君の名前は、相良奈津子。相良さんという名字なのでこれもまるで繋《つな》がらなかった」

相良さんは、わかったというふうに頷いた。そして、居住まいを正した。

「黙っていて、申し訳ありませんでした」

タカ先生が、苦笑いした。

「まったく年は取りたくない。今の今まで気づかなかったとはな」

なんだ？ 何の話なんだ？ 僕の頭の上に疑問符が大量に浮かんでいるのに気づいたんだろう。先生が僕を見た。

「あのな」

「はい」

「恵美里ちゃんの母親はな、俺の女房だった女だ」

え？

十二

一瞬、混乱してしまった。

女房っていうのは、妻のことだ。奥さんのことだ。タカ先生に結婚歴があるのは知っている。この小助川医院で事務をやっていた奥さん。離婚の理由は知らないけれど、別れてここを出て行ってしまったのが二十年ぐらい前。子供はいなかったって言っていた。

それなのに恵美里が元の奥さんの子供ってどういうことなんだ？ 恵美里って実は

タカ先生の娘だったのかっ、と、混乱してしまったんだけどそれは一瞬で、すぐにわかった。理解した。

タカ先生の元奥さんが、別の男性と再婚してできた子供なんだ、恵美里は。だから、タカ先生と恵美里はまったく何の関係もない。血の繋《つな》がりもないし親戚《しんせき》関係でもない。恵美里側から言えば〈母親の前の夫〉が、タカ先生。

そんなこと恵美里は一言も言っていなかったけど、だからなのか、と思い当たる部分がたくさん浮かんできた。だから恵美里は、タカ先生のことを、なんかやたらと知りたがっていたし、妙に馴《な》れ馴《な》れしかったところもあったわけだ。

相良さんはそんなことを隠していたのか。どうして隠したのか理由はわからないけど。それで、急に頭に浮かんできた。ひょっとしてタカ先生が気づいたのは。

「先生、もしかしたらそれに気づいたのは僕の」

「そうだ」

頷《うなず》いた。大丈夫、これは怒っていない。普通のタカ先生だ。むしろ楽しそうにしている。

「お前が俺に『恵美里って、赤の他人ですよね』なんて変な質問をしたから、ふと考えた。そういやぁあの子は最初から俺に随分親しげな瞳《ひとみ》を向けていたなってな。それで気づいたんだ」

「やっぱり」

で、相良さんは？　って思ったところでタカ先生は僕に向かってニヤリと笑った。

「相良さんは、女房の、いや元女房の、妹だ」

「妹さん」

相良さんは僕の方を向いて、苦笑というかなんというか、曖昧《あいまい》な笑顔を作って頷いた。

「そうなんです」

佳人さんにも、皆さんにも黙っていてごめんなさい、と続けた。

「いや、別に」

相良さん本人のプライベートなことを僕たちが知る必要もないし、言わなきゃならない義務もないはず。だから謝ってもらう必要なんか何にもないんだけど、さすがにちょっと驚いた。

「じゃあ、相良さんは、今までずっとそれを隠していたんですね？　タカ先生に」

「そうなの」

それなのか。僕が相良さんに感じていた、タカ先生に対するちょっとした態度や雰囲気の大本は。

いやその前に。

タカ先生。

「なんで気づかなかったんですか？」

奥さんの妹さんってことは、その時点では義妹だったわけだ。

「いくらなんでも義妹の顔を忘れるなんて」

訊《き》いたら先生は首を傾《かし》げて苦笑いした。

「だってお前。この奈津子ちゃんはな、俺が元女房と、面倒くさいな、亜紀子と言うんだ。彼女と結婚したときにはまだ十歳の子供だぞ。随分と年の離れた姉妹でな」

「そうなんですか？」

相良さんが頷いた。

「十三歳、姉とは離れているんです」

「そして、亜紀子と別れたときでもまだ、えーと」

タカ先生が考えると相良さんが助け船を出した。

「十七歳の高校生でした。しかも最後に会ったのは中学を卒業するぐらいでしたよね」

そうだそうだ、とタカ先生が頷く。中学を卒業ってことは十五歳。今、相良さんは三十七歳とか言ってたから、それから二十二年。

「一度も会っていなかったんですか」

「会う必要もないし、機会もなかったからな」

「それは」

僕は大きく頷いた。

「言われなきゃわからないですよね」

タカ先生もまた大きく頷いた。そんなに長い間知り合いに会わなかったっていう経験はもちろんないけど、小学校のときの同級生にばったり会ってもちょっと誰だかわからないってことはある。そんな感じなんだろう。

「しかも、相良という名字は」

そこで、少し間を置いて先生はソファの背に凭《もた》れた。煙草《たばこ》を一度大きく吸い込んだ。

「聞いたこともない名字だが、君は現在は独身だと言っていたな」

「はい、そうです」

そうだ、それは僕も確か聞いた。聞いたこともない名字ってタカ先生が言うからには、別れた奥さんの旧姓ではないんだろう。

「ということは、別れた夫の姓か何かか」

相良さんは、苦笑いしながら頷いた。

「最初から、説明した方がいいですね」

「そのようだな」

「お時間、大丈夫ですか？」

むろんだ、とタカ先生は頷いた。でも先生には時間はたっぷりあるだろうけど、僕は昼休みの最中だ。

「そんなに長くもならんだろう。俺が石嶺さんに電話しといてやる。ちょっと俺の用事で昼休みが長くなるが勘弁してくれとな」

そう言うのと同時に立ち上がって、茶簞笥《ちゃだんす》のところに置いてある電話の受話器を取った。そう〈石嶺酒店〉の皆さんも、かつての先生の患者さんだったし、タカ先生もお酒は石嶺さんから買う。昔馴染《むかしなじ》みだから話はすぐに通じるんだ。

電話している間、相良さんは少し伏し目がちにしながら、何かを考えているふうだった。どうやって説明するかを確認していたのかもしれない。

「よし」

電話を切って、タカ先生がそう言いながら座った。

「聞こうか」

　相良さんが、頷いた。

「姉が離婚してからも、実は私、ここに度々お邪魔していたんです」

「そうなのか？」

　タカ先生が眼を丸くした。

「もちろん、お訪ねしたわけではなく外から眺めるだけだったんですけど」

　この家を、小助川医院を。

「姉が結婚してから、私、何度かここに来て泊まらせていただきましたよね？」

「そうだな」

「それは、姉に会いに来るっていうより、この家に来たかったからなんです」

　白く塗られた板張りの外壁、柿色《かきいろ》をしていた物干し台、深い茶色の瓦《かわら》屋根、黒い板張りの廊下、壁の円窓《まるまど》、漆喰《しっくい》の壁、細かい細工の欄間。

「道路から続く小さな石の階段、庭にある桜の木、玄関の庇《ひさし》、とにかく何もかもが大好きだったんです。お嫁さんになってここに住むことになった姉が羨《うらや》ましくてしょうがなかったんですよ」

「そんなにか」

タカ先生は驚いたふうに呟《つぶや》く。

「大人になったら、看護師さんかお医者さんになってここに就職しようかと考えたぐらいでした」

最初に相良さんと二人でここに来たときのことを思い出していた。相良さんは、僕に説明している間、ずっとにこにこしていた。それは仕事上の営業スマイルなんかじゃなくて、まるで孫の自慢をするおばあちゃんみたいな雰囲気だった。初対面だったけど、そんな嬉《うれ》しそうな感じがすごく伝わってきたんだ。

その頃から今まで、相良さんは、この小助川医院がずっとずっと好きだったんだ。

「君は」

唇を少し曲げながらタカ先生が言った。

「子供の頃から、あれか、建物とかそういうものに興味があったのか」

「そうですね」

少し恥ずかしそうにした。

「建物というか、家、でしょうか」

「家」

そうです、と相良さんは少し背筋を伸ばした。

「私は物心ついたときから、家というものに憧《あこが》れを持っていました。一軒家や、立派なマンションに住んでいる友達が羨ましかったんです。友達の家に初めて遊びに行ったときなんか、必ず家の中を全部案内してもらっていました」

「成程」

「幼稚園の頃には、マンションや売家のチラシを全部集めて、それを切り取って自分の理想の間取りの家みたいなものを切り張りして遊んでいたんですよ」

それは。思わずタカ先生と顔を見合わせてしまった。

「筋金入りだな」

先生は呟いたけど、でも僕にも覚えがある。車のチラシから車を全部切り取ってそれで遊んでいたはずだ。そういえば弟の勝人もやっていたっけ。

「自分の家が欲しくてしょうがなかったんです。ここは」

相良さんは微笑《ほほえ》みながら居間の中を見渡した。

「私の理想の家だったんですよ。姉が離婚したとき、いちばん悲しんだのは実は私かもしれません」

うちはずっとアパート暮らしだったって相良さんが続けた。

「ご存知だと思いますが、父はそれほど稼ぎが良かったわけではありません。むしろ、言ってしまえば低所得者の部類に入る人でした」

先生は顎《あご》を小さく引いた。

「そして、家族仲が良かったわけではないんです。お気づきだったかもしれませんが、姉も私も早く家を出たかったんです。表面上はそれほど大きな波風が立ったことはありませんでしたけど」

「そうだな」

煙草を吹かして、タカ先生は頷いた。

「そんなような話をしていたな」

思い出したようにタカ先生は言う。奥さんと別れて二十年。どうなんだろう。二人で暮らした思い出なんかは先生の中でどんなふうになっているんだろう。

「それは」

相良さんは、また恥ずかしそうにした。

「家のせいだと、思っていたんです」

「家」

家が小さくて狭いから、そこに住んでいる自分たちも小さく狭い心の持ち主になってしまっているんだって考えたそうだ。

「もちろん、子供の頃ですけど」

うん、と、僕もタカ先生も頷くしかなかった。確かに子供の考える理屈としてはよくわかる。すごくストレートな感じ方だと思う。

「だから、大きなきれいな理想の家に住めば、きっと私たち家族もすごくいい家族になるに違いない。それはどんな家なんだろうって夢想していたんですよ。そういう子供だったんです」

「その理想の家の形が、ここだったんですね」

訊いたら、相良さんは頷いた。

「そのひとつでした。でも、姉はここを出てしまった」

もうこれで繋がりが切れてしまった。まさか離婚した妻の妹が遊びに来るわけにもいかないし、患者として来るわけにもいかない。

「だから、ときどきやってきて遠くから見ていました」

タカ先生は、何かに納得するように、うんうんと頷いていた。

「話が長くなってしまいましたけど、相良というのは別れた夫の姓です。結婚してしばらくは二人とも仕事をしていたので、私も今の会社でこの姓で仕事をしていたんです」

「だから、名刺があったのか」

はい、と頷いた。

「先生がここをお止《や》めになるというのも、すぐに私は知りました。いったいこの家がどうなるんだろうって心配になったんです。どこかに売られるんだろうか。だとしたら社長にうちの会社で買ってくれないかと直訴でもしようか、とか、いろいろ考えていたんです」

タカ先生が苦笑いした。

「俺の心配じゃなく家の心配ばかりしていたんだな」

すみません、と相良さんが笑って、僕たちも笑った。

「それで、この家が売られることもなく、俺が一人で隠居よろしく住んでいたので様子を見ていたら、君の会社でシェアハウスにする話が持ち上がってきたんだな？」

「そうです」

ここが、理想のシェアハウスになると相良さんは確信したと続けた。

「今も子供の頃のように、盲目的にそれを信じ込んでいるわけではありませんが、家が人を作る、というのはひとつの形だと思います。ある形をした家に入居した人々がその家に感化され、そして家もまたその人たちによって作られていく」

まるで人生のパートナーのように、と相良さんは言う。

「家と人が、支え合って毎日を暮らす。たとえいつか離れたとしても、日々を暮らす心の支えになる。この家をそんなふうにしてみたいと考えました。でも」

「自分は別れた妻の妹。乗り込んでいって素直に俺が話を聞いてくれるかどうかわからない。むしろ嫌がられるかもしれない」

「そうです」

だから、別れた夫の姓になっていた古い名刺を引っ張り出してきて、タカ先生に会いに来たんだ。長い年月が経《た》っているから、これならわからないだろうと思って。

「もちろん、会社にも事情を話してはいません。いまだに相良の名前で私を呼ぶお客さんもいますから問題はなかったんです」

「その、離婚したのはいつだったんだ」

「二年ほど前です」

子供もいませんでしたから特に話がもつれることもなく別れました、と続けた。あれ？　二年ほど前ってことは。タカ先生も気がついて、訊いた。

「俺の父親が死んだ頃か」

その二日前でした、と相良さんは言った。

「離婚届を提出して、気分一新してまたここの様子を見に来たときに知ったんです。少し、驚きました」

先生はがしがしと頭を掻《か》いた。

「そういうものは、何か、繋がるものなんだよな」

そういうことだったかと、タカ先生は小さく息を吐いた。それから少し下を向いて煙草を吹かして、急に顔を上げて言った。

「自分がここに暮らすということは考えなかったのか？」

相良さんが、ほんの少し背筋を伸ばした。

「それは」

言いよどんだ。それを聞いてタカ先生は慌《あわ》てたように手を振った。

「いやいや、変な意味じゃない。たとえば自分が管理人として入居するとか、あるいは本当に個人的にこの家を買い取ってしまうというようなことは、だ」

相良さんの顔がほんの少し赤くなったのを見てから、僕はタカ先生の変な意味じゃない、っていう言葉の意味を理解した。そういうことね。でも離婚した妻の妹でさらにその妹もバツイチってかなり複雑だよね。

「先生が」

相良さんが柔らかな声で言った。

「タカ先生が、この家にいる風景が、私にとっての理想だったんです。だから先生に大家さんになってもらい、そして管理人の仕事をしてもらうことが必要だったんです」

だから、先生にこの家を出てもらうというようなことはまるで考えませんでしたって相良さんは言う。でもタカ先生がここに居ても、そこに相良さんが一緒に住んでも問題はまったくないのに。

まぁでも無理かそれは。

「恵美里ちゃんがここに入居することになったのは偶然というか」

そこで苦笑いした。

「私は反対したんですけど、本当にあの子は強引で」

「むろん、亜紀子も反対したんだろうな」

相良さんは頷いた。そうか、恵美里はまだ学生で保護者は両親なんだから、ここに入居するときも保証人は両親なんだ。だったら、タカ先生の元奥さんは事情を全部知ってるんだ。

「ここをシェアハウスにすることが決まったときに、やっぱり黙っているのはよくないと思って、姉にも話したんです。そうしたら」

「恵美里はおもしろがって入居するって言い出したんですね？」

僕がそう訊いたら、タカ先生が苦笑した。

「母親の前の夫と一つ屋根の下で暮らすのがおもしろいか」

「確かに、あの子はそう言ってました」

今は何の関係もないんだし、二十年も経っているんだから反対する方がおかしい。黙っていればわからないんだし、わかったところでどうだっていうんだ、と、恵美里は言ったそうだ。

「それに、あの子の明るさや強さというものが、ここにも必要かなと私も思ったんです」

「強さ、か」

はい、と相良さんは大きく頷いた。

「他人同士が集まるところに、何の邪気もない明るさと強さを持った人間が一人いるというのは必要だと考えたんです。我が姪《めい》っ子ながら、あの子は本当に〈普通の明るい良い子〉ですから」

それは、確かに。

僕もタカ先生も苦笑いした。恵美里は明るい。何の悩みもない能天気って感じではなくて、どんなことが起こっても前向きに物事を考えられる明るさって感じ。そういえばクラスに必ず一人はああいう子がいたよなぁって思う。気が強くてリーダーシップを発揮するって感じでもなくて、ただひたすら元気で明るい女の子。

「亜紀子は、どう言っていた」

「姉は」

ちょっと首を傾げた。

「最初は何でそんなことを、ってちょっと戸惑ってましたけど、私がタカ先生に会うようになったら、あの人は元気かしら、なんて訊いてました。別に怒ったり、そういうことはないですよ」

「そうか」

タカ先生の元奥さん。野次馬だよなって思いながらも訊いてしまった。

「何年、会ってないんですか？」

「あぁ」

そうだなって、タカ先生は煙草を揉《も》み消しながら考えていた。

「別れてから、会ったのは二、三度だけか。たぶん十七、八年は会っていないはずだな」

そんなものなのか、元夫婦って。いや元夫婦だからそうなるのか。

「再婚したときには手紙を貰《もら》った。そして恵美里が生まれた次の年だったかな、年賀状を貰って子供ができたことを知ったんだ」

だから、名前を知っていたんだ。恵美里の。

「じゃあ、あれだな。今の旦那《だんな》さんも知ってるんだろう。自分の娘が、妻の前の夫の家に一緒に住んでるというのは」

「知ってます」

「気を悪くさせてるんじゃないのか。まぁ俺はどうでもいいんだが、そんなことで気に病ませるのも申し訳ないがな」

「大丈夫ですよ」

くすり、と相良さんは笑った。

「義兄《あに》は、かなり大らかな人です。恵美里ちゃんの引っ越しも、自分が一緒に行ってタカ先生に挨拶《あいさつ》した方がいいんじゃないかって本気で言っていましたから」

「そうか」

まぁ挨拶されても困るがな、とタカ先生も笑った。

「大らかか」

「はい」

「あいつは俺と正反対の男と結婚したんだな」

それは、ノーコメントですって相良さんは笑った。まぁタカ先生もそんなにセコイ男ではないと思うけど。

「おかしいとは思ったんだ」

笑いながら先生は続けた。

「恵美里ちゃんは学生なのに、親が引っ越しにもついてこないでおまけに大家である俺に挨拶の電話一本もない。まぁ俺の時代とは違って、近頃はそんなものなのかと納得はしたんだがな」

「僕の母親は来ましたもんね」

いいって言ったのに菓子折りも持って。

「実は私も、その件で何か訊かれないかと冷や冷やしてました」

そこで、タカ先生が思い出したように言った。

「そういえば、ご両親は」

「父は、四年ほど前に亡《な》くなりました。母はまだ元気です。私と一緒に暮らしています」

「そうだったか」

そうか、先生にとっては一時期義父と義母になったんだもんな。そうだったか、と同じ言葉を繰り返して先生は相良さんに言った。

「一度お墓参りをさせてもらうか。今更だが」

こくん、と相良さんが頷いた。

「父も喜ぶと思います。タカ先生のことを気に入っていましたから」

二人でそうだな、と顔を見合わせた。

あー、大人の会話だなって思いながら聞いていた。別れた奥さんのお父さんの墓参りをする。小説や映画でしか知らないシチュエーション。そういうことを、大人たちは普通に考えられるんだ。考えちゃうんだ。

☆

話が終わって、僕と相良さんは一緒に家を出た。じゃあこれから相良さんを何て呼んだらいいんだろうって訊いたら、そのままでいいって。恵美里と叔母と姪の関係であることも今まで黙っていたし、それを今更言うことで何か嫌な思いをする人が出て来ても困るのでそのままにしてほしいって。

「タカ先生は、これから奈津子ちゃんって呼ぶんじゃないですか」

「そうですね」

以前はそうだったからって、少し嬉しそうに微笑んだ。ひょっとしたらずっとそう呼んでほしかったんじゃないかって考えたけど、それはうがち過ぎってやつかな。

ちなみに今の名前は、つまり元々の名前は大倉《おおくら》さんだそうだ。大倉奈津子さん。だから、タカ先生の奥さんの名前も、旧姓は大倉亜紀子さん。そうか、秋と夏なんだなって思っていた。

「恵美里に言っていいんですよね。わかったぞって」

「それは、いいですよ」

「それで恵美里が皆に言いふらしたらどうします？」

笑った。

「皆には言わないと約束したんだから恵美里ちゃんはゼッタイに言いません。そういうところは、ちゃんとした子なんです」

まぁ、そうかな。そんな気がする。

善福寺川の川沿いの道を歩きながら、亜由さんのことはどうしようかなって考えていた。何かあったらいつでも何でも相談してくださいって相良さんには言われているけど、これはまだ言わない方がいいような気がする。

タカ先生に相談したんだから、任せよう。それでタカ先生が相良さんに言った方がいいって判断したら、お願いすればいいんだ。

十三

バイトの時間が終わっても、いつもなら少し店の中でだらだらしたり酒を一杯引っ掛けに来る常連のおっさんたちと話をしたりするんだけど、今日は真《ま》っ直《す》ぐに家に帰ってきた。

亜由さんの件があったから。

幼稚園の就業時間っていうのはけっこうまちまちで、シフト制になっているらしい。園児たちは決まった時間に幼稚園バスで送り迎えするから、園内で園児を相手にするのは終わるんだけど、それからこまごまとした仕事がたくさんある。掃除はもちろんだし、ミーティングをしたり行事のためのものを作ったり、かなり多岐に亘《わた》って仕事はあるみたいだ。

早ければ、六時過ぎに亜由さんは帰ってきて晩ご飯を作ったりする。どっちかというと、外食の方が多いみたいだけど。

〈シェアハウス小助川〉の古い扉を開ける。

「ただいま」

もう、その言葉をここで言うことも慣れた。誰に言うわけでもなく、普通の声で。そのときに誰かが居間にいたり、ちょうど廊下を通りかかったりしたら「おかえり」と笑顔で声を掛けてくる。

今日は、誰の「おかえり」の声もなかった。居間にも誰もいなかった。習慣になった、帰ってきたときに必ず見る〈外出札〉のボード。

帰ってきているのは、誰もいなかった。

壁に掛かっている丸い時計の針は、六時十七分を指していた。この時間にいることが多いのは、まず、茉莉子さん。それから恵美里。亜由さん。早番の今日子ちゃんがたまにいることがある。大吉さんは休日以外はいない。

「茉莉子さんもいないのか」

数えたわけじゃなく感覚だけど、一週間のうち三日はこの時間には帰ってきていたはずだけど。また映画を観《み》て帰ってくるのかもしれない。

「あ」

そうか。ひょっとしたら茉莉子さん。

「大人の狡《ずる》さか」

タカ先生が言っていた。大吉さんと茉莉子さんが亜由さんのことをタカ先生に頼むのを僕に任せたのは、意地悪な見方をすれば逃げたんだって。そういうものに積極的に関わることを避ける。

「確かに意地悪な見方だなぁ」

今まで、十九年間生きてきて、そんなふうに見方を変えるなんてことを考えたことはなかった。そういうことなんだなぁって思ったら、それっきりだった。でもまてよそれは逆から考えたらこういうことか？ なんて考えなかった。

「むーん」

唸《うな》りながら自分の部屋の扉を開けて、中に入った。もうカメオが岩の上に上がって僕を見ていた。首を長く伸ばして「おかえり」っていう顔をして。

「ただいま」

家に誰もいなくても、部屋にはカメオがいる。この家で生き物を飼うのは、小鳥や金魚、ハムスターやもちろん亀《かめ》も、そういう他の人に影響を与えないような生き物に限ってはオッケー。残念ながら猫や犬は飼ってはいけない。

「亜由さん、帰ってくるかな」

冷蔵庫から魚肉ソーセージを出して、カメオにあげながら訊《き》いたら頷《うなず》いていた。そうしたら、本当に玄関の扉が開く音がした。

「ただいま」

控え目に聞こえてきた亜由さんの声。慌《あわ》てて出迎えそうになった自分を待て待て、って押しとどめた。あくまでも、さりげなく、夕食の準備をしようと思って出て来ましたーぐらいの顔をして。

ドアを開けた。

「お帰りなさい」

ちょうど亜由さんが靴を脱いで上がってきたところで、にこっ、と微笑《ほほえ》んで僕を見た。

「ただいま」

もう一度お帰りなさいを言いそうになったけど、頷くだけにしておいた。亜由さんは、いつもの亜由さんだった。

「まっすぐ行ったんですか？」

「え？」

「幼稚園。実家から」

これぐらいは訊いても普通だろうって考えていた。亜由さんも、あぁ、って顔をして微笑んだ。

「そうなの。実家からまっすぐ」

必要以上にツッコマないで、ここで僕も軽く頷く。そうして用意しておいたセリフを言う。なんだか自分が役者になったような気がする。

「晩ご飯、僕カレー作るんですけど、一緒に食べますか？」

これも、普通だ。カレーは一人分だけ作るのなんてバカらしい。大抵はたくさん作ってそのときいる人に声を掛ける。今までも何回もやってきたこと。亜由さんはジャケットを脱ぎながら頷いた。

「あ、じゃあ手伝うから、ちょっと待ってて」

「わかりました」

ご飯はもうタイマー予約してあるからあと三十分後に炊《た》き上がる。カレーは一日置いた方が美味《おい》しいって皆言うけど、実は作り立てのカレーだって同じぐらい美味しいんだよ。

二階に上がっていく亜由さんをそれとなく観察して、部屋に入った音を確認して、母屋《おもや》の方にすすすっと歩いた。引き戸の横のインターホンを取る。

(はい、小助川)

「タカ先生、亜由さん帰ってきました」

少し小声で話す。

(そうか)

「今夜はカレーにするって言ったら、一緒に食べるって」

一拍間《ま》があって、先生が言った。

(わかった。じゃあ俺も一緒に食べたいから、今夜は母屋で食べましょうと言ってくれ)

「了解」

それも、珍しいことじゃない。亜由さんだって何度も母屋でタカ先生とご飯を食べている。一緒にご飯を食べて、あとはタカ先生に任せる。どういうきっかけであの話をするのか。

ここで急に恵美里とか帰ってこないことを祈ろう。

僕の作るカレーは鶏肉《とりにく》を使う。カレーに限っては皆さんなかなか好みが別れていて、皆で食べるときにはいつもそういう話になる。そういえば、亜由さんの家も鶏肉だったっけ。大きめの鍋《なべ》を出してIHヒーターの上に置いておく。ジャガイモを野菜貯蔵室から、僕の保管箱に入っているのを出す。そこで階段を降りる音がして、亜由さんがエプロンをして台所に現れた。

「たまねぎ、使っちゃいたいの。私の出していい？」

「いいですよ」

最初は細々と決めていた一緒に料理するときの取り決めは、だんだん緩くなってきてる。ちゃんと計算して割り勘にして後で問題にならないようにしようってしていたんだけど、最近はほとんどどんぶり勘定だ。

悪いことじゃないと思ってる。それで上手《うま》く行くんならその方がいいってタカ先生も言っていた。

昔はそうだったって。隣の家にお醬油《しょうゆ》や、下手したらお米や野菜を借りたりもしたそうだ。もちろん、後から返す場合もあるし、醬油ぐらいならこっちも借りることがあるんだからお互い様ってことで済ましていたって。

そういう時代じゃないという人が多いんだろうけど、そういう時代じゃなくなったから、いろんな問題が吹き出しているんじゃないかってタカ先生は言う。もちろん昔だっていろんな問題はあったんだけど、根っこのところで、ご近所さんなんだから助け合うのはあたりまえって感覚を皆が持っていた。

そう、ご近所さん。

それでいいんじゃないかって。この家に、〈シェアハウス小助川〉に住む人間はご近所さん同士。助け合い、触れ合い、お互いの距離をきちんと保ちながら生活していくことがあたりまえの人間同士。

「ニンジン、切るね」

「はい」

亜由さんの料理上手はわかってるので、安心してお互いにジャガイモの皮を剝《む》いたりそれぞれの作業に没頭できる。

「ルーはどうしよう」

「いいですよ。僕買ってあります」

ニンジンとたまねぎは亜由さんのを使った。その他は僕のを使った。それで、おあいこ。そのうちにきっと亜由さんが、僕に「コロッケ作って冷蔵庫に入ってるから使ってね」とか言ってくるんだ。一緒にご飯を食べるタカ先生は米を持っていけとか言う。

そういうどんぶり勘定。一つ屋根の下に住んでいるんだから、それぐらいでいいんだ。

「タカ先生もカレー食べたいって言ってるので母屋で食べましょう」

「あ、はい」

にこっと亜由さんは微笑む。

ここまでは、全然普通のいつもの亜由さんだ。全然お喋《しゃべ》りじゃなくて、むしろ必要最小限のこと以外は話さない。かといって無口で人見知りってわけでもなくて、訊かれればちゃんとはっきり答える亜由さん。

亜由さんがマッチを使ったのは確かだと思う。大吉さんがマッチの臭《にお》いを嗅《か》いだって言ってるけど、亜由さんの部屋の下はほぼ大吉さんの部屋だから、位置関係も合ってるんだ。

なんのために、あのマッチを使っていたのか。

ニンニクはけっこう入れるけど、たとえばたまねぎをみじん切りにしてアメ色になるまで炒《いた》めたり、いろんなスパイスを入れたりとか凝ったことはしない。ごくごくシンプルな家庭のカレーライス。ベイリーフも入れて、灰汁《あく》を取りながら野菜が柔らかくなるまで少し煮込む。柔らかくなったらルーを溶かしてまた少しだけ煮込む。

「よし、と」

「私、ちょっと部屋へ戻っていい？」

「いいですよ。あとは僕やるから。できたら呼びます」

こくん、と頷いて亜由さんが、エプロンを外しながら二階に上がっていった。いつも最低限の会話しかしない亜由さん。

「あ」

なんか音がすると思っていたら、居間のテーブルの上に置いといた僕の携帯のメールの着信音だった。

大吉さんだった。きっと亜由さんが帰ってきたかっていう内容だろうなって思ったらその通りだった。

〈帰ってきました。晩ご飯をカレーにして、母屋でタカ先生と食べます〉

送信。すぐに返信が来た。

〈了解。カレー、たくさんあるかな？　あるならまかない食べないで帰るけどいいですよ。たくさん作ってあります。

☆

「すごいですね」

真面目《まじめ》にそう思って言った。

「びっくりです」

亜由さんが思わずそう言うんだから、本当に驚いていたんだ。だって、カレーが出来上がったから僕が鍋を持って亜由さんが炊飯器を抱えて母屋に行ったら、居間のテーブルの上にサラダとスープがあったんだ。

しかも、サラダはただ野菜を切ってぶちこんだものじゃなくてちゃんとしたポテトサラダで、スープはミネストローネ。わざわざ買ってきたんですか？　って訊いたらタカ先生はニヤリと笑って言ったんだ。

自分で作ったって。

「これでも独身が長いんだからな。その気になってレシピを覚えりゃあこれぐらいはすぐだ」

まぁそうなのかもしれないけれど。

「見ろ」

ものすごく得意気な顔をして、タカ先生がテーブルの下から取り出したのは、DSだった。一瞬何のことかわからなかったけど。

「まさか、お料理のレシピを」

「そうだ。まったく最近は便利だな」

DSのソフトで料理のレシピのやつがあるっていうのは知ってたけど使えるものなんだ。

「ドラクエってのも一緒に買ってきたぞ。あんまり恵美里ちゃんが勧めるもんだからな」

「ボケ防止にゲームはいいって？」

「そうだ」

三人で笑った。確かに僕もWiiやDSを買ってやったらいいんじゃないですかって言ったことはあるけど、まさか本当に買うとは。でもきっとこれも亜由さんのことを考えての作戦なんだろうなきっと。口を軽くさせるというか、普段よりもっと話題を増やして喋りやすい雰囲気を作るとかそんな感じの。

「さぁ食べよう。腹が減った」

「はい」

台所に鍋と炊飯器を置いて、鍋は火にかけるとすぐにぐつぐつ言い出した。年季の入った茶簞笥《ちゃだんす》から亜由さんが適当にお皿をだしてご飯をよそった。僕がお玉でそれにカレーをすくってかける。

なんてことのない作業だ。それでも入居した当時は皆どこか気恥ずかしくてぎこちなかったけど、もう何も感じない。普通の、日常の作業。

「先生、白衣は？」

カレーを盛った皿を運んだ亜由さんが訊いた。そういえば今日は白衣を着ていない。

「カレーをこぼしたらみっともないだろう」

「子供じゃあるまいし、こぼさないでしょう」

僕がそう言ったら、先生は真面目な顔をした。

「年寄りを甘く見るな。なんでこぼすのかわからないけど、こぼすんだぞ」

亜由さんが笑う。場を和ませるための冗談だとはわかるけど、先生まだ五十七歳じゃないですか。

「いただきます」

三人で言う。亜由さんは手を軽く合わせる。そんな仕草を見ると、きちんと躾《しつ》けられたんだなって思う。引っ越しのときに亜由さんのお母さんが来ていたけど、優しそうな人だった。

何か問題を抱えてるってタカ先生は言っていたけど、亜由さんの中にどんなものがあるんだろう。さっぱりわからない。

「旨《うま》いな。佳人が作ったのか？」

「そうです」

「どうだ亜由ちゃん」

亜由さんが、何がですか？　って顔をしてタカ先生を見た。

「佳人みたいな、家事が得意な、ほら、草食系男子ってのか？　こういうのは男として好みか」

亜由さんがカレーを口にしたばかりなので、手で口を隠して微笑みながら僕を見た。可笑《おか》しそうに少し笑みが大きくなった。

「いいと思いますよ」

「カレシにしてもいいか」

恥ずかしそうにまた笑う。

「いいと思いますよ」

同じセリフを繰り返しちゃった。恵美里ならここでマシンガンのようにどんどん言葉が連なって出てくるんだけど、亜由さんは止まってしまう。少し笑みを見せながら、お箸《はし》でポテトサラダを食べた。

「年下でもいいか」

タカ先生がさらにツッコム。いやいいんだけど、やっぱり僕をネタにするんですね。それしか会話の糸口がないっていうのもわかるけど。亜由さんは、別にイヤな顔をしないでまた僕をちらっと見る。

「佳人くんは、しっかりしてるから、年下って感じはしないです」

微妙なはぐらかし方をする亜由さん。そんな会話にはノリませんって感じか。

「どっちかっていやぁ、大吉の方が子供っぽいよな。あいつはもう三十も後半なのに」

そうですね、って感じで亜由さんが頷いた。でも、応《こた》えはしない。だからこっちが話すしかない。亜由さんとの会話はいつもこんな感じだ。

「大吉さん、自分でも言ってましたよ。俺はいつまでも高校生の頃のガキっぽい思考や雰囲気が頭から抜けないって」

先生が頷いた。

「まぁ男ってのは大抵がそうだ」

亜由さんはまた、そうなんですか？ という顔をして先生を見るけど言葉にしない。本当に口数が少ない人なんだよね。

「三つ子の魂百まで、なんて言うがな。まさしく男はそれだ。俺の経験でも男は中学生か高校生ぐらいで精神的な成長が止まっちまうな。バカなやつは一生バカなままだ」

「そんなもんですかね」

まだ高校を卒業してすぐの僕にはわかるはずもないけど。じゃあ僕は一生このまんまなんだ。

「女性は違うんですか？」

訊いたら、タカ先生が首を捻《ひね》った。

「違うんだろうなぁ」

少し息を吐くようにしながら言う。

「俺は男だしな。姉や妹がいたわけでもないから、よくはわからんがな」

ミネストローネを一口飲んだ。

「よく言われることだが、姉妹に囲まれて育った男と、男兄弟しかいない家庭で育った男とでは女性に対する基本的な部分が決定的に違うとな」

「そうなんですか？」

これには、亜由さんも興味深げに反応した。亜由さん、確か妹がいたよな。

「まぁ考えりゃあ、あたりまえのことだ。人間ってのは経験値で成長する。姉妹に囲まれて育った男は知らず知らずのうちに女性という生き物に慣れる。だから、モテる男ってのは姉妹がいる確率が高いらしいぞ」

「えーどうかなぁ」

少なくとも僕は妹がいるのにモテないけど。そう言ったらタカ先生は笑う。

「そりゃあ見栄《みば》えの問題もあるだろう」

亜由さんも、可笑しそうに笑う。口数は少ないけど、決して周りの雰囲気を壊すような感じではないんだよね。ちゃんと空気は読んでる。

カチャカチャと、スプーンの音が響く。僕が一人で、あるいは居間で誰かとご飯を食べるときには必ず音楽を流すか、テレビをつける。でもタカ先生はそれを好まないから、静かな食卓になる。

最初は慣れなかったけど、慣れるとそれもいいもんだよなって思う。静かだから、余計に何かを話そうとするんだ。テレビとかつけてると皆ずーっと画面を観てるからね。

「慣れるってのは、大事なんだ」

　先生が続けた。

「適応能力って言葉があるが、それが高い人間と低い人間がいる。それはもうどうしようもないことだがな。しかし人間は生き物なんだから、周囲の環境に適応しようという本能みたいなものが働く。それが続けばやがてそいつの能力になる」

「なるほど」

「だから、姉妹に囲まれて育った男は、女性に接する態度や言動が自然と女性向けのものになっていく」

　そうか。

「だから女性にモテるんですね」

「そうだ。それはいわゆる異性としてモテモテ、とかいうことじゃなくて、常に好感を持たれる、という意味合いでな」

　いつも思うけど。

「タカ先生、別に精神科のお医者さんじゃないのに、そういうことをよく話しますよね」

訊いたら、あたりまえだ、と笑った。

「いい医者は人間を診るんだ。病気を診るんじゃない」

「そして俺はいい医者だ、と」

「ほらな」

ほらな。タカ先生がそう言って僕を指差しながら亜由さんを見たので、亜由さんが、なんですか？　という顔をしてタカ先生を見た。

「こいつは、二倍手のかかるであろう双子の弟妹《ていまい》の兄という環境下で、しかも早くに父親を亡《な》くして図らずも一家の主婦としての役割を果たさなきゃならなかった。だから、周囲の人間がどんなことを考えてどうして欲しいのかということを常に考えて、先回り先回りをしようとする。それが、習い性になったからそういうセリフで、人の軽口の向こうにさらっとついていける」

亜由さんが大きく頷いた。

「それは、思ってました」

そうなのか、思っていたのか。

「人間は、環境で左右される」

僕と亜由さんが同時に頷いた。

「それは同時に、環境で自分を変えられる、ということだ」

ほんの少し、タカ先生は言葉に重みを加えた。そこで初めて気づいたけど、今までの会話は単に場を盛り上げるためのそれこそ軽口じゃなかったんだって。何か、繋《つな》がりがあるのか。亜由さんに例の件を確認とかするための。

でも、僕には何にもできないので、ただその場に合わせた行動や会話をするだけ。そうか、そう思って何も考えなくても合わせられるのも僕の能力なのか。あんまりカッコいいものじゃないようにも思うけど。

「たまねぎは、誰が切ったんだ？」

カレーをパクリと食べて、口をもぐもぐさせた後にタカ先生が言った。

「私ですけど」

大きかったですか？　と亜由さんは心配そうに訊いた。

「いやいや、そういうことじゃない」

またパクリと美味しそうにタカ先生はカレーを食べる。

「ものの本によると」

誰に言うともなく、先生はスプーンをひょいと動かしながら続けた。

「たまねぎに限らず、野菜を切ることはストレス解消にいいそうだ」

「あぁ、そうですよね」

わかるから頷いた。

「野菜をただひたすら切ってると無心になれますよね」

別にストレスを抱えているわけじゃないけど。亜由さんも、小さく頷いた。

「だから、そういうものを求めて、それが実践できているうちは、人間は大丈夫ってことだ」

最後に残っていたカレーをすくって口に入れてタカ先生は言う。今のセリフはどういう意図かよくわからなかったので、ちょっとだけ首を傾《かし》げて見せた。

先生はスプーンを置いた。水が入ったコップを取って、一口飲む。先生ってご飯食べるの早いんだよね。早飯早なんとか芸のうちとかで、長年医者をやってきて早く食べることが習慣になってしまったそうだ。

食事時でも、いつ急患や何かが入るかわからないから。

「亜由ちゃん」

「はい」

「最近知ったんだが、お父さんはなかなかの有名人らしいな」

そうなの？　思わず亜由さんの横顔を見つめてしまった。全然そんな話は聞いていない。そもそも両親がどんな人なのか、なんて話はしたことない。

亜由さんは、ちょっと困ったような笑顔を見せた。

「有名人、というほどじゃないと思いますけど」

「どういう方面で？」

僕の方を見てさらに困ったような顔をする。

「大学で美術を教えているの。画家なの」

「画家さん」

なるほど。それは僕にはまったく縁がない。タカ先生が頷いた。

「むろん、一般の人に名前が知れ渡っているわけじゃないがな。絵画の世界ではかつて若き天才ともてはやされたらしいな」

「へぇ」

芸術家のお父さんか。

「じゃあ、亜由さんも絵は」

慌てたように首を横に振った。

「全然、ダメ。お父さんの血は受け継がなかったみたい」

そうなのか。でも幼稚園の先生で絵が上手だったら仕事にも役立ったかも。

「私は」

カレーを食べ終えた亜由さんが、スプーンをそっと皿に置いた。

「まるで絵が下手くそで、いっつも思っていたの。お父さんみたいに上手に描けたらいいのになぁって」

困ったように、恥ずかしそうに、でももっと何かを言いたいみたいにして亜由さんは小さな声で言った。そうなのか。

でも珍しい。亜由さんが自分から、自分のことを話すなんて。少なくとも僕は初めて聞いた。

「俺の大学時代の友人にもな、絵描きがいてな」

タカ先生が話を続けた。

「そいつはまぁそれこそ絵に描いたような芸術家肌の男でな。男友達として付き合う分にはおもしろい奴《やつ》だからいいんだが、彼女になった女はそりゃあ苦労していたし、結婚生活もかなり波乱万丈だったようだ」

「よく聞きますね、そういう話」

ありがちだ。芸術家はワガママだって。どうしてワガママになるのかは、芸術家から程遠い僕にはさっぱりわからないけど。

「佳人」

「はい」

「冷蔵庫に〈モンサンミッシェル〉のケーキがあるぞ」

「あ、はい」

僕も亜由さんもほぼ食べ終わっていた。

「買ってきたんですか？」

「むろんだ。たまにはいいだろ」

テーブルの上を片づけて、洗い物はいつものようにタカ先生に任せることにしてさっと流すだけで洗い場に置いておく。

「コーヒー、落としますねー」

台所から少し大きな声で言うと、居間でタカ先生が頷くのが見えた。コーヒーマシンに水を入れて、豆をセットして、スイッチを入れる。居間に戻ろうかとも思ったけど、ちょっと二人にしておいた方がいいのかなと思って、そのまま待つことにした。

きっと、食事の間中ずっとタカ先生は意図のある話をしていたんだと思う。僕には単なる世間話にしか聞こえなかったけど、ひょっとしたら、亜由さんは何か感じているかもしれない。

何気ないふうに、二枚のガラス戸の向こうの居間の様子を確認したら、二人で何か話しているのがわかる。何を話しているんだろうか、亜由さんが頷いている。

皆、何かを抱えている。

タカ先生はそう言っていた。

亜由さんも、大吉さんも、今日子ちゃんも、茉莉子さんも。

恵美里はどうかな。あいつは何にもないかもな。

僕でさえ、父親を亡くして家事を切り盛りしてきて、それがなくなってさぁどうする、という自分の将来への不安を抱えている。まぁそれは自分ではそんな大層なことだと捉《とら》えてはいないんだけど。

「あ、それが問題なのか」

コーヒーが落ちたので、茶簞笥からケーキ皿とフォークを取って居間に持っていった。すぐに亜由さんが立ち上がって、コーヒーをカップに入れて持っていったので、僕は冷蔵庫からケーキの箱を取り出した。

「はい、どうぞ」

タカ先生がケーキの箱を開くと、亜由さんの顔に笑みが広がった。女の人が甘いものを見たときの顔っていいよね。自宅にいたときも、妹の笑美がいちばん嬉《うれ》しそうな顔をするのがケーキの箱を開いた瞬間だったっけ。

「いただきまーす」

コーヒーを飲む。ケーキをフォークで切って、一口。旨い。

「甘いな」

タカ先生が言う。

「先生は糖尿とか大丈夫なんですか」

「訊くな」

三人で笑った。

「でもな」

笑いながら、タカ先生は言う。

「亜由ちゃん」

「はい」

「甘くて、いいんだ」

ケーキのことじゃないよな。話の続きなのか。タカ先生はフォークを置いてテーブルの上にあった煙草《たばこ》を取ったので、僕は手を伸ばして扇風機のスイッチを入れた。

亜由さんは、タカ先生を見ている。

「自分に甘いということは、悪いことじゃない。必要なことだ。カレーみたいに辛いものばっかりじゃあ、そのうちにケツの穴が痒《かゆ》くなってくる」

タカ先生、本当に女性に対してのデリカシーがないよね。いいことを言おうとしているのはわかるけど。

「そう言っても、君は思うんだろうな。自分に何かが足りないからこうなってしまったって」

亜由さんが、唇を引き締めた。少し下を向いた。何かを考えるようにしている。そこでタカ先生が煙草を手にしたまま立ち上がった。何をするのかと思ったら、壁際《かべぎわ》の簞笥の引き出しから何かを持って戻ってきた。

テーブルの上に置いたのは、マッチの箱。

ライターがあるのに。

思わず亜由さんの横顔を見たら、マッチを見た亜由さんの顔に影が走ったような気がした。

タカ先生は、わざとゆっくりマッチを取り出して、擦った。

音がして、火が点《つ》いて。マッチの匂いが漂ってくる。この匂いは嫌いじゃない。そして煙草に火を点けて、先生はふぅ、と吹かす。煙がすぐに後ろの換気扇の方に吸い込まれていく。

「亜由ちゃん」

「はい」

「俺はな、人を殺してしまった経験をしている」

びくん、と亜由さんの身体《からだ》が反応して背筋が伸びた。僕も思わずタカ先生を見た。

タカ先生は、ゆっくり煙を吐き出した。

十四

人を殺してしまった経験がある。

タカ先生は確かにそう言った。

僕と亜由さんは何も言葉を返せなくて、じっとタカ先生の次の言葉を待って顔を見つめていた。先生はもう一度煙草《たばこ》を吸って、煙を吐き出した。

「どうだ、びっくりしたろう」

言ってから、にやりと笑った。その笑いにも、反応できなかった。まさか冗談でそんなことを言うとは思えなかったからだ。

「なんだ、何か言えよ」

僕に向かってそう言った。何かって。

「何も言えませんよ」

そうですかとも言えないし、いつですかとか、誰をですかなんてすごく生々しい質問も無理だ。

だって、先生は、医者なんだ。医者だったら、患者さんを死なせてしまったことぐらい、ぐらいってこの場合はものすごく無神経な言葉だけど、あるかもしれない。そういうことについて質問するなんてことはできない。

きっと僕のそんな表情を読み取ったんだ。

「言っておくが佳人」

「はい」

「俺は、内科医だぞ。人の身体《からだ》をきったはったはしない医者だ。手術ミスで患者を死なせてしまったことなんかない。むろん、研修医の頃もな」

そうか。そうだった。じゃあ。

「戦争になんか行ってませんよね」

「俺を何歳だと思ってる」

笑った。

「日本史をもう一度勉強しろ」

「歴史は苦手です」

本当に苦手。いやそもそも得意な科目なんてあんまりないんだけど。あ、英語だけは得意か。タカ先生は優しい笑みを浮かべて、僕たちを見ていた。

「年寄りの昔話になるんだがな」

「はい」

「大学生の頃に、遊びで女を抱いたことがある」

遊びで抱く。小説ならともかく実生活ではあんまり聞かない古くさい表現だけど意味はわかる。

「まぁ嫌いなら抱いたりはしないから、好きって気持ちはあったんだろうが、単純に男としての欲望のままに、その女を抱いた」

亜由さんがちょっと下を向いた。これって下ネタだよね。本当に先生は女性に対してのデリカシーに欠けている。でも、あっけらかんとしているからそんなにイヤな感じはないんだけど、女性にしてみたらどうなんだろう。

「結果として、相手の女が妊娠しちまった」

妊娠。亜由さんが、顔を上げた。その顔を見てタカ先生は頷《うなず》いた。

「堕《お》ろしたよ。堕ろさせた」

タカ先生が、小さく息を吐いた。

「申し訳ないが、この日本では若気の至り、で済まされるような話だ。だからそういうのを人殺しとは言わない。むろん様々な見解はあるが、中絶できる時期の胎児はまだ人間とはみなされんからな」

しかし、と、言葉を切って僕と亜由さんの顔を見た。

「仮にも人の命を預かろうとする医者の卵が、自分の子供になるであろう命の灯火《ともしび》を消したことは確かだ。俺は、命を奪ったんだと思っていた。人を殺したと同じことだと」

煙草を吹かして、煙を吐いた。

「ずっと長い間、それが胸の内のどこかに引っ掛かっていた。ひょっとしたら内科を選んだ理由のひとつにそれもあったかもしれない。自分のことを史上最低の男だと思っていた時期もあった。しかしな」

人間は、忘れちまう生き物だって続けた。

「長い時間が経《た》つといろんなことを忘れる。強い思いも、薄れていく。自分は最低の男だと夜も眠れなかったような悔いだって、三十何年も経つと風呂《ふろ》の中に落とした一滴の墨のようになっちまう。だから」

それだから。

「人間は生きていけるのかもしれん」

生きていれば、嫌な思いをすることは山ほどある。そんなものをずっと覚えていたら、抱えていたら、死にたくなって当然だ。そうタカ先生は続けた。

「時間が最良の薬、という言い回しは、医者にとっては耳が痛い話だが確かにそうだ」

タカ先生はずっと亜由さんに向かって話しかけているんだろうけど、その終着点がどこにあるんだろうって考えていた。亜由さんは、真剣に話を聞いてはいるんだけど。タカ先生の口からも具体的なことは何も出てこない。

「どうだ、亜由ちゃん」

「はい」

「俺は、酷《ひど》い男だろう。許せないだろう。子供が大好きな亜由ちゃんとしては」

そんな、と小さい声で呟《つぶや》いて亜由さんは一度眼を伏せた。それから顔を上げて、タカ先生を見た。

「昔の話だし、事情があったんでしょうから仕方のないことだって思います。それに」

それに、と二度同じ言葉を繰り返した。

「タカ先生は何十年間もお医者様として、子供たちの命を救ってきたんです。病気を治して来たんですから、立派な方です」

「罪滅ぼしはしたと思うか」

そんな話じゃない、とは思ったけど口にはしなかった。でも、僕の表情で心の中を読んだみたいにタカ先生は、苦笑いした。

「そうだよな。そんな話じゃない。それは別の話だ」

俺が罪滅ぼしをしなきゃならないとしたら、彼女にだ。タカ先生はそう続けた。

「そして俺は、彼女に何の罪滅ぼしもしていない。それどころか、何十年も会っていないからその顔ばかりか名前だって忘れそうだ。亜由ちゃんは俺のことを立派な医者だと言ったが、立派でもなんでもない。自分の子どもを堕ろした女をさっさと捨てて忘れちまってる卑怯《ひきょう》な男だ」

煙草を吹かした。ゆっくりと。

「俺という男は、そんなもんなんだ。そしてな、佳人、亜由ちゃん」

「はい」

「世の中の大抵の男は、多かれ少なかれそんなもんで済ましてしまえるもんなんだ」

立派な男なんていない。そんな奴《やつ》は世界中のどこにもいない。

「ただ、一生懸命に、もしくは自分の思う通りに、生きてきた男がいるだけだ」

まぁもうひとつのタイプとして、と先生は続けた。

「適当に生きてる男もいるがそれは問題外だ」

タカ先生は亜由さんを見た。

「亜由ちゃんのお父さんは、どっちだろうな。一生懸命に生きてきたか、思う通りに生きてきたか」

お父さん。画家だという、亜由さんの。

「たぶん、思う通りに生きてきた人だと思います」

うん、とタカ先生は頷いた。

「思う通りに生きてきて、おそらくは自分の好きだったことを職業として、そして亜由ちゃんと妹さんをここまで大きく育てた。そういう意味では家の主《あるじ》としての責任をきちんと果たしてきた男だな」

こくん、と亜由さんは頷く。

「だが、それだけだ」

「それだけ」

「そうやって生きてきた一人の男、というだけだ。君のお父さんは嵐《あらし》の海で希望の光になる灯台でもないし、はるか彼方《かなた》に聳《そび》える山の頂上でもない。お父さんの成し遂げたことは、ただの、彼の人生だ」

「人生」

「そうだ」

煙草の灰を、ポンポンと叩《たた》いて灰皿に落とした。

「人が生きてきたというだけのことだ。それは、この世に生を受けた人間に誰にでも平等に与えられる時間だ。長い短いの差はあるもののそれをどう使うかはまったくその人の自由だ。誰かと比べるようなもんじゃない」

亜由さんの表情が変わったような気がした。ってことは、これは亜由さんの抱えているものについての話なのか。お父さんが何か関係しているのか？

「佳人」

「はい」

何でしょうか。

「お前、審美眼は確かだろうな」

シンビガン？

「俺は五十何年間生きてきて、なおかつ医者というある意味では客商売をやってきていろんな女性を見てきた。その俺は、亜由ちゃんは可愛《かわい》い女の子だと思うんだが、若いお前はどう思う」

「どうって」

「真面目《まじめ》に答えろ。お前の同級生の女の子やテレビに出てくる女の子たちと比べて、亜由ちゃんは可愛いかどうか」

思わず、亜由さんを見てしまった。亜由さんは困った顔をしている。

「真面目に答えると、亜由さんはカワイイ女性だと思います」

本当にそう思う。亜由さんは恥ずかしそうにしている。

「そりゃあ、テレビのアイドルとかに比べれば目立たなくなってしまうだろうけど、十二分にカワイイ人だと思いますよ」

「だよな」

うんうんと先生は頷く。

「まぁ好みの問題を抜きにして、もし亜由ちゃんが彼女になったら友達にも自慢できるよな」

そう思うから大きく頷いた。亜由さんの耳たぶが真っ赤になってしまったので、慌《あわ》てて付け加えた。

「いやでもあれですよ。そう思って実は狙《ねら》ってるとかそういうことじゃないですからね。訊かれたから、第三者的な視点で正直に言ってるだけですからね」

タカ先生が大笑いした。

「そんなのわかってるって。なぁ亜由ちゃん」

「なんか、複雑な気分ですけど、わかってます」

良かった。亜由さんは可笑《おか》しそうに笑ってくれた。冷や汗が出るよタカ先生。これからもまだ一緒に暮らしていくんだから、余計な波は、さざ波でも立てたくないんですからね。

「どうだ、ちょっと気分がいいだろう亜由ちゃん。こんな男にでもカワイイ女性だと言われると」

「そう、ですね」

こんな男ってのが余計なんですけど。

「そういうことだ」

どういうことですか。

「自信を持て」

亜由さんは、首を少し傾《かし》げた。

「君の中にあるものは、自信を持つことで少しずつ消えていく。さっき、佳人のことを年下とは思えないほどしっかりしてるって言ってたな？　カレシにしてもいいって」

まぁ話の流れでですけどね。

「俺もそう思う」

金を積まれても先生のカレシにはなりませんよ。

「佳人は、いまどきの奴にしちゃあいい男だ。そいつに、君は好かれている。可愛いと太鼓判を押された。それだけでも、少し自分に自信が持てるだろう」

亜由さんが唇を結んで、小さく頷いた。

「固まってしまった思いが解けていくためには時間が掛かる。だが、自分はこれでいいんだと思えることが少しずつ増えていけば、必ず解ける瞬間が来る。なんだったら気晴らしに佳人を誘惑してもいい」

ちょ。タカ先生。

「まぁ、そういうことだ」

ゆっくりやろう。ゆっくり生きていけばいい。タカ先生はそう言った。

「お前たち若者の最大の武器はそれだ」

時間が、たっぷりとある。

亜由さんと一緒に母屋《おもや》を出て、部屋に戻ったらすぐにタカ先生から内線があって呼び戻された。タカ先生はさっきと同じくソファに座って背凭《せもた》れに思いっきり寄りかかって天井を眺めていた。

「あのな」

そのままの体勢で言った。

「はい」

「今度、亜由ちゃんと酒でも飲みに行け」

「僕まだ未成年ですよ」

そんなもん、黙ってたらわからん。そう言ってようやく身体を起こして僕を見た。

「まぁ酒は確かに拙《まず》いか。晩飯でいいな。映画でも観《み》に行って、その後ゆっくり話ができるカフェでお茶でもなんでもいい。要するにデートだ。そういう状況を亜由ちゃんに作ってやれ」

それは。

「今日の話の続きってことですか」

「そうだ」

あえて何も訊《き》かなかったってタカ先生は続けた。

「だが、種はさんざん蒔《ま》いた。亜由ちゃんだってもうわかってる。とりあえず部屋の中にあるマッチは全部捨てるだろう。火事の心配はなくなる」

「そんなもんですかね」

「そんなもんだ」

後は、と言って溜息《ためいき》をついた。

「自分で自分のことを誰かに語る時間が必要なんだ。それを訊くのは俺のような年寄りじゃあダメだ。お前ぐらいの男がちょうどいい」

「年下でもですか」

「だからちょうどいいんだ。弟みたいな年齢だけどとてもしっかりしている若者。彼女みたいな女性にはそういうのがいい」

そうなのか。僕みたいなのがちょうどいいのか。勉強になるのかならないのか。

「今日、一緒に俺の話を聞いたことで、亜由ちゃんもお前が事情をわかっていると理解したはずだ。必ず、話をしてくる。黙って聞いてやれ」

「聞くだけでいいんですか？」

とても気の利《き》いた返しなんかできそうもないんですけど。

「いいんだ」

黙って聞いてりゃいい。そう言ってニヤッと笑った。

「まぁその後のことは若い二人に任せるがな」

お見合いじゃないし、すぐにそういうこと言い出すのは年寄りの証拠ですよ。

十五

「まぁ！」

わざとらしくそんな言葉を使って、大きく開けた口に手を当てて恵美里は笑った。

「バレてしまったのね。ワタシとタカ先生の関係」

そう言って今度はケタケタと声を出して笑う。

恵美里の笑い声って、聞いてる人の笑いを誘発する笑い声なんだよね。別に可笑《おか》しくなくてもその笑い声を聞いてるだけで笑ってしまうような声。これってけっこう才能だと思う。きっと恵美里と結婚する人は毎日が楽しいんじゃないかな。文字通り笑い声が絶えない家庭になるんじゃないか。

〈井戸端会議〉では話さないで、僕と大吉さんの男二人で決めた約束事がある。それは〈女性の部屋で二人きりにならないように努力する〉だ。

もちろん、恋人同士とかそういう関係になってしまったのならそれはいいし、そうなったときにはきちんと皆に宣言する。でも、そうじゃないのに二人きりで部屋で話をしたりして、それを他の女性に知られてしまうと変に気を使われたり、知った人がちょっともやもやした気持ちになったりするかもしれない。

大吉さんがそう言い出したんだ。

女性ってのは年齢に関係なくそういうもんなんだって。付かず離れずって言葉があるけれども、むしろ〈離れず離れず〉ぐらいの方がいいんだって。まぁ正直よくわからないけど、経験豊かな年長者の言うことだから素直に頷《うなず》いておいた。

でも、唯一《ゆいいつ》その約束事を破っていいときがある。

女性から緊急のヘルプを求められたときだ。大きな荷物を移動するなんてのもあるけれど、そう、世の中の大抵の人が嫌がる、あの虫が出たとき。そのときだけは女性の部屋に入って二人きりになってもいい、と、大吉さんと決めた。

で、恵美里からヘルプを求められて、僕は殺虫剤と新聞紙を持って夜の十一時過ぎに恵美里の部屋にいる。

そして見事にあいつを仕留めて、お礼にケーキがあるから食べる？　と言われた。

それを理由もなく断ってそそくさと部屋を去るのも変なので、そういう場合はオッケーと大吉さんと約束済み。実際ドタバタするし騒ぐから周りの部屋にもわかるしね。

あぁ、あれをやっつけているんだなって。

「まぁ誰にも言わないけどさ」

「言ってもいいよ？」

「いや、言わない方がいいでしょ。ここまで隠したんだから。相良さんにもそう言ってある」

そっかー、と恵美里はケーキを頬張る。

「叔母さんも気がラクになったかもね」

それは全部キミのせいじゃないのか？　というセリフは言わなかった。

「ねぇ、爆弾発言していい？」

「なんだよ爆弾って」

にいっ、と恵美里は笑った。

「奈津子叔母さんね、タカ先生のことが好きなんだよ」

えーと。

「それは乙女にありがちの妄想ではなく？」

「違うわよ」

実はそんなようなことも一瞬頭に浮かんだことはあるんだけど。

「本当に？　相良さんがそう言ったの？」

「言わなくてもわかるよ。長い付き合いなんだから」

「長いって言うんなら、君のお母さんの方が長いだろ。姉妹なんだから」

まぁそうだけどね、と恵美里は肩をすくめた。

「マズイだろ、それ」

「マズくないよ。お母さんとタカ先生は二十年も前に別れているんだし」

「それにしたって」

まぁ、それはね、って恵美里はケーキを食べた。

「たぶん、よっぽどのことがないと表面化しないだろうけど。叔母さん、あれでマジメな人だから」

何か特別なことでもないと、そんな素振りは見せないはずだとものすごく確信してる表情で恵美里は言う。

「ま、温かく見守ってあげて」

そうするよ、っていうかそれしかないじゃん。

「でも、よくそんな気になったよね」

「そんな気って？」

「お母さんの前の旦那《だんな》さんと、一つ屋根の下に暮らすなんて」

だって、おもしろそうじゃない、と、またケラケラッと笑った。そんなふうな物言いが無神経に聞こえないっていうのも、得だと思う。

そうか、そういうところ、タカ先生に似てるのか。無神経って思われる発言も嫌味とかに聞こえないところ。

いや、赤の他人だから全然似る要素はないはずなんだけど。

ひょっとしたら恵美里のお母さんもそういう人で、似た者同士で夫婦になったのかな、なんてことも考えてしまった。

「でも」

フォークを置いて、恵美里はなんか嬉《うれ》しそうに微笑《ほほえ》んだ。

「これで、フッーにタカ先生に訊《き》けるんだ。良かった」

「何を訊くの」

「お母さんとの昔話」

「訊くんだ」

訊くわよ？　と軽く言う。

「どんなふうに知りあって、どんなふうに好きになって、どんなふうに二人で暮らしたのか」

「で、どんなふうに別れたかも？」

「そう」

あくまでも軽く恵美里は言う。

「お母さんからは教えてもらってるけど、今度はタカ先生の視点からの話も」

「それって、悪趣味じゃないのか？」

何を言ってるのよ、と軽く口を尖《とが》らせた。

「好きな人のことをいろいろ知りたくなるのは当然じゃないの」

「好きな人って？」

「お母さん」

あぁ、そうか。お母さんが好きなのか。女の子ってよくそう言うよね。その辺の感覚は全然わからない。別に嫌いじゃないけど、自分の親を好きだってはっきり言えるのは不思議だと思う。

「そして、そのお母さんが好きになって結婚した人じゃないのタカ先生は」

「そうだね」

「知りたくなるじゃない」

ね？と首を傾《かし》げて微笑んで僕を見る。亜由さんのことを標準以上にカワイイとあのとき言ったけど、亜由さんを基準にすると恵美里はそれよりカワイイと思う。まぁだからどうこうっていう気にはなっていないんだけど。

「いいけど、タカ先生とそんな話をするときには、他の人にバレないようにね」

「わかってるって」

二回頷いた。

「亜由ちゃんとか今日子ちゃんは、気にしそうだしね」

少し声を落として恵美里は言った。へぇ、と思った。

「そう思うんだ」

「そういう子じゃない。二人とも」

「そういう、っていうのは?」

恵美里は僕の顔をじっと見てから、ちょっと前に身体《からだ》を乗り出して近づいて、また少し声を潜めて言った。

「周りのことを気にしちゃうタイプなの二人とも。気にするだけならいいけど、それを内に秘めちゃうんだよね」

対人関係がストレスに直結しちゃうんだよ二人とも。少し心配そうな顔をして恵美里は言う。

「やっぱりわかるんだ、そういうの」

「わかるわよ。同じ家にいるんだから」

意外だった。もちろん無神経な子じゃないってのは感じていたけど、そんなに周りの人のことを考えるなんて思っていなかったから。ただひたすら元気で明るいマイペースな女の子。そう思っていたんだけど。

「そういう女の子って、どうやって接したらいいんだろうね?」

「あ」

ニヤッと笑うと眼が三日月のような形になる恵美里。

「なんだよ、その『あ』って」

「どっち？」

「どっちって」

「狙《ねら》ってるのどっち。亜由ちゃんと今日子ちゃん」

「そんなんじゃないって」

亜由さんとタカ先生と三人でカレーを食べながら話をしてから一週間以上過ぎたけど、まだ亜由さんとデートをする機会はない。一応気にして、何かいいきっかけはないかなって毎日考えてはいるんだけど、なかなか上手《うま》い方法が思いつかない。

「単に、ここで暮らしていくために、参考までにってこと」

「ふーん」

ニヤニヤしながら頷く。

「まぁ佳人くんはさ、プチ大家さんなんだからさ」

「なんだよプチ大家って」

「素直に言えばいいんだよ」

少し真面目《まじめ》な顔になって恵美里は言った。

「素直に、って？」

「ストレートに。正直に。『何か問題ないですか？　僕で良かったら少しお話ししましょうか』って」

「そうなの？」

そんなストレートでいいのか。いいんだよって恵美里は今度は大きく頷いた。

「もう、佳人くんはそういう存在なんだよ。この家で」

そういうって、どういう存在なんだ。それは、僕にとってはいいことなんだろうか悪いことなんだろうか。

ごちそうさまでしたって手をちょんと合わせて恵美里がケーキ皿を片付けながら言った。

「ねぇ」

「なに」

「何年、住むかな」

ここに？　って訊いたら頷いた。

「別に何年でも住めるだろ。契約を更新していけばいいんだから」

「そうなんだけど」

ワタシは初めての一人暮らしなんだよねって続けた。それは僕もそうですよ。

「でもね、一人じゃないでしょ？　ここ」

言ってる意味はわかったので頷いた。

「茉莉子さんは十年も二十年も、本当の意味で一人暮らしをしてここに辿《たど》り着いた」

「うん」

「大吉さんも、そう。しっかりと長い間一人暮らしを経験している」

「そうだね」

「でも、ワタシや佳人くんや今日子ちゃん亜由ちゃんはここが初めて」

何を言いたいのかわからなくて、僕は首を傾げた。

「早い方がいいのかなって思ったんだよね」

「何が、早いの」

「ここを出るの」

もうそんなこと考えてるのか。

「一年か二年、ひょっとしたら学校行ってる間はいるかもしれないけど、そこから先はわかんない」

恵美里は、ちょっとだけ真面目な顔をしてみせて、でもすぐにニコッと笑った。

「本当に一人暮らしをした方がいいような気がするんだ。結婚とか、大好きになった人と一緒に暮らす前に。それでね」

「うん」

「ここは」

ここは、って二度繰り返した。

「そのとき、ものすっごくいい思い出になると思うんだ。お母さんが言ってたの」

「なんて」

「いい思い出は、生きる力になるんだって」

すごく、なんていうか、いい顔をして恵美里は言った。

「そうだね」

そうなのかもしれないね。

まだたった十九年しか生きていないけど、なんとなくわかるような気がする。

「そういうことをさぁ」

「うん」

「亜由ちゃんや今日子ちゃんも感じてほしいって、ちょっと思ってる」

十六

茉莉子さんが熱を出した。

気がついたのは、今日子ちゃん。

「茉莉子さん、見た？」

今日子ちゃんと僕と恵美里。ちょうど七時頃に晩ご飯の支度をしようと台所に集まってきたのはその三人。大吉さんはいつものように店で働いているし、亜由さんはどこかで食べてくるのか残業なのか、まだ帰ってきていなかった。

「見てないけど」

僕が言うと皆が一斉に玄関脇《わき》の外出札の方を見た。茉莉子さんが部屋にいるのを確認して、今度は全員で天井を見上げた。

「部屋にいるんじゃない？」

そう恵美里が言うと、今日子ちゃんは頷《うなず》きながら、少し眉《まゆ》を顰《ひそ》めた。

「なんかあった？」

「あのね」

偶然帰りが一緒になって歩いてきたけど、少し具合が悪そうだったって今日子ちゃんは言う。

「本人は大丈夫よって言っていたんだけど」

心配そうな顔をして今日子ちゃんが言った。すぐに恵美里がととと っ、と走って階段下まで行って、二階を見上げた。

「茉莉子さーん」

恵美里のよく通る声。やっぱり全員で耳を澄ませたけど、声も聞こえてこないし、部屋の中で動く気配もなかった。首を捻《ひね》って恵美里が階段を駆け上がって、僕たちもそれに続いて、部屋をノックして。

「茉莉子さん?」

返事がない。

恵美里がそっと扉を開けた。鍵《かぎ》は掛かっていなくて、茉莉子さんは服を着たままベッドに横になっていた。

「茉莉子さん?」

恵美里が少し大きな声を出して部屋に入り込んだら、そこで茉莉子さんはようやく眼を覚ましたんだ。

「あぁ」

少し驚いたように皆の顔を見回した。

「ごめんなさい。寝ちゃったのね」

具合が悪くて、帰ってきてベッドに倒れ込んだらそのまま眠り込んでしまったらしい。

で、さっそくタカ先生を呼んだ。

皆がここに引っ越してきて、初めて、タカ先生を部屋に呼んだ日になった。

タカ先生の見立てでは扁桃腺《へんとうせん》が少し腫《は》れてるってことだったらしい。茉莉子さんは疲れるとよくそうなるのよね、って言っていた。特に仕事が忙しかったわけではないのだけど、なんとなくそういう時期に来たらしいってわかるそうだ。年を取ると毎日の疲れが少しずつ溜《た》まってしまうのよねって苦笑いしていた。

「まぁ眠れるってことは大丈夫だ。身体が眠りを欲求しているってことだ」

タカ先生はそう言っていた。実際、茉莉子さんは少しの間眠って大分気分が良くなったらしい。

少し熱があって、喉《のど》が痛くて何も食べられそうもないので、ヨーグルトだけ食べた。救急病院に行こうかって皆が言ったけど、それほど高熱でもないので、いつも飲んでいるという市販の風邪薬を飲んで、眠れば大丈夫だと思うって茉莉子さんは言う。タカ先生も、いつもそうしているんなら、微熱だしそれで大丈夫だろうって。

「ただ、夜中、辛《つら》くなって眼が覚めたら、すぐに電話するんだぞ」

そのために俺はいるんだからなっていうタカ先生の言葉に、茉莉子さんは安心したような顔をして頷いていた。

「熱は少し下がったので、後で自分でかかりつけの病院に行ってくるって」

朝、一緒にご飯を食べているときに亜由さんに茉莉子さんの具合を尋ねたらそう言った。昨日、亜由さんは皆で茉莉子さんの部屋にいるときに帰ってきて、驚いていたんだ。

「お粥《かゆ》でも作ってあげようか」

「あ、今日子ちゃんが作るって言ってた。遅番だからって」

タカ先生が様子を見に来てくれるし、まだ寝られるそうだから、そっとしておきましょうと亜由さんが言う。言ってから、何かを思い出したように微笑《ほほえ》んだ。

そんなふうに微笑むのを見るのは初めてのような気がしたから、ちょっと眺めてしまったら、恥ずかしそうにまた微笑んだ。

「こういうのが、いいんだなって」

「こういうの？」

「タカ先生がいてくれるのと、誰かがいてくれるのが安心なのねって茉莉子さんがさっき言っていたの」

　この〈シェアハウス小助川〉に住んでる利点をつくづく感じたって。これが、普通のマンションとかアパートだったら違うって。

「すごく安心だったたって。昨夜、タカ先生に診てもらって、大丈夫だろう、の一言で楽になったって」

「うん」

　そういうことって、ある。風邪を引いて病院に行くまですごく辛かったのに、お医者さんに「まぁ寝てれば治るだろう」なんて言われたら急に楽になったってこと。

「そういえば、その先生はタカ先生だった」

　茉莉子さんはずっと長い間一人暮らしだったたから余計にそう感じるんだろう。ここに引っ越してこようって決めたのも、そういう暮らしができるってところに魅力を感じたんだって言っていたし。

「クリニックが併設している高級マンションとか、友達が隣りに住んでるとかならあるだろうけどね」

タカ先生なら、昔はそんなのが普通だったとか言うんだろう。アパートの隣人が風邪を引いて寝込んだなら、両隣りに住んでる連中がお粥の一つぐらい作ってくれたとかなんとか。もちろん、今もそんな暮らし方をしている人たちもいるんだろうけど。


亜由さんと一緒に家を出て、南荻窪方面に向かう亜由さんと角の交差点で別れる前、それじゃあね、と手を振るときに思い切って言ってみた。

「亜由さん」

なぁに？ という顔をして僕を見る。

「今日、幼稚園終わった後、何か予定ありますか？」

ちょっと考えてから、亜由さんは微笑んで首を横に振った。

「何もないけれど」

「どこかで、一緒に晩ご飯食べませんか」

恵美里のアドバイスに従って、素直に言ってみた。

「一度二人でゆっくり話をするのもいいかなって思ったんですけど、どうでしょうか」

亜由さんは、軽く下を向いて、ちょっと唇を引き締めた。でもすぐに顔を上げて、小さく、こくん、と頷いた。

「幼稚園、終わったら携帯に電話ください」

また亜由さんは、小さく頷いた。それで、じゃあね、と手を振って歩いていった。

正直に言うとちょっとドキドキしていた。

考えてみれば、学校の友達以外の女の人を食事に誘うのは初めてだった。いや、そもそも女性を食事に誘ったことなんか片手で数えられるほどしかないんだけど。

「どこに行こうかな」

地元に住んでるっていっても美味《おい》しい店とかそういうグルメ情報をたくさん持ってるわけじゃない。ここは石嶺さんにリサーチを掛けるべきかな。

☆

ゆっくり話をしたいんならゼッタイここだ！　と石嶺さんがニヤニヤしながら太鼓判を押してくれたのは、荻窪駅の北口を出て三分ぐらい歩いたところ。タウンセブンの向かい側の道路を入っていったところにある〈おかえり屋〉という店だった。

普通の、というか大きめの和風の邸宅を改装したようなお店で、二階にある部屋がそのまま食事ができる個室になっているんだ。

「個室っても、雪見障子があったり縁側があったりしてそんなにキックないから」

石嶺さんはさらに隣りの部屋に布団《ふとん》なんかないから安心しろって笑ったけど、たぶんジョークだろうとは思ったんだけどよくわからなくて、後から納得した。時代劇によくあるシチュエーションね。

「すごくいい店ね」

先に店についたのは亜由さんで、ほんの一、二分の違いで僕が部屋に入ったらそう言った。よく来るの？　なんて訊《き》かれたからとんでもないって手を振った。

「教えてもらったんですよ。バイト先の社長に」

料理は和食で、コースメニューのみ。それも全然高くなくてバイト暮らしの僕でも普通に奢《おご》ってあげられるぐらい。まぁそれでも牛丼《ぎゅうどん》二十杯ぐらいの値段にはなるんだけどさ。これ後からタカ先生に半分持ってもらおうかなって考えていた。

和食の店だっていうから、なんかお正月みたいな琴の音《ね》とか流れたり、まったく無音だったらどうしようって思ったけど、普通にポップスのBGMが流れていてこれも安心した。運ばれてきた先付《さきづけ》の美味しさや、きれいな盛りつけに二人で感心しながら食べていた。

メニューにはおかひじきとお芋の粥仕立てって書いてあった。なるほどぉ。

「まず、お礼を言おうと思ったの」

お茶を一口飲んで、亜由さんが言った。

「お礼？」

「話しませんかって、誘ってくれたこと」

恥ずかしそうに微笑んだ。

「タカ先生に言われたんでしょう？」

素直に頷いた。母さんの友達とかお客さんとか、とにかく年上の女の人がうちにやってきて会うことも多かった僕はその辺は学習している。年上の女の人には、とことん素直に対応する。

亜由さんは、迷っていたと思う。表情とか、雰囲気とか、そんなふうに感じた。たぶん、決めてはいたけど本当に話していいものかどうか。でも、ここまで来たんだし。

そんな感じ。

「マッチ」

「はい」

返事をすると、亜由さんは少し考えて、口を開いた。

「迷惑かけて、ごめんなさい」

「迷惑は、全然かかってないですよ」

変な言い方になっちゃったけど本当だ。誰も迷惑だなんて思ってない。あ、大吉さんと茉莉子さんは少しそんな方向の考え方も持ったのかもしれないけど、それは大人だからだ。大人は、ごく自然にいろんな方向性の考え方をするもんだと思う。

「じゃあ、やっぱりマッチは亜由さんだったんですね」

こくん、と頷いた。

「誰が、気づいたの？」

ここは、ウソをつこうと思った。

「僕です」

窓を開けたら、マッチを擦ったあの匂《にお》いがすることが何度か続いた。煙草《たばこ》を吸う大吉さんに確認したらマッチは使ってない。

「変だなって思っていたんですよ」

そうしたら、ゴミの日に出されたゴミの中に使用済みマッチの束が入っているのが透けて見えた。そう言ったら、亜由さんは息を吐いた。そこで、次のメニューが運ばれてきた。お椀《わん》とお造りと焼物、酢の物に煮物。黒地に朱のお盆に載せられて、すごい豪華な感じで思わず「おお」って声を出してしまって、運んできた人に苦笑いされた。

「ご飯をすぐお持ちしてよろしいんですよね？」

「はい、お願いします」

ちゃんとした懐石料理なら一品ずつ運ばれてくるんだろうけど、ここはそんなに堅苦しくないんだ。

お椀は白身魚を揚げて、ゴボウや大根が入っていた。焼物は穴子で、煮物は海老《えび》と生麩《なまふ》と賀茂茄子《かもなす》。

「美味しそう」

ちゃんとした和食ってこれが初めてかもしれない。やっぱりお店で出すものは見栄《みば》えが違うなって感心していた。僕が作れる和食と基本は変わらないんだろうけど、雰囲気が全然違う。

「私の母、お料理苦手なのよ」

「そうなんですか？」

魚を口に運びながら、亜由さんは苦笑いした。

「佳人くんの方がはるかに上手。すごく驚いたもの。高校生ぐらいの男の子がなんでこんなにって」

まぁ言われ慣れているので、うん、と頷いておいた。

「父はね」

「はい」

「とても才能豊かな人で、小さい頃から、すごいなぁって感じていたの。絵を描いているときとか」

子供心にも、近づきがたい集中力やオーラみたいなものを感じたって亜由さんは言う。

「大好きだった、というより、憧《あこが》れって言った方が近いものを抱いていたの。父に」

頷くしかない。僕は自分の父親にそんなことを感じたことないし、母親にもない。

亜由さんは感受性が豊かなのかなって少し考えた。

「自分もお父さんみたいに絵が上手になりたいって思って、小さい頃から絵筆を持って描いていたの。でも、描けば描くほど、大人になればなるほど、父にまったく、一ミリも近づくことのない自分が情けなくなっていったのね」

絵を描くのは、高校時代にやめてしまったそうだ。亜由さんは、箸《はし》を置いて、少し考えるふうにしていた。唇を軽く噛《か》んでいた。

「憧れていたけど、父は、良き父親ではなかったのね。私たちと一緒に遊んでくれるわけでもなく、とつぜん一人で旅に出て何日も帰ってこなかったり、私たちが理解できない美術論や絵画論を晩ご飯の最中に語り出して、私たちが理解するまで怒りながら話したり」

テレビを観《み》ていても突然セットの拙《つたな》さを語り出して、怒ったりしたそうだ。おかげで気の休まるときがなかったって。

「父が家にいないとき、私たちは安心してテレビ番組を観られるのでホッとしていた」

「それは」

キツイ。ウザイかもしれない。芸術家にはヘンな人が多いって本当なんだ。

「それでも、私は父が好きだったの。好きというより、父みたいに才能溢《あふ》れる人間になりたいって気持ちがずっとあったの。でも」

でも、って二回繰り返した。

「私は、地味で平凡で料理が下手で、取り柄といえば愛嬌《あいきょう》ぐらいしかない母によく似ていたのね。大した才能もなくて、どうして父は母と結婚したんだろうって疑問に思うぐらいで」

口をつぐんだ。きっと自分の母親のことを悪く言う自分が恥ずかしくなったんだと思う。そんな顔をしていた。

でも、亜由さんは続けた。

「自分のことを棚に上げて、母のことをさげすんで、それで自分を正当化していたの。そういう自分に気づいていたのに気づかない振りをして、きっと、心のバランスを崩していたのね」

学校の友人たちとも、上手に話せないような女の子になっていったって亜由さんは言う。あるときははしゃぎ、あるときは沈黙し、浮き沈みの激しい子だって思われて、友達は少なくなっていった。

「うまく、他人《ひと》とやっていけなくなっていたの」

「でも、子供は好きだったんですよね」

ニコッと笑った。

「妹も好き。そんな私のことを慕ってくれて。妹が同じ家にいてくれたから、私はなんとかやってこれたのかもしれない」

それが子供好きに繋《つな》がっていたのか。

「亜由さん」

「なぁに」

「食べながら、話しましょう？ 冷めちゃいますよ」

微笑んで頷いて、お箸を手にして、お椀を持って一口飲んだ。

「美味しい」

「美味しいですね」

誰かが言っていたよな。ご飯が美味しいって思えるうちは、人間は大丈夫だって。どんなことがあっても耐えられるって。

「マッチじゃなくてね」

「はい」

「家にいた頃、キャベツをひと玉、まるごと千切りにしたこともあったの」

まるごと千切り？

「自分の枕《まくら》の中身のそば殻を、ひとつひとつ取り出して全部床にばらまいたこともあったし、一箱のみかんを全部皮だけ剝《む》いたこともあったの」

「それは」

なんだろう。ストレスの発散？ そう訊いたら、頷いた。

「きっと、そうなんだろうと思う。無意識ってわけじゃなくて、やってることは自分でわかってるし、そんなこと止《や》めた方がいいってわかっているのにずっと続けるのよ。最後まで」

それは、想像したらかなりコワイ。

「そうやって自分の中の何かを発散させているのね。それが自分でも怖くて、就職して一人暮らしを始めようと決めたときに、考えたんだ。どんな環境に住めば、そんなことをしなくなるんだろうって」

「それで、小助川を」

こくん、と頷いた。

「普通のマンションやアパートなら、本当に一人きりで余計にダメになってしまいそうな気がして。あそこなら、共同生活みたいにして他人と接しなきゃならない。でもそんなにカッチリもしてない。自分のおかしなとこを治していくにはちょうどいいのかなって思ったの」

それで、今まで暮らしてどうだったんだろう。マッチを使ってしまったっていうのは。亜由さんは、僕の顔を見た。

「まだ、自信はないの」

だよね。マッチを何本も使ったっていうのはそういうことなんだよね。

「でもね」

「はい」

「ホッとしたの」

ホッとした、とは。

「佳人くんとタカ先生に知られて、ホッとした。そう感じた自分にすごくびっくりした。あぁ、ひょっとしたら私、誰かにこのことを知られたかったんじゃないかって思った。ずっと知られることを望んでいたんじゃないかって」

なんとなく、わかるような気もする。

「だからね」

大丈夫かもしれない。そう亜由さんは言った。

「わからないけど、もう変なことはしないかもしれない」

「もし、しそうになったら僕かタカ先生のところに行くといいですよ」

そうね、って亜由さんは微笑んだ。

「そうする」

家の中を風が通るようになっていた。本格的な梅雨に入る前にはいつもそうしていたんだってタカ先生が言っていた。

☆

雨が降っていないときにはできるだけ家中の窓を開けて風を通すんだって。それは相良さんも聞いていて、窓には全部開閉式の網戸がついている。だから、最近は朝起きると皆がそれぞれ気がついたところの窓を開けて風を通すようにしている。

「そろそろ虫も鳴き出す頃ね」

暗くなっている庭に面した窓の方を向いて茉莉子さんが言った。

この辺は車もほとんど通らないし、風向きで変な臭《にお》いが入ってくることもない。むしろ家の周りは庭の土と緑ばっかりだから、そういう匂《にお》いが漂ってきてまるで草原にでも来ているみたいだって大吉さんが言ってた。

「せっかく庭が広いんだから、バーベキューでもしたいな」

大吉さんの休日の夜の九時過ぎ。そうしようと決めてたわけじゃなくて、たまたま久しぶりに全員が居間に集まってきていた。茉莉子さんと僕はＤＶＤを観ようとしていたし、大吉さんは新聞を読んでいた。亜由さんはコーヒーを淹《い》れようと台所に来て、今日子さんは遅い晩ご飯を食べていて、皆の話し声を聞いて恵美里も下に降りてきた。

「バーベキュー？」

恵美里が大吉さんに訊いた。

「そこの庭で野菜や肉を適当に焼いてさ、皆で食べる」

「焼き肉なんかしたら、匂いや煙で近所迷惑じゃないかしら？」

DVDをセットしようとした茉莉子さんが手を止めて言った。

「どうなんだろ。この辺じゃあまりしないのかな」

僕に向かって言うので頷いた。

「少なくとも僕はしたことないですね」

北海道に住んでいた大吉さん。別に見渡す限り草原のド田舎に住んでいたわけじゃなく、普通の札幌の住宅街だったけど、小さい頃は家の庭でよくやったよって話した。

「ワタシもやった」

恵美里が手を上げると今日子ちゃんと亜由さんは首を傾《かし》げた。

「私はやったことないな」

「私も」

そうか、と大吉さんは腕を組んだ。

「意外とやってないもんなんだな」

「でもすぐそこは川だし、お隣との間もここは随分離れているし大丈夫じゃないの？」

恵美里がもうやる気まんまんなのがわかった。

「タカ先生に訊いてくるね。そういうことしてもいいかって」

言うが早いか恵美里がソファから跳ね上がってダッシュして母屋《おもや》に消えていった。

「確か、条例とかで火を使うことは禁じられているはずよ。焚《た》き火なんかもできないでしょう？　今は」

茉莉子さんだ。

「小さい頃は、祖母の家で焚き火もしていたのだけれど」

「おばあさんの家は？」

「近くよ。小金井市」

ダダダって音がして恵美里が戻ってくる。

「大丈夫だって。バーベキュー程度ならしていいんだって」

「そうなんだ」

嬉《うれ》しそうに恵美里は頷いた。

「焚き火だって大丈夫だって。タカ先生、秋にはよく庭で落ち葉焚いて焼き芋してるって」

「それもいいな」

大吉さんが嬉しそうに笑った。

「じゃあ、やろうよ。梅雨になる前にバーベキュー。俺、いろいろ仕込んでおくからさ」

日付が変わる頃に部屋がノックされて、大吉さんが入ってきた。手には何故《なぜ》か飴《あめ》の袋がたくさん。

「どうしたの？」

「お客さんに貰《もら》ったんだ。百円ショップで買いすぎたから貰ってくれって」

レモンや柚子《ゆず》やコーヒーやとにかくいろんな種類の飴。

「変なお客さんだね」

「いるんだ。世の中には変な人がたくさん」

もう片方の手にはカップが握られていて、紅茶が入っていた。寝る前にこうやって大吉さんが僕の部屋に来てあれこれくだらない話をするのも習慣になっている。一週間のうちに三回はあると思う。

「あ、これもだ」

ポケットから出て来たのはラップとホイルにくるまれたソーセージ。大吉さんはカメオを気に入っていて、お店から餌《えさ》になりそうな食材をときどき持ってきてくれる。どうもーって言って受け取って冷蔵庫に入れておく。

「飴は居間の茶箪笥《ちゃだんす》に入れておけばいいじゃないですか」

「そう、そう思って持って出たんだけど先にこっちに来ちまった」

後で入れておきますって笑った。大吉さんは小さなテーブルのところに座って、紅茶を一口飲む。

「なぁ佳人くん」

「なんですか」

小さく息を吐いた。

「変なこと訊くけどいいか？」

「イヤだって言っても訊くんでしょ」

二人で笑った。

「俺、浮いてないか？」

「え？」

浮いてる、とは。

「この家のなかでさ、俺浮いてないかなって」

首を傾げてしまった。

「バーベキューやろうとか言い出してさ。言ってしまってからどういうもんだかって反省したんだけど」

「いや、全然言ってることわかんないですけど」

普通のことだと思うし、大吉さんが浮いてるなんて思ったこともない。そもそも、ここで暮らしている中で、〈浮いてる〉なんて感覚を考えたこともない。そう言ったら、大吉さんはうーん、と唸《うな》った。

「最近、考えちまってさ。あれこれ」

「あれこれ」

僕を見て、苦笑いした。

「これぐらいの時期になるとさ、六月になるんだなって考えはじめると、いつもダメになるんだ俺」

「六月」

大吉さんは、頷いた。肩を落とした。

「言っちゃっていいか。迷惑かもしれないけど。いや迷惑なんだけど」

迷惑なら困るんだけど、しょうがない。大吉さんは唇を歪《ゆが》めてから、口を開いた。

「自殺したんだ。以前に」

「はい？」

「六月にさ。自殺未遂」

俺は、一度死んだんだって大吉さんは言った。

十七

「証券会社がどんなことをする会社かわかるかな」

大吉さんの部屋に来て、床に置いてあるクッションに座った僕はそう訊《き》かれてなんとなく頷《うなず》いた。本当になんとなくの知識しかなかった。

「株券とか、なんだっけ、有価証券だっけ」

お金になる権利みたいなものを売り買いして商売をするような会社だ。それがどんなことを意味するのかまったくわからないんだけど。

「まぁそんなもんだ」

大吉さんは窓際《まどぎわ》に座って窓を開けて、煙草《たばこ》に火を点《つ》けた。

自殺未遂をしたことがある。大吉さんははっきりそう言った。そんな話をするんだったら煙草が吸いたくなるんじゃないかと思って、こっちに移ってきたんだ。年下に気を遣わせちゃってゴメンなと大吉さんは言っていた。いやそもそも年下が年上に気を遣うもんじゃないですかって思ったけど、同時に年下にそんな話をしちゃうんだ、とも思った。別にイヤだとかじゃなくて。

「自殺しようとした理由は、別に会社に原因があったわけじゃない、とは思う。単純に俺が弱かっただけだと思うんだけどな」

大吉さんは、北海道の大学を出て東京に就職したそうだ。今三十七歳だから十四年ぐらい前。最初の就職先がその証券会社だったって。

「別に金融関係の仕事がしたかったわけじゃなかった」

「そうなんですか」

「とにかく遠くへ行きたくて、就活で手当たり次第に当たっていったらたまたまそこに内定をもらえて、何も考えないで決めた」

「家を早く出たかったってことですか」

大吉さんは、軽く笑って頷いた。

「そういうこと」

生まれ育った家を、早く出て行きたかった。そして、故郷の町から離れて遠くへ行きたかった。

「だからまぁ、東京を選んだ」

東京に住んでいる僕は、仕事をするのに他の土地に行く、という感覚がまだよくわからない。就職して赴任するっていうんだったら理解できるし、ここから離れた町に行かなきゃならない、っていう思いは映画やドラマや歌なんかでもよく出てくるけど、それが実感として湧《わ》かない。

「その、家を出て遠くへ行きたいって、どんな感じで思ったんですか」

訊いたら、大吉さんは少しだけ意外そうな顔をしてから、微笑《ほほえ》んだ。

「そうか。よしっちは、そんなこと思ったことないか」

「ない」

大吉さんはときどき僕のことを〈よしっち〉と呼ぶ。

「同級生とかでもいないか。そんなこと言ってたの」

「京都に住みたいから京都の大学へ行った奴《やつ》はいるけど」

それは、単純に歴史ある京都の町が好きで好きで、そこに住むことに憧《あこが》れていたからだ。毎日でも神社仏閣とかそういうものを眺めていたいっていうめちゃくちゃシブイ趣味を持っていた男。元気かな。

「遠くへ行きたいって思いとは違うよね」

「似てるけど、違うだろうな」

大吉さんは、ちょっとだけ首を傾《かし》げた。

「なんだろうな」

少し考えていた。言葉を選んでいるって感じ。

「俺みたいな思いを抱く人間は、きっと傲慢《ごうまん》なんだろうな」

「傲慢？」

「プライドが高いんだろうって思う」

「プライド」

今までの人生で一度も考えたことも使ったこともない言葉だ。

「自分は、もっとできるはずだって考える。こんなところにいる人間じゃないって考える。魅力的な男になれるはずだって思う。そう思うと、それを実現するためにはたくさんの人が集まるところに行かなきゃダメだと思う」

「注目されたいってことですか」

また少し考えた。

「それも含まれるのかな。でも、人の多い都会に出なきゃダメだって考えるのは、本能的に、そのためにはもっと厳しい環境に自分を置かなきゃ実現できないって考えるんだろうな」

なるほど。

「基本、上昇志向なんですね」

「あぁ、そういうこと」

田舎者は、そう考えるって大吉さんは言う。

「東京に出て一旗あげる、なんてのは俺のじいさんとか親父《おやじ》ぐらいの世代の考え方だろうけど、それはまだ意識しない中でも残っているんじゃないのかな。地方には」

そうなんだろうか。大吉さんは、僕を見た。

「俺の中にもそんな気持ちはあったんだろう。そんなに意識はしていなかったけど、たぶん。だから、仕事は頑張ったよ」

ものすごい勢いで働いたって、大吉さんは頷いた。よく使われる表現だけど、遠くを見るような眼付きで。

僕は割りと本を読む方だと思う。こうやって、たとえば〈石嶺酒店〉の石嶺さんなんかもそうだけど、大人の人と一緒に過ごしていると、小説に使われているような表現に思い当たることがよくある。あぁ、そういうものなんだなっていうのがわかる。

僕もいつか遠くを見るような眼で何かを語るときが来るんだろうか。たとえば、父さんのことを話すときなんかにそういう眼をするんだろうか。違うかな。

「頑張って、成績は良かった。新人の中でも一目置かれる存在になっていった。上司からの受けも良かった。実は俺、学校ではけっこう劣等生でさ」

「そうなんですか？」

そんなふうには見えないけど。

「人から褒められるって、社会人になって初めてでさ。自分でもわかるぐらい舞い上がってた。それで、ますます仕事にのめり込んだ。仕事のことしか考えられなかった」

寝るとき以外は、全部仕事のことを考えていたそうだ。それはまぁそれでいいことのような気もするけど、疲れそうではある。

「いろんなことに気づかなかったんだよな。若かったからさ」

「そういうもんですか」

「そういうもんさ。今から振り返るとよくできたなって思うぐらい、仕事に熱中していた」

三年間、そうやって仕事をしていた。でも、ある日。

「ミスをした」

それがどんなものかはどうでもよくて、とにかく会社に損害を与えてしまった。でも、そのミスは大吉さんと一緒に仕事をしていた同僚や上司が事前に気づいてくれれば防げるようなミスだったそうだ。

それが、気づかれなかった。誰も気づかなかった。それどころか、なにもかも大吉さんの独断によるミスだとされて、全《すべ》ての責任を負わされた。

「自分の失敗を棚に上げるつもりはまったくない。ないけど、信頼して、信用していた人たちが〈俺には関係ないよ〉って顔をしてさ、潮が引くみたいにサーッと俺の廻りから逃げていくのがはっきりとわかったんだ。なぐさめの言葉一つ掛けてくれる奴もいなかった」

「ひどいですね」

いや、って大吉さんは言った。

「ひどくないんだ。きっとその頃の俺は、そういう人間だったんだ」

「そういう、って？」

「何かトラブったときに、助けたくないような人間」

きっと天狗《てんぐ》になっていて、そういう男に俺はなっていたんだって大吉さんは言う。

「ひょっとしたら皆俺のミスに気づいていたけど、気づかないフリをしてたのかなって思うよ」

「ひどいじゃないですか。いくら嫌われ者だったとしても、仕事でしょ？　会社に損害を与えるんでしょ？」

そんなことは考えられないって言ったら、大吉さんは苦笑した。

「残念だけどさ、佳人くん。世の中にはそんなことはいくらでもあるんだ。学校でだってイジメとかあっただろ？　なかったか？　誰もが気づかないフリをして、見て見ぬフリをして過ごしていくなんてことは」

よくそういう話になるんだけど、残念ながら僕は小中高とぜんぜんそういうものに遭遇しなかったんだ。ひょっとしたら水面下ではあったのかもしれないし、他のクラスで問題になったって話は聞いたことあるけど、僕自身にはまったく降りかからなかった。

だから、わからないんだ。イジメをする側の気持ちも、イジメられる側の気持ちも。僕はあまりトラブルに遭遇しない星の下に生まれたのかもしれない。まぁ父さんを早くに亡《な》くしたというのは別にして。

「誰もトラブルになんか関わりたくないんだ。できれば平穏無事に一生を過ごしたい。そんな気持ちはね、歳《とし》を取る毎《ごと》に大きくなっていくんだよ」

そうなのか、と頷くしかない。

「まぁそれでさ。けっこうやられちゃってね」

「心を？」

「そう、心を」

「それで」

そう、と大吉さんは頷いた。

「自殺を図っちまった」

六月に。

思い出すのはけっこう辛《つら》いんだぜ、と大吉さんは笑う。笑ってるから今はその気持ちを乗り越えることも覚えたんだろうけど。そう言うと、大吉さんは少し口を尖《とが》らせた。

「自殺して未遂に終わった奴と話したことがないからわかんないけどさ、それ自体はな、過ぎちゃったらなんてことはなかったんだ」

「そうなんですか？」

不思議とね、と大吉さんは笑う。

「病院のベッドの上で、あぁバカなことしちまったなぁってすぐに思えたんだ。それよりも俺が自殺未遂したってんで、親が驚いてさ。札幌に連れ帰ろうとしたんだけど俺が拒否したんだ。それは余計に辛いってね」

「辛いんですか」

「辛いさ」

自殺なんてバカなことをしでかして、二十六にもなるいい年した男が親の庇護《ひご》の下暮らすなんて屈辱だろ、と大吉さんが言う。

そうか、と、思った。屈辱って感じるんだ。

大吉さんを突き動かすのは、自分自身のプライドなんだって。

「大丈夫だから、もう少しこっちで頑張るって言ったらさ、退院する頃に弟が東京にやってきた」

「弟さん」

話の先がいったいどこに行くのかわからなかった。

「弟、七つ下なんだ。ちょうど高校を卒業して札幌の専門学校行ってたんだけどさ。東京の同じような専門学校に入り直すってやってきたんだ」

「それは、あれですか」

「それだ」

大吉さんを監視するために。

「その通り」

弟さんは、大吉さんよりはるかに明るくてポジティブな性格をしていたんだそうだ。

「親も、俺より弟の方を信頼してた。性格的な部分ではな。俺の方が暗くて弱いってのをわかっていたんだ」

「親ですからね」

「そうだよな」

母さんもきっと僕たちの性格はきちんと把握しているんだろう。僕はどんなので、弟や妹はどんななのか。

「よしっちの弟の名前はなんだっけ」

「勝人」

妹は笑美。

「俺の弟さ」

大吉さんは僕を見て少し笑った。

「笑うなよ」

「何がですか」

「これから弟の名前を言うから」

名前？

「弟、太郎《たろう》って言うんだ」

笑ってしまった。ごめんなさいって言ったらまた笑っちゃって、大吉さんも笑い出した。

「いや本当にさ、うちの親は何考えてんだって思うよな。大吉に太郎だぜ？」

男らしくていいとは思うんだけど。

「クラシカルな名前ですよね」

大吉さんも頷いた。そうして、ふぅ、と息を吐いた。

「名前で人を笑わして、そのまんま愉快な人生を送っていけたら良かったんだけどな」

そう言ってまた煙草に手を伸ばして、いつものライターじゃなくて、マッチを手に取った。

「亜由ちゃんのマッチのときに言ったろ？　身近な人間に、覚醒剤《かくせいざい》を使ったことのある奴がいるって」

言ってた。ようやく話の方向性が見えてきた。

そこか。

「話が長くなるから割愛すると、弟は東京に出て来て、覚醒剤を使うようなバカなことをしでかしたのさ」

大吉さんの唇が歪《ゆが》んだ。

「俺と、一緒に暮らしていた部屋でさ」

座り込んだ大吉さんは、身体《からだ》を折り曲げるようにして、頭を抱え込んだ。

「気づかなかったなぁ」

床に向かって、少し、大きな声を出した。何かを打ち消すように。それから顔を上げて僕を見た。

「まるで、気づかなかったんだ。一緒に暮らしていたのに」

しょうがないですよ、とか、適当な慰めの言葉は言えなかった。代わりに頭に浮かんできた疑問を口にした。

「暴れたり、幻覚を見たりとかはなかったんですか」

どっかで見たり読んだりした知識だ。大吉さんは小さく頷いた。

「まだ、初期の頃だったんだろうな。やたらハイになってるって思ったことはあったけど、あいつは昔から日常的にハイだったからな。全然不思議には思わなかった。ただ、後から考えれば、不審な点はいくつも浮かんできたんだけどさ。その時点ではまるで気づかなかった」

そう言って、急に何かを思い出したように自分の手のひらを見つめて、握った。

「彼女なんだ」

「彼女？」

大吉さんの彼女かと思ったら、違った。

「太郎の彼女。真弓《まゆみ》ちゃんって名前なんだけど、見ちゃったんだよ」

「何をですか」

握った手を、広げた。

「彼女が、クスリを使っている場面に、俺は出くわしちまったんだ。自分の部屋でさ」

その当時、証券会社を既に辞めていた大吉さんはアルバイトをしていたそうだ。大学の同級生の実家のお花屋さんの配達。

その日、配達をしていてたまたま弟さんと一緒に暮らしていたマンションの横を通った大吉さんは、部屋に寄った。自分の部屋の窓を開けっ放しにしていたのを思い出したから。

「五階だったから泥棒に入られる心配はなかったんだけど、雨が降ってきそうだったからさ。ちょうどいいって思って」

鍵《かぎ》は掛かっていた。ドアを開けたら女性用のスニーカーがあって、あぁ弟が帰ってきてて、彼女も来てるんだって思ったそうだ。

「いつも来ていたからね。俺とも仲良くやっていた」

でも、居間に入ったところで見たのは、彼女がだらしなくソファに横たわっている姿だった。弟さんはいなかった。

「テーブルの上に、一式載っていたよ。クスリも、ライターも、マッチも、アルミホイルも」

いろんなものが。

「それも」

大吉さんは苦しそうな顔をして続けた。

「六月だったのさ。なんていう皮肉な偶然なのかね」

六月は最悪の月。大吉さんは呟《つぶや》くように言った。

だから、毎年六月が近づくと、六月になると不安になる。落ち着かなくなる。ざわざわしてくる。そんなのは自分の心の弱さだとわかってはいても、たまらなくなる。

大吉さんはそう続けて、ごめんなって僕に言った。

「謝らなくてもいいですよ」

謝られても困るし、謝るぐらいなら話さないでほしい、なんてことはもちろん言わない。言わずにいられなかったって気持ちもちょっとだけわかるから。

亜由さんもそう言っていた。僕に知られてホッとしたって。誰かに聞いてもらいたかったのかもしれないって。

僕もそうだ。

父さんが死んでどう思ったかを、誰かに聞いてほしかったことがある。きっと人間はそういう動物なんだ。自分の心の中にある何かを、大抵は自分の心の弱いところを吐き出したくてしょうがない動物なんだ。吐き出すことで、生きていく力を得るんじゃないのか。

違うか。

力を得るんじゃなくて、荷物を下ろして軽くなるんだ。軽くなるから、動けるようになるんだ。心の重荷っていうのは、巧《うま》い表現なんだきっと。

「それから」

言ったら、大吉さんは僕を見た。

「どうなったんですか」

うん、と小さく頷いた。

「警察に行って、弟は実家に戻して専門の病院に入れた」

そのときに実家に帰ったのが最後だったんだ、きっと。

「彼女も、彼女の実家に帰した」

「何か問題はなかったんですか。向こうの家から」

首を小さく横に振った。

「クスリを手に入れたのは彼女の方だったのさ。警察の調べでそれがわかった。だから、向こうの両親はこっちには何一つ文句を言えなかった。むしろ、うちの親が激怒していたよ。大事な息子をたぶらかした売女《ばいた》ってんでね」

そういうことか。でも、確か言っていた。

「そんな女の子じゃなかったんですよね？　あのとき」

茉莉子さんとあのマッチの話をしているときに言っていたはずだ。

「そう、少なくとも俺の前ではごく普通の女の子だったよ。専門学校に通って、自分の目標を持って毎日を楽しく過ごしている」

どこにでもいる女の子。それが、クスリなんて手に入れてしまえる。そして、使ってしまう。そういう現実を、大吉さんは文字通り身にしみてわかってしまったんだ。

「まぁ過ぎちまえばこうやって何分かで話してしまえるけどさ。そりゃあもうひどい日々だった。警察ってのは周囲の人間も疑うしさ。俺も痛くもない腹を探られたし、バイト先の花屋にも迷惑を掛けたので辞めざるを得なかった。マンションの管理会社からは出てってくれって言われるし。弟が絡《から》んでいなかったら、さっさと失踪《しっそう》でもしていたかもしれないな」

六月になるとそれを思い出す。だから余計に明るく行こうとしてしまう。それが、今日のバーベキューでもしようって発言に繫《つな》がったのか。

「俺はさ」

「うん」

「親の期待や心配を、ことごとく裏切ったり台無しにする長男に、なってしまったんだよ」

淋《さび》しそうに、悲しそうに、大吉さんは眼を伏せた。

「それで、十年も実家に帰っていないんですか」

こくん、と頷いた。

「年賀状は出しているよ。暑中見舞いも。切れてはいないし、切られてもいない。でも」

息を吐いて大きく伸びをした。無理に微笑んだ。

「それが、余計に辛くてな」

「弟さんはどうしているんですか。太郎さんは」

今度は、素直な笑顔になってくれた。

「大丈夫だ。立ち直ってるよ。あいつはもともとが強いんだ」

悪い彼女に捕《つか》まってしまってそんなことをしでかしちゃったけど、しっかりと治療して、今はもうクスリとは完全に縁が切れている。警察の調べではそれほど常用はしてなかったみたいだ。むしろ彼女の方がひどかったらしい。

「就職もして、社会人としてちゃんとやってるよ」

太郎さんからはメールも来るそうだ。帰っておいでよとも言われている。

「帰らないんですか」

「帰れないよ」

自分は何にも返せないって大吉さんは言う。

「勝手に東京に出て来て自殺未遂して、弟と一緒に暮らしたらそんなことさせちゃってさ。何が、どこが兄貴だって話だよな。情けなくてしょうがない。どっかのちゃんとした会社に就職するとか、嫁さんを貰《もら》うとか、そういう親を安心させられるものを何一つ俺は手にしていないんだ」

三十七になっても、いまだに。

「おまけに、自分が怖くて、ここに引っ越してきた」

怖くて。

「それは、六月が来ると毎年そんなふうに感じるからですか」

そうなんだ、って言って溜息《ためいき》をついた。

「一人暮らしの部屋がいい加減イヤになった。誰かと繋がりたかった。きっと心の奥底では実家に帰って親に心配してもらいながら見守られながら毎日を過ごしたいんだろうさ。でもそんなことはできない。それじゃ男としてはダメなんだ。最悪だ。だから」

シェアハウスという存在に魅力を感じてここに来た。

「あの」

「なに」

「すっごく素朴な疑問なんだけど」

今までも訊こうと思って訊いていなかったんだけど。

「大吉さん、彼女は？」

今までの話の中に、東京に出て来てからの大吉さんの人生に彼女のかの字も出てこなかった。ここで一緒に暮らすようになってからも彼女を連れてくるとか、「今日はデートだ」なんて言葉は一切聞かされたことがない。

「うん」

いつもの軽い感じで大吉さんは頷いた。

「それは、また別の話だな」

「別なんですか」

「さっき、自殺したのに未遂に終わったら意外となんともなくなったって言ったけどさ」

「言いましたね」

それなのに、って大吉さんは続ける。

「六月になると鬱《うつ》っぽくなるって言ったろ？」

「言いました」

「おかしくないか？ 俺」

言われてみれば。大吉さんは腕を組んで、首を捻《ひね》った。

「我ながらおかしいよなって思うんだけど、どうしようもない。俺にはそういうところがあるんだ。弱いくせに、軽い。軽いくせに、弱い。そんなところが女に関しても出てくるみたいで、徹底的に女に関しては軽いんだよ俺」

まぁ、それはそんな感じがするけど。

「さほど自分の人生の中で重要性を感じないんだ。もちろん、可愛《かわい》い女の子は大好きだしそれなりに遊んではいるけれども、全体的には割りとどうでもいい」

「失礼ですね」

笑った。

「そうなんだ。失礼なんだ。だから、真剣に俺のことを好きになってくれる女に対して申し訳ないって思ってしまう。付き合ってもいいんだけど、たぶんゼッタイに俺は真剣になれない。付き合ってる最中でも他のもっと良い女から誘われたら罪悪感も何もなしに遊んでしまう。だから、ゴメン、俺はダメだってすぐに言ってしまう」

「そこは、ムダに誠実なんですね。軽い癖に」

「それ、的確。ムダに誠実」

どうしようもないなって大吉さんはまた笑った。

二面性。その言葉がすぐに浮かんできた。人は誰でもそういう部分を持っているってタカ先生が前に言っていた。大吉さんはそれが顕著な人なんだ。幸いっていうのも変だけど、廻りの人にあまり迷惑を掛けない方向で、はっきりと二面性を持った人。

軽さと弱さ。

誠実さと不誠実さ。

今まで僕が知っていた大吉さんは、明るくて、優しくて、付き合いやすくておもしろい人。しっかりとした気配りもできるし、一緒にここに住むのには最高の大人の男性だって思っていたんだけど。

もし、ここに住んでいる誰かが大吉さんを好きになってそういう関係になったら、案外修羅場とかがやってくるのかもしれない。

大吉さんは、軽く頭を下げた。済まんなって。

「タカ先生に話そうと思ったのに、先に佳人くんに言っちゃったな」

なんでなんだろう。僕に。きっと僕はそんな顔をしたんだ。大吉さんは続けた。

「佳人くん、いつも心配そうな顔をしてくれるんだよ」

「心配そうな顔？」

どんな顔なんだ。

「優しい顔さ。普通にしているのに、〈大丈夫ですか？〉って優しく声を掛けてくれているみたいな雰囲気をいつも出している」

「そうなんですか？」

笑って頷いた。

「得してるかどうかはわからないけどな。ひょっとしたら損をしてるかもしれない」

こんな話を聞かされてさ。大吉さんはまた謝った。

ごめんなって。

十八

皆、賛成はしていたけど無理かなぁって思っていたんだ。だってバーベキューをやるとしたら皆が揃《そろ》わなきゃならない。

僕はまぁアルバイト歴が長いから多少の融通は利《き》く。タカ先生はいつでもオッケーだけど、茉莉子さんは日曜日しか休みがない。恵美里と亜由さんは土日ならなんとかなるけど、今日子ちゃんと大吉さんの休みは不定期。しかも天気が良くなきゃならない。

それでも、六月の最初の日曜日。

奇跡的にオールオッケーになってしまった。空はきれいに晴れ渡って、大吉さんも今日子ちゃんも休みをもらえた。

母さんがよく言うんだけど、意志あるところに道は開けるって。どっかのことわざらしいんだけど。そんなに大げさなことじゃないけど、なんでもやってみるものだよね。

大吉さんは朝から張り切って仕込みをやっていたらしい。特製のタレを作って肉をつけ込んだり、軽いおつまみを作ったり。大吉さん、今はウエイターをやっているけれど、そのうちに厨房《ちゅうぼう》をやりたいって話したことがある。そうは言ってなかったけど、ひょっとしたら自分の店でも持とうとしているんだろうか。

自分には、何もないって言っていた。実家に帰っても親を安心させられる要素が何一つないって。自分の店を持つというのは、一国一城の主《あるじ》になるっていうのは、その要素のひとつなんじゃないか。そんなことをちらっと考えてしまった。

「よくこんなものがありましたね」

タカ先生が物置きから持ってこいって僕と大吉さんに言ったのは、ドラム缶を半分に切って足をつけたもの。

「大昔に作ったのさ。不要なものを焼くためにな。こいつがまた外で焼き肉をするときなんかにちょうどいい高さでな」

まだタカ先生が若い頃には何度かやったらしい。大吉さんが買ってきた着火材をそこに放り込んで、マッチで火を点《つ》けた。あっという間に燃え上がって、そこに火バサミで炭を置いて行く。

「風が通るようにな。そうしないと上手《うま》く熾《おこ》らんぞ」

熾る、というのが炭が赤くなることだっていうのを初めて知った。大吉さんとタカ先生の手際《てぎわ》がすごくいい。経験者は違うなぁと思って感心していた。僕は団扇《うちわ》を持ってただひたすら風を起こす係になった。ただむやみに煽《あお》げばいいんじゃなくて、やっぱり風が通るように効果的に煽がなきゃただ疲れるだけらしい。

夕方の五時。まだ空に青さは残っているけど、少しずつ夕暮れの光が感じられる頃。炭も真っ赤に熾っていて、そこにバーベキュー用の網を載せて、大吉さんが手際よく皆で切った野菜や肉を載せていく。途端に美味《おい》しそうな匂《にお》いがしてきて、皆がにこにこしていた。

　恵美里が相良さんを呼んだらしくて、ワインを片手にやってきた。僕はしょっちゅう〈石嶺酒店〉で会っているけど皆は久しぶりで、女性陣が嬉《うれ》しそうに相良さんを囲んで話をしていた。

　なんか、不思議な光景だった。小さい頃に走り回った覚えがあるその庭の、夕暮れの色が少しずつ感じられる空の下。

〈小助川医院〉の庭。

　大吉さんがドラム缶の前で肉や野菜を焼いている。今日子ちゃんと亜由さんが缶ビールを運んできた。茉莉子さんと恵美里がワインの栓を抜くのに悪戦苦闘している。少し離れて相良さんがタカ先生と楽しそうに話している。

　まるでワイドレンズ、あるいは魚眼レンズでその風景を僕は俯瞰《ふかん》で見ている気持ちになって、あたりまえなんだけど、新鮮な光景だった。

「肉が焼けたよー」と皆を呼ぶ大吉さんの声。

「乾杯しよー」と満面の笑顔ではしゃぐ恵美里。

「美味しそう」と喜んでいる茉莉子さん。

「少し切りますね」と大きめの肉を切り分けている亜由さん。

「ご飯もあります」と握ったおにぎりを差し出す今日子ちゃん。

そういう皆を、缶ビール片手ににこにこしながら見ているタカ先生と相良さん。

ふいに、変な感覚が襲ってきた。今までに見たこともないその風景に感動していた。

あぁ、こんなふうにどんどんいろんな人と関わっていって、年を重ねていくんだなって。団扇を持ったままそんなことを考えてしまった。だからじじくさいって言われるんだなきっと。


九時になる頃には後片付けも全部終わって、女性陣は煙臭い身体《からだ》をお風呂《ふろ》に入ってさっぱりさせて、それぞれに家の中で寛《くつろ》いでいた。

庭で、タカ先生と大吉さんがブロックに腰掛けてまだ熾っている炭火に当たるようにして、煙草《たばこ》を吸いながらウィスキーを飲んでいる。これからが男の時間だとか言いながら。

お代わりがいるかなと思って、僕は氷とウィスキーの瓶を持って庭に出た。二人は炭火を眺めながら、なんだかまったりしている。僕を見て、微笑《ほほえ》んだ。

「キャンプとかしたたか」

タカ先生が訊《き》いた。

「しましたよ。学校の遠足で」

「俺の時代は、男はこういうものが好きだって相場が決まっていたんだが、どうだ」

タカ先生が炭火を指差した。

「あんまり経験がないからわかんないですけど、好きですよ」

「母屋《おもや》の風呂はな」

タカ先生は母屋の方を指差した。もう夜の闇《やみ》の中に溶け込んでいる〈小助川医院〉。

「小さい頃は薪《まき》をくべてお湯を沸かしたんだ」

わかるだろ、と訊くので大吉さんと二人で頷《うなず》いた。トトロや昔の映画で見たことある。現物はないんだけど。

「風呂を焚《た》く仕事は子供と相場が決まっていてな。俺もやらされた。最初に新聞紙と乾いた小枝や木切れを突っ込んでな。火を点けて、ある程度燃えたら大きな薪を入れる。そうやってどんどん火を焚いて、風呂の湯を沸かす」

「そういう時代って、お湯が出ないんですよね」

「蛇口からか？　あたりまえだ」

「顔を洗うときとかどうしたんですか」

タカ先生は何を訊くって顔をした。

「水だ。当然だろ。冬の寒いときなんかはヤカンで湯を沸かしてそれを洗面器に入れたんだ」

「なるほど」

当然か。

「まぁすぐにガス湯沸かし器というのが出回ったからな。それで蛇口から湯が出る環境にはなったけどな」

大吉さんの持つグラスの氷が、からん、と音を立てた。

「親父《おやじ》にマッチの点け方を習った」

タカ先生が言った。

「今は、マッチの点け方を習うなんてことはないだろう」

「ないでしょうね。俺も習わなかったですよ」

大吉さんが頷いた。

「煙草を覚えたときに、見様見真似《みまね》でやっただけです」

「そうだろうな」

昔は火を点けるときには全部マッチだった。ガスコンロも何もかも、今みたいにスイッチがあるわけじゃなくて、ガス栓を捻《ひね》っておいてマッチで火を点ける。だから、あのデカイお徳用マッチというのが家庭の必需品だったそうだ。

「神棚も、家庭に普通にあったからな」

「神棚」

「毎朝、ロウソクに火を点けるのさ。仏壇にもな」

それが習慣だった。どこの家庭でも、それこその昔は新しい生活の代名詞みたいだった団地に暮らし始めた人たちも、神棚を作って柏手《かしわで》を打ってロウソクに火を灯《とも》した。

「火の匂いが家庭から消えちまってどれぐらい経《た》つのかね」

タカ先生が炭火を見ながら言う。団扇で煽ぐと、まだ残っている炭火から炎がゆらめくように立ち上った。

「それが、何か」

大吉さんが訊くと、タカ先生は苦笑いした。

「いや」

なんてことはないって言う。

「ただ、そう思っただけだ。でもな」

「でも？」

　僕を見た。

「火は、無条件で怖かった」

「怖い」

「火の扱いを間違うとあっという間に火事になって大変なことになるのを、俺たちの世代は肌で感じていた。火は暖かいけど、怖い。つまり今は家の中に無条件に怖いものがない。そういうのは」

　煙草を吸って、煙を吐き出した。

「やはり何かしらの影響を与えるもんだと思う」

　時代が変われば、人の心の有り様も変わる。そうタカ先生は続けた。

「変わらないのは」

　言葉を切った。

「のは？」

　僕と大吉さんを見た。

「相変わらず惚《ほ》れた腫《は》れた生きるの死ぬのって騒ぐってことだけか。それだけは大昔から変わっていないな」

☆

「今までの経験上、半年が過ぎる前に一度ぐらいは何か人間関係での問題が起こるかもしれません」

そう言っていたのは相良さん。

「問題が起きても、当事者同士で解決するようにしてくださいね。下手に全員を巻き込まないように」

そうも僕にアドバイスしてくれた。まぁそれは別にこうやってシェアハウスで暮らす場面じゃなくても、家族の間でも学校のクラスの中でも会社でも起こることだろうから、特に気にはしていなかった。

それまでにも、亜由さんのマッチをゴミ袋から出してきた問題で茉莉子さんと大吉さんの間に微妙な空気が流れたこともあったけど、そこは大人同士だ。表面的にはなんの問題もなく過ごしてこられた。

亜由さんは、その後に何か変なことをすることはなかった。本人も、僕と二人きりになったときにそう言っていた。だから、亜由さんはここに暮らして良かったのかもしれない。

恵美里と相良さんが実は姪《めい》と叔母の関係であることも、そうしてタカ先生の元奥さんが恵美里のお母さんなのも、今のところバレてはいない。バレたからどうだってこともないとは思うけど、そういう機会が訪れるまでは放っておこうという話になっている。

だから、平和だったんだ。家の中の空気はもうほとんど家族のそれになっていた。もちろん、そこには他人同士のルールが存在していたから必要以上に馴《な》れ合ったりすることはなかったけど、平和だった。

茉莉子さんの存在が大きかったかもしれない。四十歳という、三人娘にとってはお母さんのような年齢の女性の存在は自然とそこに上下関係を作り出して、三人娘は茉莉子さんのお小言を自然に受け入れていたらしい。

生ゴミの処理の仕方はこうした方がいいとか、いくら慣れたとはいえ風呂上がりに若い女性が男性の前にパジャマ姿を見せてはいけませんとか、お掃除はもう少し丁寧にしましょうとか。

そういう僕と大吉さんが言い難《にく》いことを茉莉子さんは淡々とごく自然に言ってくれていた。茉莉子さん自身がそういう役割を楽しんでいた。

梅雨が明けて、暑い夏が過ぎて九月になって、残暑が過ぎれば秋の気配が庭に漂ってくるのかという頃。

僕の役割も完全に変化していた。

タカ先生はもう皆と馴染《なじ》んでいて、僕がいなくても皆が適当にタカ先生の母屋を訪れて話をしたりしていた。恵美里がプチ大家って僕のことを言っていたけど、それも終わったのかなって感じていた。

だから、自分のことを考えるようにもなっていた。

一人暮らしを始めて半年になる。やってみるとやっぱり〈石嶺酒店〉のアルバイト料だけではキツかった。母さんは少しずつ援助はしてくれるけど、大吉さんの言っていたことが実感できた。

実家に頼るのは、なんか恥ずかしい。自分一人で暮らしているんだから、自分で処理できなきゃどうしようもないだろうって。タカ先生と昼ご飯を食べているときにそんな話をしたら、当然だなって頷いた。

「そう感じるお前は正しい」

「正しいですか」

「就職先を探すか。それとも勉強し直すか」

タカ先生は、そう言った。

「まだ十九歳だからな。そのどちらも十二分に間に合う」

「そうですね」

それを決めるのには、自分は何をやって生きていくのか考えなきゃならない。でも、いまだに僕は何も思いつかない。自分はいったいどんな人生を歩んでいけばいいのか。

「趣味はないのか」

「趣味ですか」

「仕事にできるような趣味は」

ない、に等しい。

「特技は、家事だな」

「そうですね」

家事を仕事にするのは、それこそ主夫にならなきゃ無理だ。お昼ご飯に作ったカニチャーハンと中華風スープを食べながら、ふむ、とタカ先生は考えていた。

「まぁお前の人生だからな」

「そうですね」

自分のことは自分で決めなきゃならない。

「友達の意見を聞いても参考にはならんぞ」

「そんなもんですか」

「そんなもんだ」

むしろ参考にしない方がいいってタカ先生は言う。

「他人の生き方に左右されるなんてのは、所詮《しょせん》自分の心が決まっていないってことだ。むしろ誰の意見も聞かずに、何かの神様が何か言ってくるまでじっと待ってる方が利口ってもんだ」

「何かの神様って何ですか」

「たとえ話だ」

もし、と、タカ先生はチャーハンを食べているスプーンをひょいと上げて言った。

「お前が真剣に自分の将来を考えているのなら、必ず何かそういうきっかけが降ってくるもんだ。それは、人生の大先輩である俺が保証する。ただし」

「ただし？」

「降ってくるまでにもむろん生活はしなきゃならん。その生活することだけに疲れてしまったら、そのきっかけが来たことさえわからずに過ごしてしまうかもしれん」

それじゃあ何にもならない。

「ただの一生フリーターじゃないですか」

「まぁそれも人生だがな」

パクリとスプーンでチャーハンを食べる。

「イヤですよそんな人生」

「俺が死ぬまでここで家政婦さんをするってのはどうだ。家賃はいらんぞ」

「お断りします」

まだ、笑っていられる。でも、あっという間に時は過ぎ去っていく。きっと笑っていられなくなる日がやってくる。けれども、そういうことに気づけたってだけでも、ここに住んだ価値はあったのかもしれない。母さんが、家を出ていけと僕に言ったのは正解だったのかもしれない。

「ところで」

中華風スープをずずっと啜《すす》ってからタカ先生が言った。

「大吉が、明日からしばらく留守にするそうだ」

「留守？」

うむ、と頷いた。なんだろう。

「実家に帰るとか、ですか」

もしそうなら、親に報告できる何かが決まったということだから僕も嬉しいけど、違った。タカ先生は首を横に振った。

「レストランの二階の従業員控室に泊まり込むそうだ」

なんだそれは。

「修業でもするんですか」

タカ先生が、右目を細くして僕を見た。

「何も聞いていないか」

「聞いてません」

「最近、大吉の周りで気がついたことはないか」

特にない、と思う。コーヒーが飲めるようになったとか言っていたけどそれはまるで関係ないだろう。

「一応の名目上は、料理を本格的にやりたいので、しばらくレストランの時間外の厨房で特訓をするということだ。帰る時間が惜しいので、寝泊まりして納得するまでやって、気が済んだら帰ってくるそうだ」

「名目上の理由」

「皆には、そう言って出ていくそうだ」

ということは。

「本当の理由があるんですね」

タカ先生が頷いた。

「むろん、料理の特訓をするというのも本当なんだがな。しばらく今日子ちゃんから離れるそうだ」

「今日子ちゃん？」

なんだそれは。

「それは」

どういう意味なんだろうか。タカ先生は唇をへの字にした。

「俺は、あいつからしか話を聞いていないので事実かどうかは知らん。そのうちにそれとなく今日子ちゃんから話を聞こうとも考えたんだが」

「どういうことですか」

二人が付き合っていたとかそういうことだろうか。もしそうなら全然まるっきり気づかなかった。

「大吉の話では、一方的に惚れられたそうだ」

「惚れられた」

「むろん大吉は、なんとも思っていない。なんとも思っていないどころか、自分は今日子ちゃんにはふさわしくない男だと思ってる。だが、向こうがその気なら応《こた》えてやってもいいらしいんだが」

「いやそれダメです」

大吉さんは、軽い。自分でそう言ってたんだから間違いない。真面目《まじめ》な今日子ちゃんなんかが付き合ってもうまく行くはずがない、と思う。

「女に対しては軽い男だってんだろ？　わかってる。真剣な気持ちでもないのに、ここで一緒に暮らす女に手を出すほどあいつもバカじゃないさ。何もしていないし、その思いに応えてもいない」

「だから、出ていくんですか」

「しばらく部屋からいなくなる、というだけだ。今日子ちゃんから離れるためにな」

指先をちょいちょいと動かすので、煙草を吸うから扇風機を回せということだと判断してスイッチを押した。

胸ポケットから煙草を取り出して、火を点けた。

「俺も驚いたよ。まさか今日子ちゃんが大吉に惚れるとはなぁ」

うん、と頷いた。三人娘の中では、今日子ちゃんがいちばん地味で、堅実な女性だと思う。もちろん亜由さんもそういう女性だとは思うけどそれよりも。

「年も離れてますよね。十八歳も違うでしょ」

「まぁそりゃあ関係ないとは思うが」

ふぅ、と煙を吐き出してから顔を顰《しか》めて、頭を掻《か》いた。

「こういう話題は、デリケートだからな。大吉が言うには、今日子ちゃんに冷静になってもらうためにそういう間を空けると言うんだが、それだけではダメだろう」

わからないけど、ダメかもしれない。

「かといって、お前と今日子ちゃんが話をしてもどうなるもんでもないだろう。色恋《いろこい》沙汰《ざた》なんてもんは当人同士が納得しないとどうにもならん」

「そうですよね」

相良さんの心配が的中してしまったわけだ。当事者同士で解決するしかない問題が生じてしまった。

「とは言え、大家としては放っておくわけにもいかんだろうと思ってな。ここは女性陣に登場してもらったらどうかと思うんだがどうだ」

「誰にですか」

「そりゃあお前」

タカ先生は、あいつしかいないだろ、と言った。確かにそうかもしれない。

「恵美里、ですよね」

亜由さんじゃあ大人しすぎてダメだ。茉莉子さんは年上過ぎるだろう。そうなると今日子ちゃんとほぼ同い年の恵美里になる。

部屋で二人きりになるのは御法度《ごはっと》にしているので、アルバイトが終わった後に、メールして外で会うことにした。駅前のドトールの喫煙スペース。二人とも煙草は吸わないけれど、女性陣には煙草を吸う人はいないのでここなら誰にもばったり会わない。

恵美里はニコニコしながら入ってきて、カフェラテを頼んでトレイに載せて、僕の向かいの席に座った。

「なーにー」

明るい。本当に恵美里はとことん明るい。

「ワタシとデートしたかった?」

「違う」

ぶー、と声を出して膨れっ面《つら》をした。君はカレシとかいるんでしょう一応。声を潜めた。どこに今日子ちゃんを知ってる人間がいるかわからない。

「今日子ちゃんだけどさ」

「今日子ちゃん？」

「大吉さんのことを好きだって気づいていた？」

恵美里の大きな眼がさらに大きくなった。

「マジで？」

これは、知らなかったらしい。

「マジ」

「今日子ちゃんが言ったの？」

タカ先生に聞いた話を聞かせると、恵美里の眉間《みけん》に皺《しわ》が寄った。

「それでなんだ」

「何が」

恵美里もぐっとテーブルに身を乗り出して、声を潜めた。

「最近、今日子ちゃん外食が多かったの」

「そうだっけ」

気にしてはいなかったけど、そういえば今日子ちゃんが家で晩ご飯を食べる回数は減っていたかもしれない。

「大吉さんのお店によく顔を出していたらしいんだ。それは全然変なことじゃないから、なんとも思ってなかったんだけど」

「そうなんだ」

だとしたら。

「大吉さんが部屋に帰らなくても無意味だよね。どうせ家ではそんなに顔を合わせることなんかないんだし」

「そうよ。無意味。それこそ今日子ちゃんもっと頻繁にお店に通い出すかも」

「どうしたらいいと思う？」

恵美里はくいっ、と首を捻った。

「放っておいていいんじゃない？」

いやそういうわけには。そう言ったら唇を尖《とが》らせた。

「だって、一応二人とも大人なわけだし社会人でしょ？　むしろ大吉さんははっきりとした方がいいのよ。もし、今日子ちゃんに告《こく》られているんだったら『無理です』ってズバッと言う。それで今日子ちゃんが失恋の苦しさで一つ屋根の下に居られないって言って出ていってしまうなら、それはそれでしょうがないじゃない。それで大吉さんが責任を感じることなんかない」

どうせって続けた。

「大吉さんが答えを出さないで避ける作戦に出たのもそんなことを考えたんでしょ。今日子ちゃんが出ていっちゃ困るとかなんとか」

「いや確かにそうなんだけど」

眼を細めて、ふふん、と恵美里は笑う。

「そういうとこ、家の男性陣は甘いわよね」

「甘いのか」

「下手に甘いのよ」

そりゃあ、これまでみたいに、波風立てないで皆で仲良く暮らしていければその方がいい、と恵美里は言う。

「でも、どっちみちいつかは別れるんだからさ。特に男と女のことに関しては周りがやいのやいの言ってもしょうがないでしょ。ワタシだってもし佳人くんとむにゃむにゃして恋をしてしまったらさっさと出ていくよ。こんなにいろんなことをお互いに知ってしまった皆の前でいちゃいちゃしたくないから。あ、追い出すかもしれないけど」

「追い出すのかよ」

「だってワタシはまだあそこに居たいもん」

ダメだ。恵美里と話しているとすぐに恵美里のペースに巻き込まれてしまう。

「と、言っても」

そう言ってから、うん、と恵美里は頷く。

「今日子ちゃんが失恋して悲しんじゃうのは、カワイソウ」

「だよな」

なんとかできるかなぁ、と天井を見上げた。うーん、と唸る。一週間ぐらい前に切って肩ぐらいになった髪の毛がゆらゆら揺れている。

「まぁ、まずは今日子ちゃんの話を聞いてみるよ」

そう、そこに話を持っていきたかったんだ。

「頼むよ」

「大吉さんにはさ」

「うん」

「そんな一円にもならないメンドクサイことしないで、今まで通りにしなさいって伝えておいて」

それは、そうした方がいいのか。訊いたら恵美里はまた眉間に皺を寄せた。

「あったりまえじゃない。いくら名目上は修業だとか言っても、今日子ちゃんは自分のせいだって思うに決まってるでしょ。大吉さんもいい年して女心をわかってないね」

「まぁ、そうか」

余計に悲しませることになるのか。

「まぁとにかく今夜話を聞く。今日子ちゃんの反応を見た上で、佳人くんにメールする。大吉さんがどう動くべきかって」

「助かる」

助かるけど、恵美里って本当にいつでも元気ではっきりしていて、カレシって大変だろうなって思う。

☆

後から考えると、それが予兆だったのかもしれないって思う。

皆で〈シェアハウス小助川〉に暮らし始めてから、初めて出て来た恋愛問題について話していた夜。

誰の人生にも、そういうことが何回かあるんじゃないだろうか。

タカ先生が言っていたけど、お父さんが倒れた日の朝、往診に出掛ける直前に、当時隣りの家で飼ってた犬が盛んに吠《ほ》えていたそうだ。普段はそんなことはなくて、大人しい犬だったのにどうしたのかなってタカ先生は考えながら在宅診療に出掛けた。

その日に、お父さんが亡《な》くなった。まったく関係ないかもしれないけれど、なんとなくそんなふうに感じること。

十九

すぐに大吉さんにはメールしておいた。

〈修業で家を出るのは少し待ってください。詳しくは今晩話します〉

今日は帰ってくるんだから、そのときに言えばいいかとも思ったけど、何かの都合で話せなくても困るし。大吉さんはお店に出ているから、メールを見るのは閉店してからだろうけどね。

恵美里と二人でドトールを出て、ついでだからじゃあ今晩のご飯は何か一緒に作ろうか、なんて会話をしていたらいきなり「佳人！」ってでっかい声が後ろから背中にぶつかってきて思わず肩を竦《すく》めてしまった。

後ろを振り向かなくたってわかる。母さんだ。

「あらーこんばんはー恵美里ちゃん」

おばさんだ。おばさんの声と笑顔とオーバーアクションで母さんが近寄ってきて恵美里に向かってお辞儀した。前に一回会っているからね。母さんは保険のおばさんという職業柄なのか、一度会った人の顔も名前も完璧《かんぺき》に覚えている。それはやっぱりものすごいなぁと思う。

「ご無沙汰《ぶさた》しています」

「元気？」

「はい、お陰様で。お母さんもお変わりありませんか？」

恵美里もにこにこしてぴょこんと頭を下げてそう話す。こいつはものすごくフレンドリーでざっくばらんなんだけど、こういうときの目上の人に対する態度や言葉遣いはすごくきちんとしているんだよね。きっと友達の親にはすごくウケがいいタイプの女の子だと思う。

母さんはにやっと笑って僕を見た。きっと言うぞと思ったら小声で言った。

「デート？」

「違います」

力一杯否定するのもガキっぽいので、静かに首を横に振った。恵美里はくすりと笑った。

「邪魔ならすぐ消えるけど」

「だから違うって」

「じゃあ」

にっこりしながら母さんは手を打った。

「うちでご飯食べない？　恵美里ちゃんも。といってもカレーなんだけど」

「カレーですか」

ちょっと前につんのめるぐらいの勢いで恵美里が言った。恵美里はカレー好きだ。まぁカレーが嫌いな人はほとんどいないと思うけど、そんなに好きかってぐらいカレー好きだ。

「なんで家で」

「だって」

母さんはちょっと唇を尖《とが》らせた。

「あんた、一度も帰ってきてないじゃない。遠くに居るわけじゃないのに」

「いや、だって」

家を出ろと言ったのはあなたでしょう。走って十分でいつでも帰れるから、用事がなければ顔を出さないようにしていたのに。

「帰ってご飯を食べてたら独立した意味がないでしょ」

「それにしたって一ヶ月に一回ぐらい顔出しなさいよ。勝人や笑美も淋《さび》しがっているのに」

恵美里がくすくす笑っていた。

「あの、でも」

「なに？」

恵美里が、ちょっと首を傾《かし》げて言った。

「すみません。今日は予定があるので、私は部屋に帰ってご飯を食べます」

僕をちらっと見る。そうだよね。今日子ちゃんと話してみないと。

「佳人くんは食べてきなよ。お母さんのカレー。近いんだから、たまには帰らないと」

「まぁいいけど」

それじゃあ失礼します、と母さんにお辞儀をして言って、僕には後でねーと手を振って恵美里が去っていった。その後ろ姿をなんとなく見つめていたら母さんは、ほぅ、と小さく溜息《ためいき》をついた。

「やっぱりいい子よねぇ」

まぁ、悪い子とは言わないけど。

「可愛《かわい》いし礼儀正しいし。ご両親がきちんと育てられたのよねぇ」

「そうでしょうねぇ」

どんなコメントをすればいいかわからないからくるりと回転して家の、実家の方に歩き出した。母さんも少し慌《あわ》てたように歩き出して僕の横に並んだ。

「お嫁さんに来てほしいわぁ」

なんとなく言うだろうなとは思っていましたお母さん。それについてもコメントはしません。

「ねぇ、本当にデートじゃなかったの？　あの子と付き合っていないの？」

「違います。付き合っていません」

「甲斐性《かいしょう》がないのねぇ。そもそもあなた彼女ってできたことないんじゃないの？　今まで母さん会ったことないんだけど」

そんな会話は、家を出る前にも何度もあった。母さんは言うまでもなくざっくばらんな性格の人だから直球でズバズバと訊《き》いてくるんだ。家に居た頃には、あぁうるさいよお母さん、という態度で無視して部屋に戻ったりしたけど。

今は違う。

たとえ走って十分の距離でまだ一年も経《た》っていなくても、家を出ると、つまり〈自宅〉が〈実家〉になってしまうと、実家に残った人たちに優しくなれるんだって気づいた。

優しくなるんじゃないのかな。そこに居たことが懐《なつ》かしくなるのかな。懐かしいと思うから、優しくなれる。でもすぐに慣れてしまってまたうっとうしくなったりもするのだけど。

そういう感覚は、恵美里も言っていた。今日子ちゃんも亜由さんも大吉さんも、茉莉子さんも言っていた。そういうものなんだって。そして、そこからは一生離れられないんだって感じるのよって茉莉子さんは付け加えた。それこそ、その家がなくなるまでは。

三ヶ月ぶりぐらいに家の玄関を開けて「ただいま」と言うと、家の中でドタバタ音がして勝人と笑美が出て来た。

「どうしたの？」

「カレー食べに来た」

勝人と笑美が嬉《うれ》しそうにしているのが、わかる。僕も少しだけ嬉しくなる。家を出るってことはそういうことなんだ。もちろん、ときどきメールは来てたりしてたけど。そもそも近いんだから、勝人や笑美が部屋に遊びに来ることも簡単にできたし、別にいつ来てもいいよって言っていたんだけど、一回も来ていなかった。やっぱり近いっていうのがあるんだよね。その気になればいつでも行けるんだから別に今行かなくてもいいやって感じでそのままずるずるとこんなに経ってしまったって感じだと思う。実際に僕もそうだったし。

「ご飯炊《た》けてるわよね？」

母さんが訊くと、笑美が頷《うなず》いた。

「じゃあ食べちゃいましょ」

ちょっと前までは四人で台所の真ん中にあるテーブルの前に座ってご飯を食べていた。だから、テーブルの上には新聞ぐらいしか乗っかっていなかったんだけど、今はティッシュの箱や雑誌、それから見たことのない調味料入れが載っかっていた。

僕が座っていたスペースが空いたからだ。そんなことが、おもしろかった。

「よぉにぃは座ってなよ。お客さんなんだから」

笑美が言った。お客さんか。勝人も皿を出したりしている。狭いんだから皆で動いたら邪魔なだけなのに皆が動こうとして、そこに座っていたりなんかしたら余計に邪魔でしょうがない。

でも座っていた。おもしろかったからだ。家の中の空気が。僕がいなくなったことで新しく出来上がった雰囲気の、程好《ほどよ》い違和感がおもしろかった。

「カレー、誰が作ったんだ」

「わたしよ」

笑美が言った。もちろん作れるように仕込んだのは僕だ。いやそれは本当に掛け値なしで。勝人だってオムライスとかハンバーグとかそれぐらいのものは作れる。苦労したんだよこの二人に仕込むのは。

「掃除してるか勝人」

「してるよ。兄貴のいた頃よりずっときれいだよ」

「勝人は昔から整理好きだったじゃない」

「あ、そんなにご飯いらないよ」

一緒に住んでいた頃にはほとんどしなかった、そんなどうでもいいような会話をしたりする。そんなことも、なんか、おもしろかった。なんだこんな気分を味わえるのなら、もう少し早めに家に顔を出せば良かったかとか考えていた。

見慣れたカレー皿に木のスプーン、福神漬けを入れる容器も同じで、勝人はカレーのときに水じゃなくて必ず牛乳を飲むのもいつものこと。茶簞笥《ちゃだんす》の隣りの緑色のカラーボックスの上に置いた小さな画面のテレビを点《つ》けるのもそう。

何もかもが、ここに居たときのまんま。

でも、ここに僕の部屋はもうない。そんなふうに思うのも、初めてだった。

テレビを観《み》ていた笑美が急に僕の方を見て訊いた。

「美味《おい》しい？」

「美味しいよ」

にこっと微笑《ほほえ》んだ。名前の通り、っていうかそれしか取り柄がないよなって思うけど、笑美の笑顔はカワイイ。人を気持ち良くさせる笑顔だ。まったく本当に美人じゃないから、その愛嬌《あいきょう》だけでなんとかカレシをゲットしてほしいと思う。

勝人の方が顔立ちという点では整っていると思う。二卵性双生児だからそんなに似てるわけじゃなくて、たぶん勝人より僕と笑美の方が似ている。僕と笑美がどちらかと言えば母さん似で、勝人は父さんに似ているのかも。

「なんかおもしろいことあるの？　あそこで」

勝人が言った。あそこっていうのは〈シェアハウス小助川〉のことか。

「別におもしろいわけじゃないよ。単なるアパートなんだから」

おもしろいわけじゃないけど、普通のアパートよりは楽しいのかもしれない。

「まぁ一度ぐらい遊びに来いよ」

兄弟だったら泊まっていってもいいんだから。でも十分の距離なんだからやっぱり泊まるっていうのも変だよな。

カレーを食べて、後片付けをして、その後でお茶やコーヒーを飲みながらなんだかんだとどうでもいいような話を皆でしていて。お風呂《ふろ》が沸いたよっていう母さんの声に、じゃあ帰るよって手を振って出て来た。こっちで風呂に入って歩いて帰って湯冷めして風邪を引いても困る。

なんか変な感じはずっと消えなかった。もっと遠くに住めばまた違うんだろうか。その辺は大吉さんに訊いたらなんて言うだろう。

勝人と笑美は、玄関まで来て「じゃあね、またね」と言ってくれた。それも、初めてだった。弟と妹に見送られるなんて。

二人とも高二で来年になれば受験生だ。合格したら二人とも家を出ることになるかもしれない。運良く実家から通えるような大学ならいいけど、そして授業料が安い国公立とかに入れればいいけど、そうじゃなかったら。

「大変だよな」

それはわかっていた。わかっていたから、僕は大学に行かなかった。いやそのせいじゃなくて自分がふわふわしていたせいだけど、それも理由の一つではあったんだ。

「でも」

二人が同時に大学に行くって大変だ。一人暮らしをして余計にその大変さがわかってきた気がする。いくら奨学金やそういうものに頼ったって、母さん一人じゃその経済的負担は。

「キツイよな」

キツイんだ。そして僕はあの家の長男だ。なんとかしなきゃならないんじゃないか。

そうか。大吉さんもこんな気持ちを味わっていたのか。

「そういうことか」

もしこのまま僕がふわふわしたまんまアルバイト生活を続けたって、何も身になららない。ならないどころか、勝人と笑美の教育資金の手助けをすることもできない。そうしたら、僕はどうなるだろう。

実家にカレーを食べに行くこともできなくなるかもしれない。かもしれないじゃなくて、行けない。行けるはずがない。母さんに苦労ばっかり掛けて何にもできていない長男なのに、のんびりと顔を出せるはずがない。

善福寺川の匂《にお》いがした。月がきれいに出ていて、川面《かわも》に光が揺れていた。

「何とかしなきゃならないんだ」

勝人と笑美のために、母さんのために。

「何よりも」

自分のために。皆と、家族の皆と家族のままでいられるように。そうじゃなきゃ、大吉さんみたいに思いを抱えたままずっと過ごさなきゃならなくなってしまうんだ。

「まてよ」

もし、その思いを捨てれば。家族のことなどどうでもいい、自分独りで人生を歩いて行くんだって決めたのなら。

「もしくは何にも感じないバカなら」

どうでもいいのか。長男なのにふらふらして家のことなんか考えないで自分勝手に暮らしていけるのか。そういうことなのか。世の中にはそういう人間もたくさんいるんだ。

考えないんじゃなくて、そういう思いを感じないんだ。そんな奴《やつ》が、いるんだなきっと。

じゃあ、僕はどうしたらいいのか。

「どうする」

沢方佳人。

どうする。

☆

「ただいま」

ドアを開けながら小さく言ったけど、居間には誰もいなかった。壁の札は大吉さん以外は全員いることになってるし、二階のプチからも声が漏れ聞こえてこないから、皆、それぞれの部屋にいるんだ。鍵《かぎ》を閉めて、自分の部屋に入ろうとしたときに、メールが入った。大吉さんから。

〈よくわからんけど、了解。帰ったら部屋に行く〉

こっちも〈了解〉って返信をする。部屋に入ってカメオにただいまを言って、それから天井を見上げた。

恵美里は今日子ちゃんと話をしているんだろう。どうなっているのかメールで確認しようか、向こうから来るまで待っていようか一瞬悩んで、とりあえずお風呂に入ろうと決めた。部屋を出てお風呂まで歩いて壁のボードを確認したら、これも大吉さん以外は全員入った後だった。

ドアを開けて、空になっている浴槽を確認してから、タイマーになっている蛇口を捻《ひね》った。お湯がいっぱいになるまで約十分ぐらい。居間で新聞でも読もうかと思って椅子《いす》に座ったら二階から誰かが降りてきた。茉莉子さんだった。

「お帰りなさい」

「ただいま」

カップを手にしているから、コーヒーを取りに来たんだろう。そのまま台所に向かった。

「実家に帰ったんですって？」

「はい」

恵美里から聞いたんだろう。茉莉子さんが微笑んだ。

「一度も帰ってなかったの？　すぐ近くなのに」

「そうなんですよ」

コーヒーを入れたマグカップを手にしたまま、茉莉子さんは居間のテーブルの前に座った。

「まぁそういうものかもしれないわね」

あまりにも近いとって続けた。

「恵美里と一緒のところを母に見られたので、うるさくて大変でした」

笑った。

「デートかと思ったのでしょう」

それから、悪戯《いたずら》っぽく笑った。

「私と一緒のところを見られたらどう思ったかしらね。慌てふためいたかも」

「いやそれは」

さすがに誤解することはないと思うけど判《わか》らない。これで茉莉子さん年齢よりも若く見えるから。

「恵美里ちゃん、彼氏いないのよ」

「そうなんですか？」

「聞いてないの？」

「まったく」

そんな話はしたことがない。デートしてくるとか言ってたのは何度か聞いたから、カレシがいるんだろうって思っていたけど。

「特定の男の子はいないみたいね」

あの子は、って続けてから一度階段の方を見た。少しだけ声を低くした。

「難しい子よ。付き合うのには」

「そうですかね」

そんなふうには感じないけど。そう言うと茉莉子さんは微笑んだ。

「明るくて良い子だけど、自分の好みがハッキリしていて、それを相手に合わせて崩すことが嫌なタイプの女の子よ。つまり付き合う相手の男の子に合わせることができないのね」

「あぁ」

それは何となくわかる。

「そういう子は、本当にめろめろになってしまわないと恋ができないのよ。ちょっといいなって思ったぐらいじゃお付き合いができないの」

マグカップを口に運んで一口飲んでから、茉莉子さんは頷く。なるほど、そういうものか。

「美人さんだから大学でもモテるんじゃないかしら。デートは数知れずでしょうけど、きっと二、三回デートしたら終わりっていうのを繰り返しているんじゃないかって思うわ」

「わかるんですか、そういうことが」

「わかるわよ」

伊達《だて》に年を喰ってるんじゃないわよって茉莉子さんは笑う。何か、もし今恵美里が今日子ちゃんと話をしているんだったら、図らずも上と下で恋バナをしてしまっているんだけど。いや僕と茉莉子さんの話は一般論で恋バナじゃないだろうけど。

「そんな話をするんですか、恵美里と」

「聞かされるわね。皆で話していると」

するのか。やっぱり女の子はそういうものなのか。二階のどこかのドアが開く音がして、誰かが廊下を歩いてまたドアが開閉する音がした。そこで、僕の携帯メールの着信音が鳴った。

それをきっかけにして茉莉子さんはじゃあね、とマグカップを手に階段を上がっていった。それに頷いてからメールを開くと予想通り恵美里から。

〈あのねー〉

一言。なんだよそれ。

〈なんだよ〉

打ちながら部屋に戻ろうとしたら玄関のドアが開いた。

「ただいまー」

大吉さんの声。からからと引き戸を開けたところで眼が合って、大吉さんは携帯を手に持ったままの僕にニコッと笑いかけて、僕は「おかえりなさい」って言って、そうしたらまたメールが来て。

〈大吉さん帰ってきた！〉

慌てて修正して送った。

〈帰ってきたよ。どこで話す？〉

大吉さんをちらちら見ながらメール打ってるもんだから、大吉さんは何事？　なんて顔をしながらまだそこに立ったまま待ってる。

「えーとですね」

「うん」

「ちょっと待ってください」

「わかった」

じゃ、部屋で煙草《たばこ》吸ってるって言って大吉さんは部屋に入っていった。また恵美里からメール。なんで上と下でメールし合わないとならないかなーなんて考えてた。

〈スカイプ使おうか!?　大吉さん君の部屋に呼びなさい〉

ああなるほどね。その手があったか。


（ハロー）

ディスプレイの中で恵美里が手を振って笑う。何で手を振らなきゃならないんだって思いながらも僕と大吉さんも軽く手を上げた。

（なんか、ヘン。男同士でくっついて）

「しょうがないだろ」

二人でカメラに写ろうとしてるんだから。

（音は聞こえるんだから、パソコンの前には大吉さんだけでいいわよ）

「はいはい」

苦笑いしながら大吉さんが椅子に座った。僕はその隣りに黒い小さなスツールを置いて座った。

「で?」

(で? じゃないです大吉さん)

「はい?」

恵美里は十何歳も年上の大吉さんにも容赦ない。

(いい年して若い女の子の扱い方も知らないんですか)

「あ、いや」

大吉さんは何を言われるのかって顔をして横にいる僕を見た。

(佳人くんは関係ないです)

「はいはい」

(今日子ちゃんに、好きだって言われたんでしょ?)

「あー、うん」

そうなのか。好きだって直接言ったのか。今日子ちゃん大人しい顔をして意外と積極的なのか。

(どうしてそのときに付き合っている女がいるから無理だって言わなかったの)

「いや、いないから」

(いなくても嘘《うそ》を吐《つ》けばいいでしょ。その気もないのに『せっかく同じ家にいるんだから、付き合うとかじゃなくて、ゆっくり仲良しになろうよ』なんて言うから今日子ちゃんその気になるんですよ)

そんな台詞《せりふ》を言ったのか大吉さん。僕には言えないな。

「いや、それは本当の気持ちで」

そのとき、恵美里の部屋にノックの音がして恵美里がドアの方を見た。

(ちょっと待って一旦《いったん》閉じる)

画面が真っ暗になった。切ったんじゃなくてカバーを掛けたんだ。僕には信じられないけど恵美里はパソコンのディスプレイに専用の可愛い布カバーを作って掛けてるんだよね。女の子ってみんなそうなのか。

二人で顔を見合わせて黙って待っていた。ここで喋《しゃべ》ると向こうに聞こえるしね。でもすぐにまたディスプレイに恵美里が映った。

(ごめん、亜由ちゃんだった)

「大丈夫なの？」

僕が訊いたら頷いた。

(貸してたＤＶＤ持ってきただけ。携帯持って会話中のフリをしたから)

なるほど。機転が利《き》く。

(なんだっけ。そうそう。そんなふうに言われたらあの真面目《まじめ》な今日子ちゃんなんだから、フラれたわけじゃない。ゆっくりでいいんだって希望を持っちゃいますよ。そのうち大吉さんにお弁当とか作り出しますよ)

「マジ？」

(そういう子なんですよ。わかるでしょ？)

確かにそうかもしれない。

「いや、でもね恵美里ちゃん。俺としてはここの生活を今のところ壊したくないわけだよ。あそこで俺が正直にフッてしまったら、ゼッタイ今日子ちゃんはここを出ていくだろう。そこが俺にとっては優先のポイントだったわけだよ。そのうちにここを出ていく人はいるだろうけど、こんなことで壊したくないっていうのが」

恵美里が膨《ふく》れっ面《つら》をしてる。

(その気持ちはわかりますけど)

「俺としては、それなりに考えて、これがいちばん平和的な解決かなってところを選択したつもりなんだよね」

（でも、結局付き合う気はないんでしょう？　この先何かあってもワタシは大吉さんが今日子ちゃんを選ぶとはとても思えない。だったら、なんだっけ）

恵美里が何か言おうとして考え込んだ。

（ハム？）

「ハム？」

大吉さんと僕は同時に声を出してしまった。なんだハムって。

（ちがった。ハブ）

「ハブ？」

何を言いたいんだこいつ。

（ヘビよヘビ。ヘビの生ハム）

「蛇の生殺しだろう」

あぁそうそれ、って笑った。ああそうじゃないよ。どこをどうツッコんでいいかわかんないぐらい混じっているじゃないか。

（まるっきりそれじゃないの。スパッと言っておかなきゃ。きっとダメだって。でも、せっかくこれまで仲良くやってきたんだから、このまま皆で今まで通りやっていこうよって。フラレたけどなんとかやっていこうって気持ちにさせなきゃ）

まぁ、それは確かに正論だと思う。大吉さんも唇を尖らせながら頷いた。

「確かに、そうだな。言い方がまずかったか」

（そうですよ。だからね）

大吉さんの頭が急に動いた。辺りを見回した。

（なに？）

「どうしたの？」

大吉さんの眉間《みけん》にシワが寄った。

「焦《こ》げ臭くないか？」

「え？」

大吉さんが立ち上がった。鼻をくんくんさせている。僕も思わず匂いを嗅《か》いだ。デイスプレイの向こうで恵美里も顔を動かしている。

そういえば。

二十

「臭《にお》う。確かに」

大吉さんが部屋の扉を開けた。その途端に、僕もはっきりとわかった。焦げ臭い。それは、料理のときに何か食材を焦がしちゃったっていう臭いじゃない。明らかに、何かが燃えているような臭い。

二階でバタバタッて音がした。大吉さんが走り出した。居間の窓のブラインドを開けたときに、それが眼に入ってきた。

火? 煙?

「火事だ!」

叫んだ大吉さんの動きは素早かった。飛ぶようにして台所まで走ってそこに置いてある消火器を手にした。

「皆を呼べ! 外に出るんだ!」

「わかった!」

叫んだ。

「皆! 火事! 外に逃げて!」

叫びながら考えていた。消火器はもう一本ある。母屋《おもや》の台所。廊下を走って母屋に通じる扉を開けて叫んだ。

「タカ先生! 火事!」

どこかでどたん！っていう音が響いた。僕はそのまま台所に走って消火器を取ったらタカ先生の声が響いてきた。

「どこだ！」

「わかりません！　たぶん外！　居間の横の方！」

あそこには木造の物置きがある。ひょっとしたらそこ。全然気づかなかったけど、母屋の居間には茉莉子さんの姿もあった。何故《なぜ》かわからないけど箸《はし》を持ったまま眼を見開いて固まっていた。

「タカ先生、消防車を！　女の子たちを！」

「わかった！」

叫んでいた。アドレナリンは出まくっていた。今はもう鼻をひくひくさせなくてもはっきりと臭いがわかる。

何かが燃えている。家の中が薄もやが掛かったようになっている。廊下を全速力で走ったら女の子たちが騒いでいた。

「佳人くんカメオ！」

恵美里が叫んだので、頼むって答えた。靴を履くのももどかしく感じながら外に飛び出したら熱い風を感じた。

「大吉さん！」

大吉さんが消火器を持っていた。白い泡のようなものが勢い良く飛び出していた。物置きだ。やっぱりそうだ。庭にある古い木造の物置き。あんなところがなんで燃えているんだ。あそこに火の気があるはずがない。

そう思ったときに、頭に浮かんできた。

そういえば、バーベキューをした。あのときに使ったドラム缶を切って作ったコンロはそこにしまった。でも、火の気なんかあるはずがない。炭は水を掛けてから土の中に埋めた。火事になるはずがない。

カメオはどうしたろう。恵美里は運んでくれたかな。皆はちゃんと避難したかな。

あぁ声が聞こえている。

「離れろ！」

大吉さんの声が響いている。そんなことを考えながら僕の体は動いていた。扱ったこともない消火器のピンを抜いて、ホースを火の方に向けてハンドルを握っていた。白い粉のようなものが勢い良く飛んでいった。火は消えるのか。

消防車のサイレンが聞こえてきた。

タカ先生の声がどっかから響いている。あの高い声は叫び声だろうか。誰かどうにかなったんだろうか。

顔が熱い。身体《からだ》も熱いし、手も熱い。まだ火はそんなに大きくなっていない。大きくなっていないのに、物置きが燃えているだけなのに、どうしてこんなに熱いんだろう。

「佳人！」

誰かに肩を摑《つか》まれたと思ったら、タカ先生だった。

「もう終わってる」

何が終わってるのかと思ったら、消火器の噴射が終わっていたんだ。でも、まだ火は燃えている。タカ先生はホースを握っていた。ホースの先から水が霧のようになって出ていた。

「落ち着け」

ぐっ、と肩を押さえつけられた。そこから、熱が伝わってきた。

「もう消防車が着いた。大丈夫だ。風もない。周りへの延焼は食い止められる」

タカ先生がぐるっと見渡した。つられて、見た。そうだ、ここの敷地は広い。周りの家は離れているし、こっち側は川だ。風が吹いて火の粉とかが飛んでいかない限り燃え広がる可能性は低いんだ。

「下がってください！」

ガサガサと音がして、銀色の服を着た消防士さんの声が聞こえてきた。押されるようにして僕たちが下がると途端にものすごい音がした。

水の音だ。

ホースから放水される水の音。

そしてそれが炎に当たって、蒸発する水蒸気の音と煙。

いつの間にか大吉さんが隣りに立っていて、それを見て大きく息を吐いた。それで、ようやく僕も息を、呼吸をしたような気持ちになった。

辺りが、本当に焦《こ》げ臭かった。

「恵美里たちは」

「大丈夫だ。あっちにいる」

タカ先生が指差したのは道路の方で、そこにはたくさんの人が集まってきていた。近所の人たちだ。気づかないうちにパトカーもやってきていて、その人たちを近づけないようにしていた。

「あそこに」

大吉さんもそっちを見て言った。

「犯人がいるんじゃないですかね」

「犯人？」

なんだそれ。大吉さんが顎《あご》で物置きの方を示した。

「あそこが燃えるなんて、放火以外ありえないだろう。誰かが火を点《つ》けたとしか」

「放火？」

考えもしなかった。タカ先生が渋い顔をした。

「放火犯は、現場に戻るとよく聞くな」

放火犯。

いったい、誰が。

こんなことを。

ものすごく時間が経《た》ったように思ったんだけど、でも、たぶん消防車が来て放水して何分もしない内に火が消えた。

「決して近づかないようにしてください」

消防士さんの声が聞こえてきた。物置きは完全に燃えつきていたけど、家は壁が焦げただけで済んでいた。でも、居間のところの窓が完全に壊れていた。きっと水圧で割れたんだ。あの中がどうなっているかはあまり考えたくない。

燃えつきた物置きの近くに消防士さんが何人かいて、投光器で照明を当てて何か見ていた。きっとまだ火種というか、燃え広がる可能性がないかどうか調べているんだ。

「小助川先生？」

呼ぶ声が聞こえて振り返ったら、そこに制服の警察官がいた。帽子を取ってこっちを見ている。

「あぁ、どうも」

タカ先生が挨拶《あいさつ》をした。知り合いなんだろうか。

「お怪我《けが》は？」

「大丈夫ですよ」

「災難でしたな」

「いや、まったく」

そのお巡《まわ》りさんは申し訳なさそうな顔をしながら、タカ先生に言った。

「すみませんが、仕事でしてね。お話を聞かせてもらえますか」

タカ先生が頷《うなず》いた。事情聴取ってやつなんだなってすぐに思った。

「第一発見者は？」

僕と大吉さんが顔を見合わせた。

「たぶん、俺と、彼です」

僕も頷いた。二人で同時に発見したようなものだ。お巡りさんは態度を変えないで、相変わらず申し訳なさそうな顔をしながら頷いた。

「アパートの住人の方ですな」

シェアハウスです、なんて訂正はしなかった。アパートには違いないんだ。

「ちょっとこれから大変ですよ。小助川先生も、あれです。時間がかかりますので」

お巡りさんは僕たちの顔を見た。

「まず、私たちが事情聴取します。他の家屋に類焼がなかったので我々の方では一通り聞いたら終わりです。ただし、どうやら火元は外の物置きのようですから、仮にですよ、明日の消防署の現場検証で放火の可能性が出てきましたら、また改めて話を聞きに伺いますがね」

「なるほど」

タカ先生が頷いた。

「その後に、消防署の事情聴取が入ります。同じことを訊《き》かれるでしょうが、そこは我慢してください。幸い、建物に大きな被害は及ばなかったようですが、念のためにガス会社や電気会社がやってきてチェックします。そこのところも対応してください」

「それは」

大吉さんだ。

「アパートの住人が全員いなきゃならないんですか？」

「それぞれの部屋に入らなきゃならない可能性がありますからね」

お巡りさんは振り返って、恵美里たちがいる方を見た。

「皆さん、お怪我がないようなので、終わるまで全員残ってください。そしてできれば」

タカ先生の方を見た。

「若い女性が多いようですから、今晩寝るところを今の内に確保してください」

お巡りさんが言っていたように、本当に長い夜になった。いったいどれだけ時間が掛かるのかってぐらい、どんどん時間が過ぎて、何もかも終わったのは結局次の日になってしまっていたんだ。

でもお巡りさんの話では他の家に被害がまったくなかったので、本当に良かったらしい。これで被害があったら僕らは、正確には家の持ち主であるタカ先生にはとんでもなく大変な長い夜が待っていたかもしれないそうだ。

今日子ちゃんはお父さんが迎えに来て、いったん実家に帰った。恵美里は亜由さんを連れて実家に行った。亜由さんも実家は埼玉だから帰れないことはないんだけど、とりあえず今夜は一緒に泊まるそうだ。

連絡を受けて駆けつけた相良さんが、恵比寿《えびす》にあるウィークリーマンションを用意してくれると言った。系列の会社なので、まずは無料で二、三日は泊まれるようにしてくれるそうだ。

それで、とりあえず大吉さんとタカ先生と茉莉子さんはそこに泊まることにした。僕は、実家に帰る。実家の部屋は今は勝人と笑美の共通の部屋になってるけど、寝ることはできる。

良かったのは、それぞれの部屋はほとんど無傷だったこと。多少水を被《かぶ》ったけど明日からの生活に、つまり服やカバンや大事なものは全部持ち出すことが出来るので、皆は大きな旅行用のカバンや段ボールに荷物を詰めていた。

皆が、無口だった。ほとんど何も話さなかった。明日からどうしようとかそんなことは何も考えられなくて、本当に文字通りただ布団《ふとん》が恋しかった。

疲れていたんだ。身体が怠《だる》かった。そんなに動いたわけじゃないのに、まるでサッカーを九十分戦った後みたいに疲れていた。

「緊張していたんだろうね」

母さんがそう言った。二人でタクシーに乗ったんだけど、その後の記憶がほとんどなかった。

母さんが、誰にも怪我がなくて本当に良かったねって繰り返していたことだけは覚えている。

☆

何ヶ月ぶりかで実家で目覚めて、あぁなんか違うと思って考えてた。

目覚めたときの風景は、もうあっちの、〈シェアハウス小助川〉の風景が僕にとっても普通になってしまったんだ。

起きたらもう家には誰もいなくて、母さんの〈ちゃんと朝ご飯食べなさいよ。石嶺さんには事情を話して今日は休むって言っておいたから〉って書き置き。そうは言ってもと思いながら電話したら石嶺さんからもやっぱりそう言われて、お言葉に甘えて休んでしまった。

自分の住んでいるところが火事になるなんて、一生に一度遭遇するかしないか。いやしない方がゼッタイいいんだけど、そういうものに当たってしまったんだ。確かに一日ぐらいは休んだ方がいいのかもしれない。

「皆、大丈夫かな」

警察署に集まって事情を聞かれたとき、そんな場だけど笑ってしまったのは皆、携帯電話だけは持っていたことだ。あと、財布と。意外と皆冷静だったんだなってタカ先生は言っていた。かくいう僕も気づかないうちに財布はジーンズのポケットに入っていて驚いた。入れた覚えはまったくなかったのに。

カメオも無事だった。恵美里がしっかりタオルにくるんで避難させてくれたんだ。家にあった古い水槽の中でカメオは何事もなかったかのように首を伸ばしている。

「お前、恵美里に礼を言ったか？」

言った言った、と首を動かした。

休みにはなったけど、することは何もない。実家の鍵《かぎ》はキーチェーンについている。ご飯を食べたら家を見に行こうと思っていた。

〈シェアハウス小助川〉を。

「タカ先生！」

〈シェアハウス小助川〉に着いたら車が二台ぐらい来ていて、たぶん消防署の人たちだ。現場検証をしているんだろう。そこにタカ先生の姿があった。大きな声で呼んだら、こっちへ来いって手招きをしてくれた。

ひょっとしたらドラマみたいに立ち入り禁止のテープとか張ってあるのかと思っていたけどそんなことはなくて、ただ、焼け落ちた物置きの周りに白いポールのようなものが立っているだけだった。

「大丈夫か」

タカ先生が言う。

「全然平気です」

疲労も何もない。一晩寝たらすっきりしてる。そう言ったら、若いな、とタカ先生は溜息《ためいき》をついた。

「俺はまだ疲れてる」

「大丈夫ですか」

なんてことはないがな、って言いながらもタカ先生の顔はやっぱり疲れていた。

「大吉さんは？」

「まだ寝てるかもしれんな。店は休むそうだ。茉莉子さんは大丈夫だ」

聞いたら、恵美里にも今日子ちゃんにも亜由さんにもタカ先生は電話したそうだ。全員が元気で、それぞれに仕事や学校に行った。休んだのは僕と大吉さんだけなのか。

「お前たちがいちばん大変だったからな」

タカ先生は急に僕の手を取って、握手してきた。なんですかなんですか。

「礼を言っとく。家が無事だったのはお前と大吉のお蔭《かげ》だ。ありがとう」

「いや、そんな」

でも、タカ先生の眼が真剣だったので、手を握り返して、頷いた。考えてみれば、ここがタカ先生の実家なんだ。

生まれてずっと育った、自分の家。

「現場検証ですか」

「そうだ。もう終わった」

握手が終わって、タカ先生は煙草《たばこ》をくわえた。

「いいんですか」

「いいんだ。さっき訊いた。苦笑いされたけどな」

くわえながら少し歩いて、端っこに寄せてあった、庭で椅子《いす》代わりに使っていた丸太を切ったものに座った。僕も、そうした。タカ先生がライターを出して火を点けた。煙が風にふわっと流れて消えていく。

「結論は後から聞かせてくれるそうだが」

「はい」

「やはり、放火の疑いがあるそうだ」

そうなのか。

「物置きに火の気はまったくなかった。どうやらガソリンを使ったらしいと消防署の連中が言っていた」

「そんなことまでわかるんですか」

「わかるらしいな」

放火、ガソリン。タカ先生は顔を顰《しか》めた。

「どこのどいつか知らんが、とんでもないことをしてくれる」

「でも」

放火ってことは。

「ただの、悪戯《いたずら》でしょうか」

タカ先生は、ふぅ、と煙を吐いた。

「だといいんだがな」

そうじゃなかったらそれは。

「俺か、あるいはここに住んでいた人間に恨みのある奴《やつ》の犯行ということになる」

「恨み」

「覚えはまったくないがな。お前はあるか」

ありませんよそんなの。だよなぁ、と先生は頷いた。

「まぁ何にしても、火が出た瞬間のアリバイは全員にある」

「そうですよね」

僕と大吉さんと恵美里はスカイプで話していた。亜由さんは今日子ちゃんの部屋にいた。茉莉子さんはちょうどタカ先生にいただきものの野沢菜を持っていったところで、二人でちょっと食べましょうかって話していたところだった。だから、茉莉子さんはあのとき箸を持っていたんだ。

だから、全員がそれぞれのアリバイを証明できる。犯人はどこかの誰かなんだ。タカ先生がポケットから携帯灰皿を出して、そこに灰をぽんぽんと落とした。

消防署の人たちはもう後片付けをしている。あの白いポールも撤去していた。その中の一人がこっちに近づいてきたので、タカ先生も僕も立ち上がった。

「お疲れさまです」

その人が言うとタカ先生はどうも、と頭を下げた。

「一通り終わりました。焼失した物置きの撤去や、家の中の後片付けをなさってもけっこうです」

「そうか」

先生は、うん、と頷いた。

「ただ、保険会社の査定が入るはずです。その場合、できるだけ被害の状況がはっきりわかった方がいいはずですから、あまりきちんと片付けない方がいいかもしれませんね」

「いいのか、消防署がそんなところに口出しして」

消防署の人はニヤッと笑って、内緒ですって言った。

「必要な書類の提出などは先程お話しした通りです。何か疑問点がありましたら、署の方にご連絡ください」

「わかった。済まないな」

「それと、保険会社などへの連絡はお早めに。保険の承認などにはけっこう時間が掛かりますよ。あと、これは老婆心《ろうばしん》ですが」

なんだろうってタカ先生は言った。

「類焼がなかったとはいえ、夜中にご近所を騒がせましたからね。小助川先生の過失ではありませんが、その説明も含めて向こう三軒両隣ぐらいには、お詫《わ》びかたがたいらっしゃった方がいいかと思います」

なるほど、って僕は頷いていた。タカ先生も、もちろんだって答えていた。

「その際には、放火だったと断言せずに、どうやら放火の方向で捜査を進めているとだけ答えておいてください」

消防署の人は、それでは、って敬礼をして立ち去っていった。思わず釣られて敬礼しそうになったけどそれはギャグになってしまう。

「ひょっとして、知ってる人ですか」

そんな口ぶりだった。

「元患者だよ。あいつは腹が弱くてな」

「そういえば、昨日のお巡りさんも」

「あいつは、糖尿の気があった。今も変わってないようだがな」

そうなんだ。皆、この辺の近所に住んでいる人なのか。以前にここで、〈シェアハウス小助川〉が〈小助川医院〉だったところに、タカ先生に診てもらった人なんだ。

「なんか、良かったですね」

「何がだ」

「皆に親切にしてもらえて」

こういうのを人徳っていうんだろう。タカ先生は苦笑いした。

「本当に人徳ならいいんだがな」

そう言いながら、タカ先生はゆっくり歩き出した。家の方に近づいていった。僕もその後に続いた。立ち止まって、家を眺めた。僕も同じように眺めた。

「たぶん、一、二ヶ月は掛かるだろうな」

「何がですか」

「全部直すのに、だ」

そんなに掛かるのか。壁がちょっと焦げたぐらいだと思うんだけど。

「保険とかはややこしいのさ。修繕するのは奈津子ちゃんのところの会社だが、向こうだって商売だからな。きっちり回収できる見通しが立たなきゃあ、始められないだろう」

「そうですか」

そういうものなのか。社会には僕の知らない仕組みがいろいろある。

「だから」

大きく煙草を吹かした。

「しばらくは、皆とお別れだな」

そうだった。頭の中になかったけど、そういうことになってしまうんだ。ここで出会って、今まで過ごしてきた皆と、別れる。

「契約もやり直しになるだろう。その際に、もうここには住まないと言い出すのもいるかもしれないな」

「そう、ですかね」

少なくとも僕は住みたいけど。

「考えてもみろ。火事による被害は、燃えちまったものはほとんどなかったとは言っても、服が焦げ臭くてもう使えないっていうのもある。布団が濡《ぬ》れちまったのもある。そういう補償もしなきゃならないんだ。女の子はそういうのに敏感だからな。ましてや放火なんてことがはっきりしたら、怖がるだろう」

そうか、そういうのもあるか。

「茉莉子さんはともかくも、三人娘の親御さんたちはそんな物騒なところに置いとけない、他のところに移れって言うだろうな。火事なんてケチがついたところにいる必要はない。二ヶ月間仮住まいになるとしたら、そっちを本宅にした方が話が早いだろう。皆、それぞれに仕事があるんだ。早く落ち着きたいっていうのは当然の気持ちだ」

「そうか」

確かにそうだ。亜由さんも今日子ちゃんもそういう気持ちになっても仕方ない。

「でもきっと恵美里は帰ってきますよ」

「あいつは特別だ。下手したら、俺に『しばらく家に来ませんか？ 住んでもいいですよ』なんて言い出すぞ」

二人で笑った。でもそうなると、このまま皆が離れ離れになってしまうのは。

「淋《さび》しいですね」

「仕方ないさ。そこはどうもならん」

できれば、このまま皆でもう一度ここに住みたい。でも二ヶ月後にまた集まろうなんて約束は、あまり現実的じゃないのは確かか。

タカ先生は。

「どうするんですか？」

「俺は大丈夫だ」

母屋にはまったく被害はないからなって言う。

「多少焦げ臭いのを我慢すればそれでいい。大したことじゃない」

「母屋にそのまま住むんですか？」

「そういうことだ」

そうなのか。

「いずれにしても、奈津子ちゃんが皆のところを回って、後始末をしてくれる。任せておけばいいさ」

もちろん、相良さんならきちんとやってくれると思うけど。まだ焦げ臭い臭《にお》いが辺りに漂っている。家を見て、訊《き》いてみた。

「あれですよね、タカ先生」

「なんだあれって」

「母屋には部屋余ってますよね」

タカ先生は右目を細くした。

「余ってはいるな」

「僕は、そこにおじゃましたら、まずいですか」

おじゃまってなんだって訊く。

「僕の部屋は水が入っちゃってそのままじゃ住めないので、修繕されるまでの間、母屋の方に住むっていうのはどうでしょうか」

笑った。

「俺はかまわんがな。そのまま実家に帰ればいいじゃないか」

「いや」

それはなんか、ちょっと。そう言ったらまた笑った。

「引っ込みがつかないか」

「なんとなく」

きっと相良さんは他の部屋を探してくれるんだろう。もちろん実家に戻るっていえばそれでもいいんだろう。でも。

「中途半端《はんぱ》で」

「半端か」

そうかってタカ先生は頷く。

「まぁその気持ちは理解できる」

初めて一人暮らしをした〈シェアハウス小助川〉。そこをこんな形で離れてしまうのは、なんか、イヤだ。ガキっぽい発想かもしれないけれど。

「大吉さんもいいですよね」

「あいつもか」

母屋の造りはわかっている。先生のご両親が使っていた部屋はそのまま空いているし、その他にも客間だってある。

「部屋が狭いのは我慢しますから」

「狭いのは余計だがな」

「大吉さんも、きっとこれから部屋を別にするのは、新しいところを探すのは嫌がると思うんですよね。このままここに住みたいって」

男同士だったら全然問題ない。

「男三人が、ひとつ屋根の下か」

「むさくるしいですね」

「まったくだな」

先生が苦笑いする。

「奈津子ちゃんに相談して、契約の方で問題なければ構わん。好きにすればいいさ」

後で、大吉さんに電話して訊いてみよう。

「そうと決まったら、片付けていいんだから、さっそく」

「あぁ」

そうするかって言って、先生が、携帯灰皿に煙草を突っ込んで消した。

「焼けたものの後片付けは放っておけばいい。奈津子ちゃんに保険の相談をしてからだ」

「そうですね」

「大吉に電話して起こせ。水浸しになったところを掃除するから来いってな」

二十一

タカ先生がご近所を廻って騒がせたことを申し訳ないって謝りに行っている間、僕と大吉さんは部屋の掃除をすることにした。

「消防車の放水って話には聞いていたけど、凄《すご》いな」

家の中に入ってすぐに二人でそう話した。本当に凄かった。だってあの一枚板のテーブルが完全にひっくり返って僕と大吉さんの部屋の壁にぶち当たっていて、めり込んでいた。もちろん窓ガラスは木《こ》っ端《ぱ》みじんで部屋の中は水浸し。

　引っ込んだところにあった台所はそうでもなくて、電子レンジも冷蔵庫も炊飯器も水を被《かぶ》ってはいなかった。多少汚れてはいたけれど、拭《ふ》けば済むだけの話だ。

　ガスも水道も電気も、まったく支障はなかった。水が入ってしまった一階の天井裏にある電気配線も無事で、使用するのには問題ない。もちろん後からきちんとしなきゃならないそうだけど。

　一階のコンセントだけは念のために使用禁止になっていた。これも後から電気工事の人たちが来て確認するそうだ。

「言っちゃあ悪いけどさ」

　大吉さんが笑った。

「ここ、放水しなくて良かったんじゃないか？」

「僕もそう思った」

　延焼を食い止めるために壁に向かって放水したんだろうけど、ちょっとずらしてくれればそこの窓に水が当たることはなくて、こんな状態にはならなかったと思うんだけど。

「ま、家が燃えなかったから言える台詞《せりふ》だな」

「そうだね」

「まずは写真だ」

「うん」

掃除する前に相良さんにメールで確認したら、自分もこれから保険会社の人間とそっちに向かうけど、掃除を始める前にデジカメで克明に記録したいって話だった。保険絡《がら》みのものなんだろうと思う。でもただ待ってるのもなんなので、話し合って大吉さんが撮っておくことにした。後でSDメモリーカードを交換すればいいだけの話だ。

もちろん、火元になった物置きはそのままにしておく。

「あれだな。虫の知らせって言うのかな」

靴の裏を雑巾《ぞうきん》で拭いて、そのまま家の中に入って、一眼レフのデジカメを構えて写真を撮りながら大吉さんは言った。

「昨日家を出るときに、なんとなく写真を撮りたくなってこれを持って出たんだよな」

一ヶ月前に買ったばかりの一眼レフのデジタルカメラ。

趣味というほどでもないって本人は言ってるけれど、そういうものを買うぐらいには写真好きの大吉さん。持ち歩くのは休日ぐらいだったのに、昨日に限って持って出てカバンの中に入れっ放しだった。しかも大吉さんのカバンは防水仕様のメッセンジャーバッグ。

「もしカバンの中に入っていなかったら水被ってたかもね」

「まったくだ」

　バシャバシャと大吉さんはどんどん撮っていく。

「こういうときにはデジカメっていいよね」

　僕は使ったことないけど、昔のフィルムカメラだったらこうはいかないんだろう。フィルムの枚数を気にしてしまう。その点デジカメだったら何百枚撮っても平気だ。

「居間と、俺たちの部屋の様子だけでいいんだったよな」

「そう」

　その他は僕たちが掃除する必要ないから、後で相良さんと保険屋さんが写真を撮る。

「よし」

　大吉さんが居間の様子を撮り終わって、僕の部屋に入った。何も壊れたりはしてないけど、床が水浸しになってまだ濡《ぬ》れている。床に置いてあったクッションなんかはたっぷり水を含んでる。

「今日の天気予報、晴れだったよね」

「そうだな」

「庭にブルーシート敷いて、そういうのを外に出しちゃおうか」

「ナイス」

アウトドア関係のものは全部物置きにあったから燃えちゃったんだけど、母屋の物置き代わりに使ってる部屋にブルーシートはあったはず。写真を撮るのは大吉さんに任せて、ブルーシートを取って、そのまま母屋《おもや》の玄関から外に出た。

風もないから、外に何かを干すのには絶好の天気かもしれない。シートを庭に広げて、飛ばされないように四隅にブロックを置いていると車が入ってくる音が聞こえてきた。普通のセダンが一台に、白いバンが一台。バンから降りてきたのは、相良さんだ。

「佳人くん」

背広姿の男性が二人と、ラフな格好をした男の人が三人。たぶん背広姿は保険会社の人かな。僕の名を呼んで駆け寄ってきた相良さんは、いきなり頭を下げた。

「色々とご迷惑を掛けてしまってごめんなさい」

「いや、何も」

昨日も電話で相良さんは謝っていたけど火事は相良さんのせいじゃない。ジーンズに黒いジャケットの男性も近寄ってきて、相良さんが小さく頷《うなず》いた。

「うちの社長です」

「青野です」

「あ、はじめまして」

青野さん。そうか、だから社名にブルーが付くのか。

「この度は本当にご迷惑をお掛けしまして。小助川先生が、大火事にならなかったのは大場さんと沢方さんのお蔭《かげ》だと」

社長さんが頭を下げる。僕はもう恐縮しちゃって本当に何でもないですからって手を振っていた。

「後ほどまたゆっくりとお話を」

そう言って青野さんという社長さんは相良さんに目配せして、たぶん保険会社の人と物置きの方に歩いていった。中肉中背って言えばいいのかな。とても優しそうな表情の人だけど、これといって特徴もない感じ。そんなに年寄りじゃないと思う。きっと相良さんと変わらないぐらいの年齢。

「まだ若い人なんですね」

相良さんに言うとちょっと笑った。

「若く見えますけど、あれでも今年五十歳なんです」

「マジですか」

ものすごい童顔だ。どうみても三十代なのに。

「これから、保険会社とうちの施工《せこう》担当が被害状況を調べますので」

「はい。大吉さんが中で写真撮ってます」

こくん、と頷いてから、相良さんは心配そうな顔をして家の方を振り返った。

「大きな被害がなくて良かったですよね」

そう言ったら、相良さんはちょっと首を傾《かし》げた。

「そうですね。でも」

「でも？」

「個人宅なら燃えなくて良かった、しばらくは我慢して住もう、で済むんですけど、アパートですからね。焦《こ》げた壁や水が入った天井や床、そういうものを全《すべ》て一からきれいにしないと人を住まわせることができません」

そうか。

「燃えてしまうよりはマシだけど、手間とお金と時間が掛かるのはおんなじってことですね」

相良さんは頷く。それで思い出した。

「相良さん。僕と大吉さんは母屋の方に住みたいんですけど、いいですか？」

「母屋に？」

「部屋が余ってるし、タカ先生も相良さんがオッケーならそれでいいって」

ほんの少し眼を細めて、相良さんは考えるような表情を見せた。

「そうですね。あそこは基本的にタカ先生のご自宅ですから、あくまでも個人的に、つまりタカ先生と佳人さん大吉さんが話し合って、一時下宿する、という形でならまったく問題はないと思います」

もちろん、その間の家賃をどうするか、って話し合いはタカ先生としてもらいますって付け加えた。

「私たちとの契約は、一時解除になりますから」

後日、書類を持って皆のところを廻るそうだ。

「保険会社との折衝が済んでからになりますから、早くて二、三日後。ひょっとしたら一週間ほど掛かるかもしれませんが、なるべく早く話し合いをできるようにします」

細かいことはそのときにお話ししますけどって続けた。

「じゃあ」

思いついた。

「母屋に皆を集めればいいじゃないですか」

二、三日掛かる間、恵比寿の短期賃貸マンションに住むことはできる。どっちみち、まだ荷物の整理を済ませていない。とりあえず必要なものを持って皆は出ていっただけだ。

「これからの話をしたいから、何日の何時に母屋に来てくださいって」

「それは確かにその方が便利なのですけど」

相良さんはちょっと困った顔をする。たとえ火を出したわけじゃなく責任はないとしても、管理側としては一人一人廻って話し合いをするのが筋ってことなんだろうな。相良さんの性格からしてもそうすると思うけど、時間のムダだよね。

「僕の方でメールしておきますよ。それならいいでしょ」

相良さんがこれからの話をするために後で皆のところを廻るって言ってるけど、集まった方が便利だからそうしようって。

「皆もそうするのがいちばんだって思いますよ」

「すみません」

助かりますって相良さんは頭を下げた。そんなことする必要ないですよ。だって、プチ管理人なんだから。

タカ先生と話して、母屋の一番奥の、以前は客間として使っていた八畳の和室に大吉さん、昔はタカ先生の書斎として使っていた四畳半の洋間に僕が入ることになった。理由は単純にジャンケンで。

火事の煙っていうのはすごいもので、大丈夫だろうと思っていたものにまで臭《にお》いが付いていた。僕と大吉さんはシングルベッドを使っていて、濡れていなかったから何ともないだろうと思っていたんだけど、布団《ふとん》が煙臭くなってしまって使えたものじゃなかった。

「クリーニングに出している間はうちの布団を使え」

タカ先生の家にはやたらとたくさん布団があった。その昔は住み込みの人もいたし、お客さんも多かったから揃《そろ》えてあったらしいんだけど、今となってはさっさと処分したいらしい。幸いにも母屋の方には煙がほとんど流れてこなくて、臭いも全然付いてない。古くさい匂《にお》いは多少あるけれど。

「押入れにずっと押し込んでおくとカビが生えるからな。定期的に出して干したりしなきゃならんのが面倒でしょうがない」

「なるほど」

確かにそうだ。なんだったらそのまま臭う布団は処分して、うちの布団を使ってくれってタカ先生が言うので、大吉さんは喜んでお言葉に甘えることにした。どうせもう十年以上使ってる布団だから惜しくないって。僕は、実家まで持って帰って母さんがクリーニングに出すことになってるから、それが戻ってくるまでは借りることにした。

「ねえ、タカ先生」

「なんだ」

仏間になっている部屋の押入れから布団を出そうとして、ふと思った。

「これ、皆の分の布団もありますよね」

ポン、とタカ先生は手を打った。

「あるな」

多少デザインが古くさいのを我慢してもらえば十分使える。女性陣の布団も煙で臭くなってしまって、処分するって言っていた人もいたんだ。

「カバーさえ可愛《かわい》いの買ってくれればいいんですよ」

「そういうことだな」

皆が集まったときに言えばいいか。

布団を四畳半の洋室に持ち込んで置いたらそれだけで床はいっぱいになってしまった。ここには布団を入れておく押入れはない。

「まぁ普段は居間に居ればいいだろ」

「そうですね」

どうせ昼間はバイトをしているんだから、全然平気だ。そもそも実家の部屋だって実質これぐらいの広さだったんだから。

「カメオも連れてきていいですか？」

「いいぞ」

実はタカ先生、カメオを気に入っていた。小さい頃に亀《かめ》を飼ったこともあるそうだ。けっこう動物好きなんだけど、一人で暮らしているからって犬や猫を飼うのは何か悔しくて、意地になって飼っていなかったって前に言っていた。

「タカ先生」

「なんだ」

「集まる日の晩ご飯、皆の分を作っていいですよね」

「晩ご飯？」

皆が集まれるのは仕事が終わる時間。そのまま真《ま》っ直《す》ぐこっちに来てもらうことになるはず。

「契約の話とか、どうせめんどくさくなったり湿っぽくなったりするんだろうから、美味《おい》しいものを食べて気分良くやりたいと思って」

そう言ったら、タカ先生は頷いて、お尻《しり》のポケットから財布を出してそのまま僕に手渡した。

「金を持ってけ。皆で食べる最後の晩餐《ばんさん》になるかもしれんからな。贅沢《ぜいたく》していいぞ」

思いっきり材料を買ってこいって笑ったけど、財布の中を見たら五千円しか入っていなかった。

☆

集まる日は、二日後の夜になった。相良さんの話では保険会社との折衝は意外にスムーズに進んで、何の問題もなかったようだ。

その間に、警察の人がタカ先生を訪ねてきて、やっぱり放火の疑いが強いという話をしていった。現場にはガソリンを撒《ま》いたと思われる痕跡《こんせき》があり、それを入れてきたらしいポリタンクもあったそうだ。もちろん、家のものじゃない。

「放火魔ですかね」

バイトから帰ってきた僕とタカ先生は母屋の居間で晩ご飯を食べながら話していた。五目ご飯に味噌汁《みそしる》に肉ジャガとおからのコロッケに漬物。

大吉さんは仕事に行ってた。他の皆もそれぞれ短期賃貸マンションや実家に泊まって仕事や学校に出かけていた。恵美里や亜由さんからもメールが入っていて、これからのことを心配してたけど、話し合いが明日行われるって決まって皆がホッとしていた。

「ここのところ、この近所で放火があったって話はないんだ」

「そうですよね」

ニュースでも聞いたことはない。

「だから、恨みを買う覚えはないかってさんざん訊《き》かれたぞ」

混ぜご飯を食べながら先生は顔を顰《しか》めた。

「前にも訊きましたけど、ないんですよね？」

「何を言う」

この善良な市民が恨まれるはずないだろって軽口を言った。でも、その後にご飯を噛《か》みながら難しい顔をする。

「ただ、医者だからな」

それは、あれだろうか。

「どこでどう恨まれるかは、わからん。無論それは医者に限った話ではないだろうが、少なくとも一般のサラリーマンよりは、そういう状況に陥る可能性は高いかもな」

たとえば、病気が治らなかったとか、対応が悪かったとか、いろいろ。そういうようなこと。

「身体《からだ》も心も含めて、人間は自分の弱い部分を医者にさらけ出す。まぁそれは医者に限ったことではないかもしれん。尊敬できる上司や信頼している先生、仲の良い友人、そういった人たちにもだな。しかし、さらけ出した分、医者を、その人を信用しようとする。もし何かあれば、その信用した部分と同じぐらいの悪意を向ける場合がままある」

僕は肉じゃがのじゃがいもを口に放り込んで、うーん、と唸《うな》ってしまった。

「確かにそうかもしれませんね」

考えたこともないけれど、そんなふうにねじ曲がった方向性を持った人はたくさんいるかもしれない。

「ネットの世界なんかもそうですよね」

「まぁそうだな。若干、方向性は違うが、悪意をさらけ出すという点では同じだ」

タカ先生は意外とネットの中のことを知っている。どうしてなのかと思ったら、お医者さんは昔から仕事上コンピュータと親和性が高いんだって言ってた。使ってるパソコンもMacで、これも実はお医者さんにはMacを使う人が多いんだそうだ。Amazonで買い物したりもしている。

「人の悪意ってやつは厄介だ」

「厄介ですか」

「たとえば、バカヤロウ、という言葉を吐くときには大抵力を込めるな？」

「そうですね」

小声でバカヤロウって言ったらなんか自分が情けなくなる。

「悪意は、力を連れて来る。パワーだな。瞬発的な力を込めないと悪意は表に出てこない。そして、人間はそういう瞬発力を伴うパワーを出すことに快感を感じる。お前だって誰かにてめぇこのやろう！　って力を込めて言った瞬間にスッキリするだろ？」

「たぶん、しますね」

あんまりしたことないと思うけど。

「ストレス解消に皿を床に叩《たた》きつけて割ればいいってのも同じだ。怒りの感情を瞬間的に爆発させるとスッキリするんだ。悪意ってのも、そういう作用がある」

「でも、あれですよ」

「なんだ」

「そうやって怒った後には必ず後悔しますよね。あぁ怒っちゃったとか」

実家にいた頃、勝人や笑美のことを怒った後にはいつもそうだった。そう言うとタカ先生はニヤリと笑った。

「それが普通だ。お前は根っから善人だってことさ」

善人なのか。それはいいことなんだろうけど、面と向かってそう言われるとなんかちょっとつまんない。

「ネットではあれだ、逆に力を込めなくても悪意を放出できる。キーボードを叩くだけの手間で、楽に悪意を吐き出せるんだ」

「だから、ネットではあんなことになっちゃうんだ」

「そういうことだ。どうせ悪意を吐くなら楽な方がいいからな。ただ書くだけならまったく疲れない。にやにや笑いながらできる。だからネットの中では膨大な量の悪意の波になるってことだ」

なるほど。納得できる。

「だから、ネットの匿名《とくめい》の悪意に対抗する術《すべ》は無視することだけだ。そよ風だとでも思って笑って受け流していけばいい」

「そよ風には思えませんけどね」

「よく言われることだが」

味噌汁を飲んで、タカ先生は続けた。

「人間の心の中には、善意もあれば悪意もある。それが普通だ。キカイダーだ」

「それ、僕は知ってますけど恵美里たちには通じませんよ」

「善意ってのは、放っておいてもいいんだ」

スルーしましたね。まぁいいけど。

「無意識に出てくるもんだしそれこそ害はないからな。まぁ度が過ぎてお節介ってのもあるが、それはそれで愛嬌《あいきょう》として考えてやるのが人の道ってもんだ。ところが、悪意ってのは飼いならさなきゃならん」

「飼いならすんですか」

そうさ、って先生は少し口を尖《とが》らせた。

「さっきから悪意って言ってるが、それは言い方を変えれば、物事に対して批判的な眼を向けられるってことになる」

「あ、そうか」

わかるだろ？　って先生は頷いた。

「世の中、真正面から見たものだけが真実だとは限らん。裏から斜めから上から見なきゃわからんことだってある。即《すなわ》ち、意地悪な見方をしなきゃ見えないってことだ。悪意を表に出す人間はそういう物の見方が上手《うま》いという側面もあるんだ」

「変な見方をするから、文句もつけられるってことですね」

「そういうことだ。だから、そういうものを上手く操れるようにならなきゃ、人間は成長しない。ところがそういうものにはマニュアルがないんだ。自分でそう気がついて意識しなきゃならない。むろん。麦茶はまだあったよな」

「ありますよ」

冷蔵庫まで歩いていって常備してある麦茶が入ったガラスのポットを持ってきて、じゃぼじゃぼとお茶わんに注いで、お箸《はし》でぐるぐるかき回してぐいっと飲んだ。

「なんだった。そう、意識したからって上手く飼いならせるとは限らんが、まぁ特別なことがなければ、ごく普通に社会生活を営めるようにはなる。つまらないことで怒ったり悩んだりしないで、その問題を解決する方法を探ろうとする。つまり社会性ってやつを身に付けるんだな。人間ってのはそうやって成長するもんだ」

「タカ先生もそうだったんですか」

もちろんだって頷いた。お茶わんに残っていた麦茶をぐいっと飲み干した。飲み干してお茶わんを置いて、ごちそうさま、と手を合わせた。

「そりゃあそうだ。何も象牙《ぞうげ》の塔に引きこもっていたわけじゃないからな。ましてや医者になろうとする人間なんざ、ある意味じゃ変人ばかりだ。医者になったからいいようなものの、なれなかったらそれこそただの捻《ひね》くれた物の見方ばかりする意地悪な人間だ」

それはまぁ、言い過ぎだろうけど。タカ先生は首をクイッと動かして胸ポケットから煙草《たばこ》を取り出したので、僕は後ろに手を伸ばして扇風機のスイッチを入れた。

「だから、まぁ」

煙草に百円ライターで火を点《つ》けて、ふぅ、と一回大きく煙を吐き出した。そうしてから、ライターをもう一度カチッと音を立てて、点けた。

「放火した奴《やつ》も、捻くれた物の見方の使い方を、誤って覚えてしまったような奴なんだろうさ」

「そうなのかもしれませんね」

それは、どこで決まってしまうんだろう。性格とか育った環境とか教育とか、いろいろあるんだろうけど。そう言ったら先生は首を捻った。

「わからんな」

「わかりませんか」

「少なくとも、言えることは」

煙草を吹かして、ちらっと廊下の方を見た。今は誰もいないシェアハウス。

「子供のうちは、皆、純真だってことだ。それは間違いない」

何十年も子供を診てきたって続けた。

「本当に小さな子供のうちには悪意とか善意とかの区別はない。ただ、純粋な喜怒哀楽があるだけだ。一見残酷に見える子供の行為、俺たちがガキの頃にはカエルのケツに爆竹突っ込んだりしたが」

「そんなことしてたんですか」

タカ先生は大笑いした。

「してたな。だがそんな行為にも悪意なんかない。純粋な興味だけだ。やったらどうなるんだろうっていうな。子供はそんなものの塊だ。その塊に色をつけてしまうものは」

何なのか、未《いま》だにわからんなってタカ先生は言った。

カラカラッて母屋の玄関の引き戸が開く音がした。それから大吉さんの「ただいまー」という声。

「なんだ、早いな」

「早退《はやび》けしたんでしょうかね」

そう話していたらすぐに大吉さんが、アフロっぽい長髪を揺らしながら廊下に現れて、ガラガラとガラス戸を開けた。

「ただいま」

「お帰りなさい」

ちょっと微笑《ほほえ》んで僕とタカ先生が食べ終わったばかりのテーブルの上を見た。

「俺の分、ない？」

「ありますよ」

いつもは店で食べてくる大吉さんだけど、ひょっとしたらと思って多めには作っておいた。残っても後で食べられるメニューばかりだから安心。

「サンキュ」

そう思って帰ってきて良かったって言う。

「早退けか」

タカ先生が訊いたら、頷いた。

「火事なんていうとんでもない目にあったばかりですからね。少し休んでおけって」

「持つべきものは優しい友人だな」

まったくです、って笑いながら台所に行った。自分でご飯をよそってお味噌汁を温めて、大きなお盆に全部載っけて居間に戻ってきた。その間にタカ先生はテレビをつけた。いつも自分のご飯が終わったらテレビをつけるんだ。

「いただきます」

お箸を持って手を合わせて、大吉さんが食べ出す。

「やっぱり放火ですって」

言ったら、口をもぐもぐさせながら頷いた。

「だと思った」

何故《なぜ》だ、とタカ先生が訊いたら、見ましたからね、と大吉さんが言った。

「何を見たんだ」

「走り去る影」

「影？」

タカ先生と同時に言ってしまった。大吉さんは軽くうん、と頷いて僕らを見た。

「後から思い出したんですよ。そういえば、あのとき消火器を抱えて外に飛び出した瞬間に誰かが走り去っていったなって」

「犯人じゃないですか！」

「何故早く言わん」

大吉さんはひらひらと手を振った。

「本当に、人間だっていうだけで人相も格好も男か女かもわからないんですよ。とにかく視界の端っこで誰かが慌《あわ》てたような動きで走っていったっていうだけで」

ごくんと飲み込んで続けた。

「そんなのを警察に言ったって余計な情報でしょう。予断を与えてしまうかもしれないし、後から考えて、ひょっとしたらあれはって思っただけですからね」

先生は顎《あご》に手を当てて、まぁそうか、と頷いた。

「どっちに行ったのかもわからんのか」

「方向的には」

お茶わんを置いて、両手を大吉さんは動かした。

「こう、玄関を飛び出しますよね。で、すぐに裏へ廻ろうとした。そのときに右目の視界の端っこで動いてすぐに見えなくなったので」

「すぐ四つ角だから、環八通りに向かったか四丁目か三丁目か」

タカ先生は腕組みして天井を向いて言った。

「どっちに向かったかなんてわかんないですよ」

確かにそうか。見間違いってことも考えられるから、余計な情報かもしれない。

「まぁでも放火だなって確信はありましたよ」

「そうか」

早く犯人が捕まるといいですねって大吉さんは続けて、またお茶わんを持ってご飯を口に放り込んだ。勢い良く噛んでいたのに急にゆっくりになって、それから、なんかしみじみとご飯を見つめていた。

「どうしたんですか」

「いや」

笑った。

「旨《うま》いなぁって」

「褒めても何も出ませんよ」

「いやいや、本当に」

小さく息を吐いた。

「さっきね、家に帰ってきたとき」

タカ先生の方を見て言った。

「つい向こうの玄関に回ろうとして、違った母屋だって思い直して足を向けて、それで窓を見たら先生と佳人くんの影が映ってて」

「うん」

居間にはカーテンがないんだ。半分磨《す》りガラスになっているし、庭があるし道路からは一段高くなっているから見られることもない。

「それで、入ってきたらこうやって旨いご飯を食べられて。あぁ〈シェアハウス小助川〉があってほしいってしみじみ思っちゃって」

「なんだそれは」

タカ先生が笑った。

「三十男が情けないとは思いますけどね。火事になっていちばんがっくり来てるのは俺かもしれませんね」

気のせいじゃなくて、大吉さんの瞳《ひとみ》が少し潤《うる》んでいた。タカ先生は苦笑いして、少し考えてからソファの上に転がっていた自分の携帯を手にした。

「大吉」

「はい」

「そうでもないぞ」

何がですか？って大吉さんが言った。先生はそれには答えないでにやにやしながら携帯をいじり出して、しばらく何かを考えて、それから画面を大吉さんの方に向けた。

「内緒にしとけよ」

僕も画面を覗《のぞ》き込んだ。メールの文面だった。

〈シェアハウス小助川を、今のメンバーのまま残してほしいと願っています〉

きっと文字を大きくしたんだ。それだけしか表示されていなかったしタカ先生はすぐに引っ込めた。

「プライバシー問題があるからな」

「ひょっとして、茉莉子さん？」

大吉さんが少し驚いた顔をした。

「何でわかった」

「だって」

大吉さんはなんだか少し嬉《うれ》しそうな顔をして言った。

「〈願っています〉なんて三人娘は書かないでしょう」

そう言えばそうか。気づかなかった。タカ先生はニヤッと笑って首を捻った。

「まぁ言わないことにしておこう」

とにかく、って続けた。

「残念がっているのはお前だけじゃないってことさ」

二十二

〈石嶺酒店〉でバイト中にもいろいろ考えて、結局今夜のメニューは鍋《なべ》にした。なんといっても大人数で囲めるし、ひょっとしたら遅れて帰ってくる人がいても対応できるから。いつもなら六時三十分までやっていくバイトを、火事の後始末があるのでってことで五時に上がらせてもらって、タカ先生に貰《もら》った五千円で晩ご飯の買い物をして帰ることにした。

〈シェアハウス小助川〉で皆で暮らし始めて、何回も一緒にご飯を食べるようになって、味の好みもなんとなく把握できている。だから、シンプルに水炊《た》きにすることにした。これならタレをいくつか用意しておけば、お好みの味で楽しめるからね。

買い物に寄るのは近所のスーパー〈増田屋〉。小さいスーパーなんだけど大手資本に負けることなく地元の皆様のために三十年という老舗《しにせ》だ。頑張っているだけあって、野菜の安さは群を抜いているし、新しい食材をすぐに取りそろえるフットワークもあるんだ。この間なんか、どこにも売ってないって大騒ぎしていた大ヒットのラー油を何百本も仕入れて販売していた。

商売ってスゴイよなぁと最近思うんだ。いかにして仕入れてどうやってお客さんに買ってもらって自分の収入を増やすか。

それって、かなり高度なゲームだと思うんだ。表現が悪いかもしれないけど、本当にそう思う。何かの記事かなんかで読んだけど、スーパーのワゴンで売られている〈消費期限間近のため半額〉なんていう商品。そのPOPを〈もうわずかの期間です。この子たちを救ってあげてください！〉って書き直したら売り上げが倍以上になったんだって。

「いろんな生き方があるよな」

スーパーなんて、ただ買い物をする場所としか思っていなかったけど、考えたら僕だって〈石嶺酒店〉でどうやったらもっとお客さんに気持ち良く買ってもらえるか、なんてことを考えている。

「それを、自分の人生にするんだ」

仕事は、人生。

そんなこと考えたこともなかった。仕事を選ぶということは、自分の生き方を選ぶことなんだ。

「学校じゃ、教えてくれないよなそんなこと」

買い物のカートを押しながら、何を買おうか考える。

「ポン酢はあるよな」

新しいのが一本あるからそれで足りる。ポン酢をベースにして、キムチに胡麻《ごま》だれ、コショウに柚子《ゆず》コショウ、あの辛くないラー油もいける。キムチがないのでそれは買っていこう。

具に何の工夫もないのはちょっとなんなので、肉団子も入れておくか。時間がないからここはラクして出来合いのものを買っておく。水菜は恵美里の好物だからこれも買っておいてあげよう。そう思って水菜を取ろうと思ったら、横から誰かに取られた。思わず顔を見たら、恵美里だった。

「よっ。主夫」

「なんだよ」

　恵美里は笑いながら水菜をカゴに入れた。

「鍋にするの？」

「そう」

　ふーん、と言いながら恵美里は僕を見た。

「きっとここにいるって思った」

　そうだろうね。晩ご飯の用意をするからって皆にはメールしてあったんだから。

「後は、何買うの？」

「しらたきと白菜と肉」

「肉！」

　高いの買いたい！　と言うから予算は五千円だって釘《くぎ》を刺しておいた。まぁ普段よりはちょっといい肉を買えるかも。

「母屋《おもや》の居間だとちょっと狭いかもね」

　カートの前を持って軽く引っ張りながら恵美里が言う。

「そうだな」

全員で囲むのにはテーブルもちょっと小さいけど。

「ソファをずらしてあの小さなテーブルを付け足して椅子《いす》を置けばなんとかなるだろ」

「そうだね」

鍋をやるときには、ちょっと狭いぐらいの方が楽しいんだ。そう言ったら笑って頷《うなず》いた。

「ねぇ」

「なに」

カートから手を放して、隣りに並んで歩き出した。

「やっぱり、何ヶ月も掛かっちゃうのかな。修繕するのに」

「たぶんね」

なんだかんだで、早くても一ヶ月。

「どうでもいいんだったらもっと早く終わるんだろうけど」

きちんと元の通りに戻さなきゃならない。〈シェアハウス小助川〉は、アパートであると同時に相良さんの会社の〈商品〉だ。

「外壁ひとつ変えるのだって、継ぎはぎでいいってわけじゃないんだ」

僕らがそれでいいってったってそういうわけにはいかない。また完璧《かんぺき》な状態に戻さないと、僕らが出ていった後に入ってくる入居者に魅力的なものにはならない。

「壁紙にだって臭《にお》いが染《し》みついちゃってるから全部変えなきゃいけない。ほとんど全面的に改装しなきゃならないってことらしいよ」

全部聞いた話だからそういうことになるかどうかわからないけど、たぶんそうだと思う。恵美里がブーたれるかと思ったら、なんだか神妙な顔をして小さく頷いた。

「そうだよね」

荷物もいったん全部引き上げなきゃならないんだもんねって言う。

「そういうこと」

恵美里の小さな溜息《ためいき》が聞こえてきた。

☆

相良さんは来る前に〈石嶺酒店〉に寄って日本酒を買ってきてくれた。お詫《わ》びというわけではなく、単純に皆でご飯を食べるというから差し入れにって言ってたけど、きっとこれが最後かもしれないって思っていたんだと思う。

だって、〈石嶺酒店〉で今いちばん高くて美味《うま》い純米酒を買ってきてたからね。日本酒が好きなタカ先生は大喜びしてた。

大吉さんもやっぱり店を途中で早退《はやび》けしてきた。鍋だと修業中の料理の腕を振るうチャンスはないって残念がって、箸休《はしやす》めにと柚子ダイコンを作ってくれた。ちょっと浅漬かりだけど、柚子を多めにしたから大丈夫。美味《おい》しいよね柚子ダイコン。

亜由さんも茉莉子さんも今日子ちゃんもそれぞれ仕事場から真《ま》っ直《す》ぐこっちに帰ってきて、ちょっと疲れた顔をしていたけど、皆で鍋を囲むって知って嬉《うれ》しそうにしていた。

「やっぱり大勢で食べるのはいいわよね」

茉莉子さんが微笑《ほほえ》んで言う。じゃあ準備しなきゃ、と、皆でわいわい言いながら、居間のソファを移動して、向こうにあった椅子を持ってきたりプチに置いてあったクッションを持ってきたり。

やっぱり煙臭い！ とかなんとか笑いながら言い合ったり、なんか、楽しそうだった。

「はい、鍋煮えましたよー」

僕がミトンをつけて土鍋を台所から持っていくと拍手が巻き起こった。テーブルの上のカセットコンロに載せると、今日子ちゃんがつまみを回して火を点《つ》けた。

「蓋《ふた》開けまーす」

土鍋の重い蓋を取る。湯気が上がって、また皆がおーっと声を出した。鍋ってどうしてこうテンションが上がるんだろうね。そのまま僕は蓋を台所まで持っていって、小さな土鍋を持って戻った。恵美里がここ、って自分の隣の椅子を叩《たた》いたのでそこに座った。

「ついでにご飯も土鍋で炊《た》いてみました」

蓋を開けると、炊き立てのご飯のいい匂いが部屋中に広がって、これも皆が拍手をした。女性が多いからそんなに量を炊かなくて済むからね。足りなかったら炊飯器にもちゃんとあります。

亜由さんと相良さんがご飯茶碗《はんぢゃわん》に炊き立てのご飯をよそって、皆に回していた。

「さて、じゃあビールを開けたい奴《やつ》は開けろよ」

「開けまーす」

恵美里と大吉さんが嬉しそうにプシュッ！　と音を立てる。

「私は、こちらで」

茉莉子さんが日本酒の瓶を持とうとしたので、あぁ私がやりますよって相良さんが慌《あわ》てたように持った。当然タカ先生も日本酒だ。今日子ちゃんも亜由さんも実はビールはそんなに好きじゃなくて、大吉さんが店から持ってきてくれたイタリアの赤ワインをニコニコしながらグラスに注いだ。

「さて、じゃあ乾杯だな」

タカ先生が言う。

「何に乾杯ですか」

大吉さんが訊《き》いた。

「そりゃあお前、火事見舞いとだな」

皆が苦笑した。

「皆が無事だったことに乾杯だ。こんな経験は、しない方がいいが滅多にはできない。できない上に怪我《けが》もなく済んだ。それだけでここにいる皆は運がいいぞ」

「じゃ、皆の運にかんぱーい！」

恵美里が勝手に乾杯の音頭《おんど》を取ってしまった。こいつはそういう奴なんだよね。

「食べよう！」

タカ先生以外は空《す》きっ腹《ぱら》にアルコールを入れるとすぐに酔っちゃう人間ばかりなので、軽く一口飲んだだけで、さっそくお箸を持った。お鍋をするときに、取り箸が必要ないのはもうわかってるので、皆がそれぞれお鍋に箸を入れる。

「あ、ポン酢にコショウって美味しいんだね」

亜由さんが、今日子ちゃんの取り皿を使って肉を食べて驚いていた。今日子ちゃんはポン酢にコショウを入れるんだよね。

「いや、これも美味しいんだよ」

大吉さんのポン酢にキムチを入れてさらに柚子コショウを入れるという荒技は皆が遠慮していた。

「それで」

一通り皆が肉やら白菜やらを口にして、それぞれの味の鍋を堪能《たんのう》して、今日は忙しかったとかどうとか今日子ちゃんのお店に作家さんがサインをしに来たとか差し支えのない雑談が一回りした頃に、茉莉子さんが口にした。

「詳しくは食べ終わった後でいいのだけど」

そう言って相良さんを見た。相良さんが慌てて箸と小鉢を置こうとしたんだけど茉莉子さんが慌てて止めた。

「あぁいいのよいいのよ。そのままで話しましょう」

相良さんが頷く。皆も食べながら飲みながら、あぁ話が始まるのか、という感じで注目していた。

「私は次のところが決まるまではあのマンションに居ていいのかしら」

「もちろんです」

相良さんが答える。

「あそこって、どうなの？」

恵美里が訊いたら茉莉子さんが苦笑いした。

皆が笑う。

「そりゃあもう、これでもかってぐらいムダのない造りで」

「でもあそこは広い方ですよ。俺が前に泊まったところは、ここは潜水艦の寝床かってぐらい。カプセルホテルの方がまだマシなぐらいでしたよ」

「本当に済みません、ご不便をお掛けして」

「相良さんのせいじゃないんだから、そんなに謝らなくてもいいんですよ」

亜由さんが言う。皆がそうだそうだって頷いた。茉莉子さんは大きく頷いた。

「感謝してるのよ。だっていくら系列会社だからって、本来ならお金を払わなきゃならないのに無料で、ねぇ？」

「その通りだな」

タカ先生も頷く。皆が、気遣いながら会話しているのがわかった。ご飯を食べ終わったら、いやでも事務的な契約の話をしなきゃならない。それよりなにより、ここでの生活は終わりかもしれないという事実を確認しなきゃならない。

「相良さんは、気を遣い過ぎなんだよ」

恵美里が言う。その言葉の向こう側に〈叔母さんはいっつもそうだよね〉、なんて感じのニュアンスがあった。タカ先生と僕しか気づかないだろうけど。

ふっ、とその考えが頭に浮かんできた。

いつもの僕なら、そんなことしないと思った。でも、ここで言ってしまうのはなんだかベストなタイミングなんじゃないかって。

「恵美里」

呼んだら、恵美里は肉を口に放り込んだところで箸を口にしながら、なに？　という表情で僕を見た。

「お母さんと相良さんは性格は違うの？」

箸をくわえたまんま、眼が丸くなった。お猪口《ちょこ》を手にしたタカ先生の動きがピタリと止まって僕を見たので、ここは舌をぺろっと出してみた。

タカ先生は、すぐに動き出して日本酒を口にしながら、ニヤリと笑った。

「お母さん、って？」

大吉さんが訊いた。今日子ちゃんも亜由さんも茉莉子さんも、首を傾《かし》げて僕を見ていた。

「おまえー」

恵美里の眼が細くなる。

「ここで言うか」

「いや、そろそろいいかなって」

相良さんが困った顔をしていたけど、苦笑いって感じだったのでこれは大丈夫だなって。タイミングは間違っちゃいないと思う。

「何の話なの？」

亜由さんが訊いた。

「恵美里のお母さんと相良さんは姉妹なんだよ」

えー、という声が皆から上がった。でもそれはあら知らなかったー、という軽い驚き。その証拠に驚きながらも皆は箸を動かしていた。

「そうだったの？」

茉莉子さんが言う。相良さんが苦笑いしながら頷いた。

「なんでまた今まで黙って」

大吉さんが僕に言う。

「それはね」

タカ先生が何も言わないでにやにやしてるので、きっと皆が今度こそ驚くであろうネタを投下することにした。

「恵美里のお母さんは、タカ先生の元奥さんだったからなんだ」

今度こそ完璧に皆の動きが止まった。

「奥さん？」

亜由さん。

「元？」

大吉さん。

「え？　ということは恵美里ちゃん」

今日子ちゃんが恵美里を見たので、恵美里は諦《あきら》めたように溜息をついて、手をひらひらさせた。

「違う違う。私はタカ先生の娘ではありません。再婚したお母さんと今のお父さんの間にできた子供です」

タカ先生は、声を上げて笑った。

「やるな。佳人」

「何がやるんですか」

大吉さんが訊いた。

「このタイミングで言い出すとはまったく予想していなかった」

まいったまいったと言いながら、お猪口を口に運ぶ。にこにこしながら僕を見る。

「お前もここで少し成長したってことだ」

「そうですか？」

「俺の予想の斜め上を行ったんだからな。今まではお前のやることや考えることなんか手に取るようにわかったんだが、やられた」

やられた、と二回繰り返した。嬉しそうに、本当に嬉しそうにタカ先生はそう言った。

「ちょっと待ってくれ、説明してくれ」

大吉さんが言うので、最初から皆に説明した。

タカ先生の奥さんがここで一緒に働いていたこと、離婚して恵美里のお父さんと再婚したこと、そして相良さんの現在の名字は大倉さんで、最初にここをシェアハウスにしたいと訪ねてきたときに、別れた妻の妹であることはひょっとしたら交渉の邪魔になるかもしれないと、結婚していたときの名字でタカ先生に接したこと。

「で、恵美里は野次馬根性で、タカ先生にも内緒でここに住み出したんだ」

タカ先生が相良さんが元の義理の妹であったことに気づいたときに僕も一緒にいたので、とりあえずこのまま皆には内緒にしておくかって決めたことを話した。それはもちろん、住み始めたばかりだったから、皆の間に余計なさざ波を立てないようにって考えてのこと。

「なんだってまぁ」

そんな賑《にぎ》やかな隠し事がって、大吉さんが可笑《おか》しそうに笑った。皆もイヤな顔をしないで本当にびっくりしたと盛り上がった。相良さんが済みませんとまた何度も頭を下げたけど、ようやく言えてホッとしましたって笑顔を見せた。

「まぁ、じゃあ」

茉莉子さんが、ちょっと意地悪そうな表情を見せた。

「それだったのね。私が感じていたのは」

「感じていた？」

訊いたらニコニコして頷いた。

「相良さん、ひょっとしたらタカ先生のことを好きなんじゃないかって思っていたの。なんか、そう感じていたのよね」

「茉莉子さん！」

相良さんが慌てたように少し腰を浮かせた。顔が真っ赤になっているのは酔っているからじゃないよね。

「いいじゃないのそんな、小娘じゃないんだから慌てなくたって」

カラカラと笑いながら茉莉子さんは言う。

「元の義妹だからってことで遠慮してたのね」

「遠慮することないんだよ」

恵美里が眼を三日月の形にしてた。

「チャンスだから言っちゃうけど、言っちゃうよ？」

何か企《たくら》んでいるような顔。

「恵美里」

困ったように相良さんは言う。そうか、普段は恵美里って呼び捨てだったんだね。

「お母さんだってね、あの子は本当に子供の頃から人に遠慮ばかりしてるって。タカ先生のことだってお母さんと夫婦だったのはもう二十年も前のことなんだよ？」

言っちゃえ言っちゃえ、と箸を振り上げながら恵美里が言う。相良さんが何か言おうとしたときに、誰かの携帯が鳴った。

この黒電話のベルの着信音はタカ先生。

「おう」

タカ先生が携帯を手に取って、画面表示を訝《いぶか》しげに眺めてからボタンを押した。

「はい、小助川です」

ややあって、先生の表情が緩んだ。

「あぁ、君か。うん、いやかまわんよ」

次の瞬間に表情が変わった。急に険しくなって、そして僕たちを見回した。何事が起きたかと、皆もタカ先生を見ていた。

「そうか、捕まったか」

捕まった。僕は大吉さんと顔を見合わせた。それって。

「うん、うん」

タカ先生は少し待て、という仕草を手で皆に示して、話を聞いていた。皆も手を止めてじっとしていた。

たぶん、放火犯が捕まったんだ。

「そうか、そんなことか。あぁわかった。ここだけの話にしておく。うん」

ご苦労様だったね、ありがとうと言って、タカ先生は耳から携帯を離してボタンを押した。ふぅ、と息を吐いて携帯を置く。

皆を見回した。少し眉間《みけん》に皺《しわ》が寄っていた。

「放火犯が捕まった」

やっぱり。

「誰なんですか、っていうか、知り合いですか?」

大吉さんが言うとタカ先生は頭を横に振った。

「少なくとも」

安心させようとしたんだと思う。少し微笑んだ。

「ここにいる皆の知人ではなさそうだ」

皆がホッとしたように肩を落とした。知人だったら、悲惨なことになるところだったと思う。

「ただ」

「ただ?」

「ご近所の方であることは確かだな」

ご近所。茉莉子さんが眼を丸くして、言った。

「この辺に住んでいる人ってことですか？」

「そういうことだ」

「動機は？　そこまでわかったんですか」

大吉さんだ。タカ先生は頷いてからまた皆を見回した。

「まだ誰にも言うなよ。教えてくれたのは、俺の古くからの患者だった警察官だ。警察の発表前に漏れたら厳罰ものだからな」

頷いた。きっとあの人だ。火事の晩にタカ先生に話しかけてきたお巡りさん。タカ先生は話そうとして、一度止めて、溜息をついた。

「まったくな」

「どうしたんですか」

「動機はな、憎たらしくなったそうだ」

恵美里の眼が細くなった。

「憎たらしく？」

「バーベキューをしているところを、たまたま通りかかって見たそうだ」

バーベキュー。

「〈シェアハウス〉などとわけのわからんアパート擬《もど》きのものに住んでる連中が、赤の他人同士なのにものすごく仲良さそうにしている。それを見て、前から憎たらしく思っていた気持ちが余計に大きくなったそうだ」

そんな。

「こんなイヤらしい建物は燃やしてしまえって思ったらしい」

相良さんの唇が、真っ直ぐに結ばれていた。大吉さんが腕組みをして天井を見上げた。今日子ちゃんと亜由さんは悲しそうな顔をしていた。茉莉子さんは呆《あき》れたように首を横に振った。

悪意、か。僕はそう考えていた。

「そんなの」

恵美里が呟《つぶや》いた。

「ズルイ」

狡《ずる》い？

「努力してるんだよ」

恵美里が顔を上げて、タカ先生を見た。

「仲良しになったのは、バカみたいに何も考えてないからじゃないよね。仲良くやっていくのに、私たちは努力したよねタカ先生」

先生は恵美里を真っ直ぐに見て、ちょっと間を置いて頷いた。

「他人と上手《うま》くやっていくのには、お互いにすごい努力が必要なんだよ。今日子ちゃんだって亜由ちゃんだって、みんな初めての一人暮らし、すごい不安だったのに、頑張ったんだよ。頑張ってこれだけ仲良くなったんだよ。人と関わらないより、関わる方がものすごく大変なんだよ。でも、そうした方がゼッタイにいいんだよ、そうしなきゃならないんだよ。それを」

恵美里の眼が潤《うる》んでいた。

「それを、憎たらしいって何よ」

最後は、声が詰まっていた。隣りにいた茉莉子さんが、恵美里の肩にそっと手を回して、優しく微笑《ほほえ》んだ。

二十三

「世の中には」

お猪口《ちょこ》をくいっ、と空けてからタカ先生はそう言った。優しい微笑みを浮かべて恵美里を見ている。

「わけのわからん理屈を捏《こ》ねて、とんでもない考え方をする人間がいるもんだ。なぁ今日子ちゃん」

名前を呼ばれて今日子ちゃんは、お箸《はし》の動きを止めてタカ先生を見た。

「客商売をやっていると、それをひしひしと感じるだろう？ 本屋にやってくる客の中にはとんでもない奴《やつ》がいるだろう？」

今日子ちゃんはちょっと皆を見回してから、小さく頷《うなず》いた。

「よくあることですけど、立ち読みした雑誌のページを破って持っていったり、あきらかに読んだ跡があるのに、間違って買ったから金を返してくれと一週間前のレシートと一緒に本を持ってきたり。中には、立ち読みしている子供に『早く全部読んじゃいなさい』って言うお母さんもいます」

「ひどいな」

大吉さんが顔を顰《しか》めた。

「この間は、文庫の帯だけを大量に持ち去ろうとした人を店長が捕まえました」

「どうして帯を？」

亜由さんが訊《き》いた。

「帯についている応募券が目的だったみたいです。帯なんかタダだからいいだろうって開き直ってました」

今日子ちゃんが溜息《ためいき》をついた。そういうのって話にはよく聞くけど、本当にあるんだ。幸いにも僕はバイト先で万引きを見つけたことはないし、石嶺さんはちいさい酒屋で死角がないから、昔からそういうことはほとんどないって言ってたけど。今日子ちゃんにはそういうの辛《つら》いだろうな。

タカ先生は頷いた。

「亜由ちゃんだって、とんでもないことを言い出す園児の親に悩んでいる。茉莉子さんの歯医者に来る患者にも変な奴はいる。大吉のレストランに飯を食いに来る奴の中にもおかしな考えを持つ連中はいる。それは今に始まったことじゃない。大昔から人間はそうだったのさ」

「大昔から」

そうさって先生は笑う。

「そもそも神様って何だ、と思わんか？　神様はいつでも私達を見ています、とか言ってる連中はこの世にごまんといて日常化しているから何とも思わないが、おかしな考え方だろう。なんでそんなものを頭の中で作り出してそれに頼らなきゃいかんのか俺にはさっぱり理解できん」

　まぁ信心深くしてそれで日々を穏やかに過ごして、誰にも迷惑を掛けないのなら悪いことじゃないし、それは少し別の話だけどなって続けた。

「恵美里」

「はい」

　ちょっとだけ眼を潤《うる》ませた恵美里だけど、もうタカ先生の話を聞きながら鍋《なべ》から豆腐を取り出そうとしている。

「ズルイと思うお前は、正しい」

「そうですよね」

　うん、と大きく頷いた。

「だが、社会に出ていくということは、そういう間違った、おかしな理屈を捏ねくり出すような人間と関わっていかなきゃならんということだ。どこかの誰かが人生は闘いだと言ったのは本当だ。精神的な闘いだな。昔、男しか社会に出ていなかった時代〈男は毎日会社で闘っているんだ〉とか言ってた奴がいたが、誇張ではなく事実だ。狩猟時代、獣と闘って女子供を食わせていた男は、現代になって仕事で周りの人間と精神的に闘って女子供を食わせていたんだ」

今は、と続けてからタカ先生は鍋からお肉を取って、ひょいと口に放り込んだ。もぐもぐと口を動かしてから言う。

「男も女も大人も子供も変わりなく、会社で家庭で学校で、ありとあらゆる場所で闘っていかなきゃならん時代だ。この日本に於《お》いては貧困とか戦争とかの肉体的なものではなく、精神的な闘いを強いられている。そういう時代だ」

茉莉子さんが、ゆっくりと頷いていた。大吉さんが箸を持ったまま天井を見上げて納得したように頭を動かした。相良さんは、少し唇を引き締めた。

「だから、精神的な病、病までもいかずに何らかの疲労を抱え込んでしまったまま、日常を過ごさなきゃならない連中が多くいる。それが、身体《からだ》の疾患にも繋《つな》がって行く。病は気からというのは本当さ。この時代、身体が丈夫な奴は精神的に強い奴がほとんどだ」

「どうすりゃいいんですかね」

白菜を食べながら大吉さんが先生に訊いた。

「その、おかしな連中と闘っていくためには」

タカ先生は、にやりと笑った。

「簡単さ」

「簡単？」

恵美里が首を傾《かし》げた。

「闘っている、と言ったが、実は闘わなきゃいいのさ」

「いいの？　闘わなくて」

「いいんだ」

「でも負けちゃうじゃない」

恵美里が言うと、闘わなきゃ負けないってタカ先生は言った。

「同じ土俵に上がっちゃいけないのさ。リングでもいいしフィールドでも言い方は何でもいいがな。相手と同じところに立っちまうと、基本的にそいつはおかしな感覚なんだから、こちらがいくら正しいルールで闘おうとしたって向こうがルールを守らない。ただひたすら疲れて終わりだ」

だから、って言って先生は皆を見回した。

「闘うな。相手と同じ土俵に立つな」

「でも、ですよ」

茉莉子さんだ。

「闘わざるを得ない場合だってありますよね。いくらこちらが相手にしないでおこうと思ったって、こちらの権利が侵害されるとか、さっき先生も言ったけど、仕事的に関わらざるを得ない場合も社会に出ればありますよね」

僕はまだ社会にすら出たんだか出てないんだかわからない中途半端《はんぱ》な人間だけど、茉莉子さんの言ってることはわかる。

学校とかだったら、変な奴は無視したっていいんだ。それでなんとかなると思うけど、暮らしの中や会社の仕事では無視できない場合だって多いと思う。実際〈石嶺酒店〉のお客さんにもあんまり関わりたくない人もいる。でも、買ってくれるお客さんなんだからどうしようもない。

「いくらこっちが正しい考え方で、筋道たててこれはこうなんです、と説明しても納得しない客もいれば、取引先もいるでしょう。そういう人たちと闘わない、つまり相手にしないというのは無理でしょう。仕事なんですから。そして負けちゃうことも多いと思うんです。そういう人たちに理屈は通じないのだから」

タカ先生は、そうだなぁ、と言う。空になったお茶碗《ちゃわん》を僕に向かって差し出したのでお代わりだと思って、土鍋からご飯をよそってあげた。タカ先生は、おかずはあんまり食べないけど白いご飯だけはよく食べるんだよね。

「気持ちの問題だな。たとえば恵美里」

「はい」

「放火犯は、とんでもない理由で火を点《つ》けた。まったく理不尽な話だ。それで、お前が頑張って作ってきた毎日の暮らしが失われることになっちまった。お前は、怒ってるよな」

「怒ってます」

そりゃあもうプンプンにって言う。

「当然だ。じゃあ、その放火犯に復讐《ふくしゅう》したいと思うか？　そいつのところに行って、石でも投げてやるか。あるいは」

そいつの家にも火を点けるかって訊いた。恵美里はぶんぶんと首を横に振った。

「殴ってやりたいとかは思うけど、そんなのやり返したら、そいつと同じになっちゃうじゃないですか」

「それだ」

タカ先生は恵美里を指差した。恵美里が「どれです」って後ろを振り返ったのは、ここで暮らしてきてできあがったお約束。皆が笑った。タカ先生はよく「それだ」って指差すからね。

「相手と同じにならない、というその気持ちだ。それが大切なんだ」

それは、高潔な意志だって続けた。

「常に自分を高みに、この場合は相手を見下すという意味じゃないぞ？　自分の精神を、心を、高いところに持っていこうという気持ちを持ち続けることこそが大事で、闘うのはそこでなんだ」

そこで闘う。

「卑《いや》しい奴らと闘うんじゃない。自分自身の心と闘うんだ。昔の人はいいこと言ったよ。〈ボロは着てても心は錦《にしき》〉ってな」

「水前寺清子ですね」

茉莉子さんが言ったけど、僕にはわからなかった。確かその人は歌手だよね。タカ先生はそうだそうだって笑いながら続けた。

「金持ち喧嘩《けんか》せず、って言うな。武道の達人は優しい、とも言う。金があったり本当に強い人間は心にゆとりができる。ゆとりができれば、高潔な意志を保つ努力などしなくても卑しい奴らの相手にはならないんだ。ところがどっこい俺達庶民には金で心に余裕を作ることなんかできない。だから、努力が必要になる」

「高潔な意志を持ち続ける努力、ですか」

「そうだ。それこそが、俺達庶民の闘いなんだ」

タカ先生は少し強い口調で言った。

「おかしな考え方の仕事相手に理不尽な要求をされたとしよう。仕事上やむをえんと相手のいいなりになって損害を被《こうむ》ったとしよう。多大なストレスを抱え込んだとしよう。頭のおかしな連中ってのは声がデカイ。この世の中言ったもん勝ちってことが多い。大声を上げることを良しとしない正直者が馬鹿《ばか》をみる。だけどな」

本当に高潔な魂を磨いた正直者は、自分が馬鹿をみてるなんて思わないって続けた。

「こんなにもたくさんの馬鹿がいるのに世の中がうまく回っているのは、正直者が、自分が損をしてるなんて思わずに一生懸命仕事をしているからだ。それでいいって思ってるんだ。そう思える心の強さを、本当の善き人間は持っているのさ」

まぁ、って笑って力を抜いた。

「あたりまえのことだな。心を強く持ちましょうってことなんだ。それにはどうしたらいいんですかってよく訊かれるが、そんなものに正解なんぞないし、誰にも教えられん」

「ただ、そうしようとする努力が大事ってことですね」

「そうだ。俺が小さい頃は道徳の時間とか言ってな。きちんと掃除をしましょうとか、小さな子供に優しくしましょうとか、ルールを守りましょうって教えられた。あれはな、あながち馬鹿にしちゃいかん。日々の努力を積み上げることによって、心も鍛えられる」

ことん、と亜由さんが茶碗と箸を置いた。

「毎日、きちんとってことですね」

「そうだ」

今日子ちゃんがグラスを手にして言った。

「毎日掃除をして、お風呂《ふろ》に入って」

恵美里が笑った。

「鏡の前に立って、服装チェックして」

茉莉子さんも頷《うなず》いてから、タカ先生を見てニヤリと笑った。

「大丈夫よ。あなたたちはきちんとしてるから。まずいのは男性陣よね。特にタカ先生なんか身だしなみをきちんとしてもらわないと」

こりゃまいった、って先生がおどける。皆が笑って、それぞれにグラスを持って飲んだり、また箸を持って食べたりした。

そういうことが、自分を強くする。あたりまえの毎日をきちんと過ごすことで、心が強くなる。

日常を日常として意識できることが、何より強いのか。

だから、世の中のお母さんたちはあんなに丈夫なんだ。毎日毎日夫や子供の世話をきちんとしなきゃって頑張っているから、心も身体も丈夫になるんだ。

「そういう強い心を持てれば、おかしな人と仕事や社会で関わっても、闘わなくても済むってことですか」

大吉さんが訊いた。

「そうだな。まぁそう簡単に割り切れるもんじゃないだろうが」

少なくとも、悩まなくて済むってタカ先生は言う。

「どんなにおかしな連中に振り回されても、やれやれって呟《つぶや》いてお疲れさんと自分を慰めて、それでまた明日に向かう心を保てる」

「タカ先生みたいに図太くなれってことだね」

「そういうことだ」

皆が笑った。

後片付けを母屋《おもや》の台所で皆がやった。女性陣が僕は休んでいていいというので、お言葉に甘えてタカ先生と大吉さんと居間のソファでお茶を飲んでた。

「はーい、シュークリーム買っておきましたー」

コーヒーの良い匂《にお》いと一緒に、恵美里と亜由さんが〈モンサンミッシェル〉のシュークリームを持ってきた。

「腹一杯だがな」

「甘いものは別腹です」

茉莉子さんが言った。そういうものらしいんだけど、僕もよくわからない。でも食べるけど。

皆がコーヒーを飲んだり、シュークリームを食べたりしてると、相良さんが背筋を伸ばした。あ、始めるんだなって皆が思った。

「それで、これからの話をさせていただきますが」

皆を見回した。

「大変申し訳ありませんが、修繕のために皆さんにはここを出ていただくことになります」

「別に相良さんは悪くないんだからもう謝らないでよ」

大吉さんが言って、相良さんはニコッと微笑んだ。

「外の物置きのボヤだったとはいえダメージが意外に大きく、全《すべ》ての部屋の床を剝《は》がしたりしなければ完全修復は不可能という結論になりました。詳細は書面にしますが、ここはかなり特殊な資材なども使っていますので通常の修繕より時間が掛かります。期間は、早くても約一ヶ月半、四十日を考えています。これは、建築資材の取り寄せ期間などにも左右されますので、早くても、です」

わかってはいたけど、皆が溜息をついた。相良さんは、あえて事務的な口調で話しているんだろう。

「少しお話が複雑になりますが、これはここに書面にしてあります。後でお配りします。賃貸契約の連帯保証人である皆さんのご両親が、直接説明してほしいということであれば、私が伺いますので遠慮なくおっしゃってください」

今日子ちゃんと恵美里が頷いた。相良さんが皆に配ろうとした書面を、隣りにいた茉莉子さんが大丈夫よ、って言って皆に回して配った。

「まず、私共の会社との契約をそのままに、系列会社で別のアパートやマンションを探して契約していただける方は、敷金礼金は必要ありません。こちらの家賃も、新しいところも日割り計算になります。つまり、引っ越しに掛かる費用は荷物を運ぶ運送費のみ、ということになります。これは申し訳ありませんが私共で負担することはできません。ご了承ください」

皆が、うん、と頷いた。そりゃそうだ。相良さんの会社の責任じゃないんだから。

「もし、私共との契約を解除して他のところに移られる方は、契約期間を満了していませんが不可抗力ですので、敷金は全額をお返しします。礼金は契約書に記載されている通りお返しできないものですが、今回は特殊なケースということで、半額をお返しします。お家賃はもちろん日割り計算でお返しします」

これにも皆が頷いた。相良さんの会社、かなり僕らに良い条件でなんとかしようとしてくれていると思う。

「そして、大吉さんと佳人さんのケースですが」

僕と大吉さんを見て微笑んだ。

「このまま、母屋に住まわれるということですので、契約続行という形ですが、ここはタカ先生が持ち主ですのでお家賃はその間いただきません。光熱費などのご相談は当社は関知しませんので、話し合われてください。敷金礼金に関しては、〈シェアハウス小助川〉の修繕完了の際には再び戻っていただけるという条件でのみ、契約書がそのまま有効ということになります」

「もし、完成してもこのままタカ先生と母屋に住むってことになったら？」

大吉さんが冗談で笑いながら言った。

「その場合は、どうぞお幸せにということで敷金はお返しします」

皆が笑った。

「大まかには以上のようなことですけど、何かこの場で訊いておきたいことがありましたら」

特にはないけど。皆もそれぞれの顔を見たりしてるけど、ないみたいだ。

「二人は本当にここにずっと住んで、シェアハウスが出来上がったら戻るの？」

亜由さんが訊いたので、僕と大吉さんは二人で同時に頷いた。

「俺は戻るよ。戻って契約満了までは確実に住む。意外と俺ってそこ神経質なんだよね。出るなら契約満了のときじゃないとなんかイヤなんだ」

「あぁ、その気持ちはわかるわね」

茉莉子さんが頷いて、続けた。

「ここで、それぞれどうするかは訊かない方がいいでしょうね。個別に相良さんに相談するのが良いのじゃないの？」

そう言って相良さんを見て、それからタカ先生を見た。

「そうだな」

先生も頷く。

「それぞれに生活と仕事がある。離れる二ヶ月近くの間にいろいろと状況も変わるだろう。とりあえず」

僕と大吉さんを見た。

「俺達は、ここに居る、ということだけわかっていればいいだろう」

「そうですね」

相良さんも微笑んだ。

「私としては、つまり私共の会社としてはこれからも皆さん継続でお願いします、ということだけお伝えしておきます」

「とかなんとか言っちゃってぇ」

恵美里がニヤリと笑った。それから今日子ちゃん、亜由さん、茉莉子さんの顔を順番に見た。

「叔母さん、ぜひまた帰ってきてくださいって言いたいのを堪《こら》えてるから、姪《めい》から言っておきます」

「恵美里」

恵美里がちょっとだけ舌を出して笑った。

「まぁ」

タカ先生だ。

「どうなることかと最初は心配だったんだがな。ここの管理人をやるってのは」

コーヒーカップを持って、一口飲んで、しみじみって感じで先生は言う。

「やってよかったよ。皆と会えて良かった」

「まだ続きますよ」

大吉さんが言った。

「そうだな。それもまた楽し、だ」

タカ先生が、うんうん、って頷いた。

二十四

大吉さんとタカ先生と、そして僕の母屋《おもや》での生活が始まって二週間が過ぎた。

その間もシェアハウスの修繕工事は少しずつ進んでいる。相良さんは毎日のようにやってきてるらしい。母屋に上がってタカ先生と話すときもあれば、寄らないで帰ることもあるみたいだ。

ゼッタイ相良さんはタカ先生に好意を持っていると思うんだけど、二人の関係が進んでいるのかどうかはわからないし、訊《き》かないようにしてる。何かあればタカ先生が言ってくるだろうしね。

あの夜に皆でご飯を食べてから、茉莉子さん、亜由さん、今日子ちゃん、恵美里には会っていない。あ、今日子ちゃんは本屋さんで見かけることはあるけどね。会っていないし、会う約束もしていない。どこに住み始めたのかも実は知らないんだ。皆のメアドは知ってるけど一度もメールしてないし、来たこともない。

じゃあね、って荻窪の駅で皆を見送って、それっきり。

最後に話したんだ。いろいろ決まったら連絡取り合おうって。それまではよっぽどの用事がなければ皆で集まるとかそういうことはしないでおこうって。もちろん、バッタリ会っちゃったらそれはそれでいいけどね。

契約の話は相良さんがしているわけだから、皆がその後どうするのかは相良さんは全部知ってるはずだけど、それも訊かないようにしていた。なんだか、その方が楽しみだから。

季節はどんどん冬に向かっている。〈シェアハウス小助川〉がきちんときれいになって出来上がるのは十二月になりそうだった。予定では、十二月の頭。その頃には僕と大吉さんは元通りになった自分たちの部屋に戻る。

できれば、皆も戻ってきてほしいけどあまり期待はしないでおこうって思ってる。もちろん、十二月になってまた皆が元通りになればいいんだけど、そうではなくて新しい人の入居が決まったとしてもそれはそれでオッケーって。

相良さんが面接をして決めているんだからそんなに変な人は入ってこないだろうし、また新しい人と一緒に生活するっていうのもなんだか楽しみではあるから。

晩ご飯をタカ先生と一緒に食べるのはますます日常になってしまった。なんといっても「ただいまー」と僕が帰るのは母屋の玄関で、タカ先生の「おう、お帰り」って声が聞こえてきて、台所に行ったらタカ先生が「今夜は肉豆腐にしよう」とか言うんだから。

先生はすっかり料理が上手になった。掃除とかは相変わらず適当だけど、料理に関しては僕は何も言わなくてもいいぐらい。

大吉さんは店でご飯を食べてくるけど、何か特に美味《おい》しいものを作るときにはタカ先生がメールしている。今日は休みだったので、タカ先生と一緒にご飯を作っていたらしい。僕が帰ってきて台所を覗《のぞ》いたら、エプロン姿で「お帰りー」と言ってくれた。もちろんタカ先生もエプロン姿だ。しかも、この家にあったタカ先生のお母さんがしていという割烹着《かっぽうぎ》。きっと知らない人が見たら笑ってしまう感じだろうけど、もう慣れてしまった。

「今日は何ですか？」

何だろう、蒸しものらしいけど。大吉さんが土鍋《どなべ》を指差した。

「鶏肉《とりにく》とワカメの蒸しもの」

「へー」

それは僕も作ったことない料理だ。

「おふくろが作っていたものをな、思い出してやってみた」

タカ先生が言う。お母さんの手料理なのか。

「もう出来上がるよ。手を洗って向こうの準備してくれ」

「了解」

居間のテーブルに箸《はし》とか皿とかを持っていく。お客さんが多かったらしいこの家には食器もたくさんあるからけっこう便利なんだ。

「美味しいですね、これ」

鶏肉とワカメの蒸しものには他にもエノキダケと玉葱《たまねぎ》と生姜《しょうが》が一緒に蒸されていた。

仕上げに葱を切って乗せて、ポン酢を掛けて食べる。

「イケるね。優しい味だ」

「トマトベースのソースでもいけるんじゃないのか」

「いや、それじゃあせっかくの和風の味が壊れちゃいますよ。これはこのままで」

まるで料理人同士の会話みたいになってるのがおもしろい。

「そういや、隣りの完成は十二月の一日になったそうですね」

大吉さんがタカ先生に訊いた。

「そうだ。言ってたな」

「まだもう少し先ですね」

うん、って二人で頷《うなず》いた。まぁ僕と大吉さんにとっては寝る部屋が違うだけで生活にそんなに変わりはないんだけど。

「それで?」

タカ先生が僕に向かって言った。

「それで、って?」

なんでしょう。

「お前はどうするんだ」

「どうするとは」

タカ先生はご飯を口にしながらニヤリと笑った。

「今度皆に会うときには、自分のことをしっかり決めておきたいって考えてたんだろ？　それがどうなったかってことさ」

「なんでそんなことわかるんですか」

わかるさ、ってタカ先生はタクアンを口に放り込んでボリボリ噛《か》んだ。

「お前さんと面《つら》突き合わせるようになって長いからな。その顔を見てりゃあなんとなくわかる」

大吉さんもそうそうって笑った。

「そんなもんですかね」

確かにそうなんだけど。考えてはいるんだけど。

「結論は出たのか」

「まだ、そこまでは」

そうかってタカ先生は頷く。

「まだ若いからな。結論を出すことを焦《あせ》らなくてもいいさ」

そうだとは思うけど、でも若いから急がなくてもいいってことに甘えていてもダメだと思うんだよね。

「大吉は厨房《ちゅうぼう》に入ることにしたそうだな」

「あ、そうです」

そう、大吉さんはいよいよ本格的に料理人への道を歩き始めるらしい。そして将来は自分の店を持つことを目標にする。

「まずは今の店でしっかり修業して、そしてお金を貯《た》めてそれからの話ですけどね」

もう三十七だけどまだ遅くはないってこの間自分で言っていた。僕も、そう思う。

「お前は金を貯めることに関しては心配しなくていいだろうな」

「どうしてですか?」

「元々証券マンじゃないか。金とかそういうものの扱いには慣れてるだろ」

あ、そうか。でも大吉さんは苦笑いした。

「だからと言って本当に金を貯められるかどうかは別問題ですけどね」

「しかし、少なくともそうじゃない人間よりは、感覚としてわかるってことだ。金を儲《もう》けるというのがどういうことかはな」

「そう、かもしれないですね。いろんな意味で」

お金の怖さも、良さも、いろんなことを知りましたねって大吉さんは言う。タカ先生は鶏肉の蒸しものにポン酢を掛けて、ワカメと一緒に口に運んだ。

「経験ってのは、そういうものだ」

「経験」

「どんなくだらないことでも、何でもないことでも、嫌なことでも、経験しておけばそれは身体《からだ》の中に溜《た》まっていく。蓄積されていく。いつどこで役立つかはわからんが、何もないよりはマシってもんだ」

それはお前も家事でよくわかってるだろうって僕に向かって言った。

「そうですね」

一度やってしまえば、次にやるときにはもっと上手にできる。家事もその積み重ねだ。

「最初はおっかなびっくりで握っていた包丁だって、今じゃ何の躊躇《ちゅうちょ》もないですからね」

「片手でクルクル回せるよな」

あんまりやらないけど、できる。

「そういうことだ」

だから、って先生はご飯を口に入れてから続けた。

「ここで経験したことも無駄じゃない。将来何かの役に立つかもしれん」

初めて家を出て、一人暮らしを始めて、シェアハウスっていうちょっと変わったところに住んでいろんな人たちと共同生活をして火事になって。

それは僕だけじゃなくて、恵美里も亜由さんも今日子ちゃんも茉莉子さんも大吉さんも。

「ひとつだけ、決めたことがあるんですよ」

「ほう」

麦茶を飲んだタカ先生がニヤリと笑った。

「何だよ、聞いてないよ俺は」

大吉さんも言う。うん、まだ誰にも言ってない。母さんにも。

「来年の春まで、ここで一年暮らしたら、実家に戻ろうと思うんです」

タカ先生も大吉さんも、ちょっとだけ眉《まゆ》を顰《ひそ》めた。

「そりゃまた何故《なぜ》だ」

「将来の目標はまだ見えないんですけど」

どんな仕事をしてお金を稼いで暮らしていけばいいのかは、まだ見えない。でも、今の自分がやりたくて、そしてやらなきゃならないことがある。

「弟と妹を、きちんと大学に通わせてあげることなんですよ」

「大学」

「そのためには僕がもっと稼げばいちばんいいんですけど、どこでどうすればいいかまだわかんないんです。でも、ここに払っている家賃が浮けばその分を弟たちの学費や生活費に回せるんですよね。そしてもっとバイト代がいいところに移れば、あるいは掛け持ちすればさらにいい」

タカ先生の顔が少し真面目《まじめ》になった。

「あ、でも、自分の人生を犠牲にしようとかそんな殊勝なこと考えてないですよ。単純に、あいつらの面倒を少しでもみてやりたいって思ってるだけで」

僕はそんな聖人みたいな人間じゃない。自分の好きなこともちろんやりたいけど、今はそう思ってるってことなんだ。

ニヤッと先生は笑った。

「わかってる」

ぐいっと麦茶を飲み干した。

「お前はそういう男だ」

大吉さんもニコッと笑って頷いた。先生が煙草《たばこ》を取り出したので、僕は手を伸ばして扇風機のスイッチを入れた。タカ先生が煙草に火を点《つ》けて、ふう、と煙を吐き出す。

「でもさ」

大吉さんだ。

「その気持ちは立派だけどさ、自分の学費はどうするんだ？」

「自分の？」

「もし、大学なり専門学校なり学校に入り直すんだったらできるだけ早い方がいいだろ？ そのチャンスを逃しちゃったら、弟や妹たちも逆に可哀想《かわいそう》だろ。お兄ちゃんが自分たちのために人生を犠牲にしたって向こうが思ったら困るぜ」

それも考えた。

「だからまずは一年限定です」

「一年」

「ここに一年住んだ。次は一年頑張ってお金を貯める。アルバイトを増やしたりすれば家賃と合わせて十万は確実に浮くでしょ？ 一年間で百万は溜まりますよ。その間に自分の目標を見つける。それでもまだ二十《はたち》ですからね。学校に行くにしても、二浪、三浪でもしたと思えば十分間に合うでしょう？」

確かになって先生は頷いた。

「じゃあ、そういう話を弟妹《ていまい》たちにきちんとしておけ。はっきりさせておいた方が向こうも安心する」

そうします。

「嬉《うれ》しいな」

「何がですか」

タカ先生は少しだけ恥ずかしそうに笑った。

「俺は、子供がいない」

そう。先生には子供がいない。

「子供はいなくても、小児科もやっていたからたくさんの子供たちの面倒を見てきた。お前もその中の一人だった」

小さい頃は風邪を引くとここにやってきたからね。考えてみればその頃からタカ先生の印象がまるで変わっていないんだ。

「だから、子供の成長を自分なりに見てきたつもりだったが、やはり、一緒に暮らして身近で感じるということは今までなかった。それを、感じられるというのは嬉しいもんだ」

成長してるんだろうか僕は。

「医者の先生ではなく、教師の方の先生ってのは、こういう気持ちになるもんかもしれんな」

「そんなに成長なんかしてないつもりですけどね」

「自分ではわからんさ」

そして、と、言いながらまた煙草を吹かした。

「俺もこの年でまた勉強させてもらった。今までしたことのない経験をさせてもらった。人生、何歳になっても勉強だってことを改めて考えさせてもらったよ」

「じゃあ、良いことずくめだったんですね。ここを、シェアハウスにして」

大吉さんが言うと、先生は大きく頷いた。

「相良さんに感謝しなきゃ」

ちょっとだけカマ掛けてみたんだけど、タカ先生は何の反応もしなかった。ただ、そうだな、って言って笑った。

「俺も、あれだな」

「なんですか」

来年で五十八歳になるって言った。そうだったのか。タカ先生五十八歳になるのか。

「隠居を決め込んでいたが、まだ何でもやれる年齢だな」

「そうですよ。全然元気なんだし」

本当にタカ先生の無趣味ぶりには呆《あき》れるぐらいだ。

「ボケちゃう前に、なんでもやってみた方がいいですよ」

大吉さんに言われて、確かにそうだなって、笑っていた。

☆

なんでもやってみた方がいいですよ、とは言ったものの、まさか日曜大工に凝り出すとは思ってもみなかった。

「これでも手先は器用な方なんだぞ」

そう言って、最初は犬小屋を作り始めたんだ。なんで犬小屋って思ったら、知り合いから犬を貰《もら》ってくれないかと頼まれたそうなんだ。

「小さい頃から犬は好きだったしな。これもいいきっかけかと思ってな」

「でも子犬のうちは家の中で飼わなきゃダメですよ。躾《しつけ》もしないと」

「わかってる」

その内にその犬小屋を置くテラスを中庭に作ると言った。

「犬を家の中で飼うってのもけっこう憧《あこが》れだったんでな。犬が自由に出入りできるようにそこの縁側も改築する」

「まさかそれも自分でやるつもりですか？」

　おう、って笑った。

「相良さんに頼んで職人さんにやってもらった方がいいんじゃないですか」

「そんな金を使ってられるか。今自分でやった方が木切れや大工道具を自由に貸してもらえるだろう」

　確かに。毎日母屋《おもや》には〈シェアハウス小助川〉を改装する鋸《のこぎり》やハンマーの音が響いてくるんだ。

「怪我《けが》しないでくださいよ。自分じゃ治せないでしょ」

「知り合いの医者がたくさんいるから大丈夫だ」

　それはそうでしょうけどね。


　そうやってタカ先生がかなり立派な、そして見栄《みば》えのいい犬小屋を完成させた頃、たまたま僕と大吉さんの休みの日が重なることになった。

　前の晩に何か予定はあるのかとタカ先生が訊くので、二人とも首を横に振った。

「特には」

「デートはないのか」

「ありません」

二人ともキッパリと答えた。僕はいまだに彼女ができていないし、モテそうな、いや実際モテる大吉さんにも特定の彼女はいない。

「今日子ちゃんはその後どうなんだ」

「大丈夫ですよ。ちゃんと説明しましたから」

納得したかどうかはわからないけど、この先も当分彼女を作る気持ちはないからって伝えたそうだ。今日子ちゃん、ちょっと可哀想だけど。

「本気でそう思うのか。男と女なんてどこでどうなるかわからんだろ」

「とはいっても、今日子ちゃんと俺は十八歳も違うんですからね」

大吉さんが苦笑いした。

「親御さんの気持ちを考えたら、とてもとても」

「親の気持ちか」

大吉さんが頷いた。

「ただでさえ俺は自分の親に迷惑や心配を掛けてばかりいますからね。この上、恋人の親にまで嫌な思いをさせたくないですよ」

そういうものなのか。そこまで僕は考えたこともないし、そもそも恋人もできたことさえないんだけど。

タカ先生はまぁそうかって何度か首を振った。

「じゃあ、二人揃《そろ》って手伝え」

「何をですか」

訊いたらタカ先生はニヤリと笑って、壁際《かべぎわ》にあるローチェストの中から図面を出してきた。

「図面?」

「奈津子ちゃんに貰ったのさ。隣りを改装するときにここの図面もしっかり引き直したからな」

そう、中身はまるで変えてないけど、外壁なんかはきちんときれいに修繕したんだ。あと、床下とかもしっかり点検して古くなっていたところはきれいにしてある。母屋がつぶれちゃ何にもならないからね。

「前にも言ったが、犬が来るのは一週間後だ。それまでにここを直そうと思ってな」

図面で指差したのは、タカ先生が自室に使っている、母屋の玄関のすぐ脇《わき》にある縁側のある部屋。

青い図面に、たぶんタカ先生が自分で引いた赤い線がある。

「この雨戸を一枚潰《つぶ》して屋根を載せるんだ。そして犬小屋から続けて板を渡して、犬が出入りできるようにする」

なるほど。

「じゃあ犬は家の中で飼っちゃった方が早いじゃないですか」

「いや、夜は犬は自分の犬小屋で寝るようにしたいんだ。昼は家の中に入ってきてもいいがな」

どうしてって訊いたら、犬は番犬で番犬は外だって言った。

「それにだな、もしも俺がバッタリ倒れてそのままになったら、犬は自分で外に出られるようにしないと、誰も助けを呼びに行けないじゃないか」

大吉さんと顔を見合わせた。まぁ、気持ちはよくわかる。

「材料はもう揃えてある。天気も明日は晴れだし気温も上がるそうだ。図面通りに組み立てれば明日一日で完成する」

タカ先生の言った通りその日はものすごく高い青空で、まさしく小春日和《こはるびより》ってやつ。

僕と大吉さんは朝の七時からタカ先生に起されて朝ご飯を食べて、顔を洗って着替えて、さてそれじゃあやりますかって話していたときに、ドアチャイムが鳴って玄関に出てみたら、そこでニコニコしていたのは相良さんだった。

「おはようございます」

玄関先で元気にお辞儀をした相良さんは、いつものピシッとしたスーツ姿じゃなくて、ごっつい靴にジーンズにラフなシャツにジャケットに大きめのウエストバッグ。それに大きなバックパック。

「どうしたんですか？」

訊いたら、笑った。

「これは現場のスタイルです」

「現場」

「私はこれでも建築設計士ですからね。現場で指揮したり自分で作業もするんですよ」

大吉さんも僕もなるほど、と頷いた。そういえばそんな話は前にも聞いたっけ。

「じゃ、今日は」

「そうです」

タカ先生の犬小屋を作るお手伝いに来ましたって言った。

「それでか」

二人で手を打って納得してしまった。いくら日曜大工に目覚めたとはいっても、タカ先生があんなに自信満々だったのは。

「ああ、済まんなわざわざ」

台所で後片付けしていたタカ先生が出て来て、相良さんに言った。相良さんはおはようございますって挨拶《あいさつ》して「それじゃあ早速始めましょうか」って犬小屋の方へ歩いていった。タカ先生も頷いて「よしやるか頼むぞ」ってさっさと相良さんの後について行ってしまった。

僕と大吉さんは玄関で二人の後ろ姿を見送って、いや見送るも何もすぐそこの三メートル先にいるんだけど。

「まぁ」

大吉さんが苦笑いしながら首を捻《ひね》った。

「何も訊かなくてもいいんだろうな」

「そうですね」

阿吽《あうん》の呼吸っていうのか、それとも馴染《なじ》んでいるっていうのか。二人の間には微妙な空気も、それから大家と契約した会社の社員って雰囲気も、ついでにいうと元の義兄と義妹なんていう感じも何もなかった。

ただ、自然に二人で一緒にいる空気ができあがっていたんだ。

「いつの間にって言いたいけど」

「野暮ってもんだな」

まるで工作キットみたいに全《すべ》ての材料が図面の寸法通りに揃っていたのは、相良さんが手配したものだったんだ。

それで、僕と大吉さんは鋸を一切使うことなく、まるでプラモデルを作る感覚でどんどん作業を進めていった。もちろん、全部相良さんの指示の通りに。

カナヅチを使って釘《くぎ》を打つなんて学校の技術の時間以来だった。大吉さんも俺もそうだって笑った。

それでも、本当にどんどん作業は進んでいって、昼前には大体の形はできあがっていて、後は床回りをやって色を塗って終わり。予定通りに一日でできあがってしまう。本当に建築設計士の人って感心する。そう言ったら、相良さんは首を横に振って言った。

「私にしてみればお料理が上手な佳人さんの方が感心しますよ」

相良さん、実は料理が苦手だそうだ。

「そういえば先生」

昼ご飯は予定していた通りピザの出前。これはもちろんタカ先生の奢《おご》り。いただきまーすって食べ出したら、大吉さんが言った。

「なんだ」

「犬って、犬種は？　聞いてなかったんですけど」

雑種だって笑った。

「父ちゃんだか母ちゃんだかは秋田犬らしいけどな」

「じゃあ、あんまり大きくならないですね」

「だろうな」

雑種は丈夫でいいってタカ先生が続けた。

「そうだって聞きますけど、本当ですか？」

相良さんが訊いたら先生は頷いた。

「本当だ。生き物は何でもそうだ。雑種になった方が強い」

「人間もですか」

笑った。

「無菌状態で育てられた奴《やつ》より、何でもかんでも経験した奴の方が強いだろ。それと同じだ」

そうかもね。

☆

恵美里とバッタリ会ったのは、今日子ちゃんが勤める本屋さん。

僕が新刊のコミックを買おうと思って〈石嶺酒店〉のバイトの帰りに寄ったら、雑誌の棚のところで、今日子ちゃんが棚に並んだ雑誌をきちんと直しながら、本を買いに来たらしい恵美里とちょっとだけ立ち話していた。

今日子ちゃんが僕を見つけて恵美里の肩を叩《たた》いて、僕の方を見た恵美里が思いっきり嬉しそうに手を大きく振ったので、思わず僕も振ってしまった。今日子ちゃんも僕を見て、ちょっとだけ手を振った。勤務中だしね。

じゃあね、って感じで恵美里が今日子ちゃんと別れて僕の方にやってきて。

「よっ」

　ポン、と肩を叩く。

「買い物？」

　訊いたら違うって。今夜は今日子ちゃんと晩ご飯を食べる約束をしていたそうだ。それで迎えに来たって。そうなのか、女性陣はそうやって会っていたのか。

「まだ今日子ちゃん上がるまで三十分ぐらいあるからお茶でもする？」

　恵美里がニコニコしながら言ってきた。

「んー、タカ先生が晩ご飯作って待ってるから、十分ぐらいなら」

「オッケー」

　そんだけしか時間がないならお茶するまでもない。本屋さんを出たところにある通路の壁際の休憩スペースの椅子《いす》に座った。

「タカ先生、元気？」

「元気元気」

　元気過ぎて困るぐらいだ。

「犬小屋が、いや犬の部屋が完成したよ」

「なにそれ！」

犬飼うの？ って嬉しそうに恵美里が言う。

「もう飼ってるよ」

いやーん、って女の子がよく出す声を出してじたばたした。女の子ってどうして嬉しいときにじたばたするんだろうね。

「早く会いたい！ 何犬？」

「雑種。でも秋田犬が入っているからそれにそっくり」

「色は？」

「今のところ白っぽいかな。でも大きくなると茶色くなるかもって言ってた」

もうすっかり家に馴染んでいる。基本的なことは元の飼い主さんが躾けたらしくて、まだときどき走って転ぶぐらいの子犬なのにお座りとお手はしっかりできる。

「トイレもやっと覚えたよ」

「そうなんだ」

「タカ先生があんなに犬好きとは知らなかったけどね。まるで孫を見るおじいちゃんみたいだよ」

恵美里はまたいやーんって言いながらニコニコしながら口に手を当てる。

「女性陣は元気？」

恵美里は、うん、って小さく頷いてから首を少し傾《かし》げた。

「でも、茉莉子さんと亜由さんはわからないかな」

「会ってないの？」

「会ってない」

約束通り、いろんなことを決めるまでは連絡しないっていうのは女性陣もそうだったって。

「でも、私と今日子ちゃんはもう決めてるから」

「戻ってくるって？」

「そう」

そうなのか。じゃあ。

「亜由さんは？」

「まだわかんない。メールを一回しただけ。元気だけど、まだ何も決めてないって。

茉莉子さんは全然」

そっか。でも。

「今日子ちゃんが戻ってくるのは意外だったな」

「大吉さんのことでしょ」

そう。恵美里は、ふふん、と笑って本屋の方を見た。

「若いオンナの回復力を嘗《な》めちゃいけないよ」

「回復したんだ」

「もう全開バリバリよ」

そんなタイプじゃないでしょ今日子ちゃんは。そう言ったら、うん、って恵美里は頷いた。

「でも、大丈夫だよ。また楽しく同居人ってことでやれるよ」

「そっか」

「うん」

恵美里がそう言うんなら、大丈夫なんだろう。タカ先生と相良さんの様子を教えてあげようかと思ったけど、何にも言ってこないってことはまだ知らないんだろう。恵美里が知ってたらゼッタイ嬉々《きき》として言ってくるはず。知らないなら、黙っていよう。戻ってきたときの驚きが大きいだろうから。

「あのさ」

恵美里が腕時計をチラッと見ながら言った。

「なに」

「佳人くんは間違いなく、戻るんだよね。〈シェアハウス小助川〉に」

「戻るよ」

今更何を言うんだ。

「実際、今も住んでるんだし」

「うん」

うん、って唇を結んで二回頷いた。

「バイトも〈石嶺酒店〉続けてるの？」

「もちろん」

ただ、新しいバイトは今から探していく。一年で出ることはまだ言わないでおこうと決めてるけど、それは言ってもいいだろう。

「新しいバイトも探すけどね。掛け持ちでもできそうなやつ」

「掛け持ち？」

なんで？　って少し驚いたように僕を見た。

「いや、お金を貯めたいから」

将来どうなるかわからないから、今のうちから節約して学費を稼ぐって言ったら、ふーん、と感心したように頷いた。

「でも、酒屋のバイトがずっとあるから、掛け持ちなんて無理じゃないの？」

「まぁやるとしたら夜のバイトだよね」

居酒屋とか、コンビニとか、そんなの。そう言ったら、バッ！ って感じで恵美里が動いた。

「ねぇ！」

「なに」

「コンビニ、しよう」

勢い良く言った。

「しようって、バイト？」

「そう。私もしようって思ってたの」

「コンビニで？」

うんうんって恵美里が頷く。

「だって、仕送りが十分あるからバイト不要って言ってただろ」

そうらしい。実際今まで恵美里はバイトをしたことないって言ってた。

「だって、いつまでもそれじゃ私だって困るじゃない。少しは自分で働いてお金を稼ぐってことを覚えなきゃ」

まぁそれはいいことだと思う。

「でも、大学も忙しくて今のところ夜しかできないし、そうなると親がうるさいしね」

「あぁ」

部屋を訪ねてきて、一度だけ会ったことのある恵美里のお父さんとお母さんは確かにそんな感じだった。うるさいっていうか、恵美里をとても大切にしていて心配性って感じ。

「特にお父さんはそうだよね」

「そうなの」

若い女の子が夜のコンビニでバイトだなんて！　って言うんだって。夜っていっても七時までとかそういう時間帯もあるんだけどね。

「だから、佳人くんと一緒にやるって言えば、親も許可してくれると思うんだけど」

「僕と？」

「そう」

「許可？」

「そう」

なんで？

「だって佳人くん、うちの親にゼツダイな信頼を抱かれてるんだもん」

「どうして」

「小さい頃にお父さんを亡《な》くして、それから家事を働くお母さんの代わりにしっかりやって、幼い弟と妹の面倒をしっかり見て、高校を卒業してからもそのために家をずっと守ってきたけど、お母さんが感謝してそろそろ独立しなさいとシェアハウスに住み始めて、管理会社からもゼツダイな信頼を得てプチ管理人をやってきた男の子」

随分一気に言ったな。

「嘘《うそ》じゃないでしょ？」

「うん。まぁ」

嘘ではない。確かに事実だ。

「しかも、火事騒ぎのときにはいちはやく飛び出して火を消して私達女の子を真っ先に逃がしてくれた勇敢な男の子」

まぁ、それも間違ってはいないけど誇張し過ぎだ。

「さらに見た目は人畜無害そうな草食系男子。親にとってこれほど安心なボーイフレンドもいないでしょう」

なんですか？

「いつから僕は君のボーイフレンドになったの」

まぁまぁって手を振って恵美里は笑う。

「そういうことにしておいてよ。その方が親が安心するんだから。とにかく」

「とにかくって」

「同じコンビニで、同じ時間帯にバイトしよ！　決定！」

決定って。

二十五

タカ先生が飼い出した犬に〈トラ〉っていう名前を付けたのは恵美里だそうだ。

僕がバイトから帰ってくるといきなり玄関まで転がるように走ってきて、ワンワン、じゃなくてまだ子犬の声でキャンキャン！　って鳴いて、手を出すとちょっと引いたけどすぐに近寄ってきて指を嘗《な》め出した。

そこにタカ先生が歩いてきて「来たぞ」って笑ったんだ。

「早かったんですね」

抱っこすると、いやがらなかった。そのまま居間まで連れていったらもう隅っこにケージが置いてあって、そこにタオルや犬のオモチャや水の入った皿もあった。犬の餌《えさ》の袋も置いてあった。

「勝手に餌をやるなよ。最初が肝心だからな」

「わかってます」

「人間の餌は、牛丼《ぎゅうどん》にした」

犬の相手ばっかりしていたら凝ったものを作るのがめんどくさくなって丼《どんぶり》で済ますことにしたって。なるほど。なんだかタカ先生の目尻《めじり》がいつもより下がっているような気もする。

温めてあったらしくて、すぐに先生は牛丼と味噌汁《みそしる》をお盆に載せて運んできてくれた。良い匂《にお》い。

「犬にはやるなよ。玉葱《たまねぎ》は毒だからな。これから料理するときは玉葱とか葱とかを下に落とさないようにな」

「そうなんですか？」

「俺も知らなかったが、そうらしい。中毒になるらしいな」

犬を床に置いたらくるくる足元を走り出した。踏みつけないように注意して手を洗ってきて、タカ先生と向かい合って座って「いただきます」を言った。

名前はどうするんですかって訊《き》いたら〈トラ〉だって。そして、恵美里が付けたんだって。

「電話してきてな」

「恵美里が？」

そうだって先生は苦笑いした。

「お前に犬を飼うって聞いたって言ってな。で、名前はトラでどうでしょうって」

それって。

「先生のお父さんの名前じゃないですか」

「そうだな」

亡くなった先生のお父さん。寅彦先生。僕も診てもらったことがある。

「恵美里は知ってて言ったんですかね？」

「だろうな」

たぶん、お母さんに、つまり先生の元奥さんに聞いていたんだろうって。義父だった人の名前は寅彦で、その息子が鷹彦。タカ先生。

「あの子は」

まだちっちゃくて、僕とタカ先生の足元にじゃれついてハァハァ言ってるトラを抱き上げてソファの上に乗せてから先生は言った。

「何かの本質を、自分ではまったくその気はないのにズバリと言い当てることがよくある」

「そうなんですか？」

「カンが良いんだろうな。天然ボケの反対だ」

反対って。

「なんて言うんですか」

「天然ツッコミか」

「ないですよそんな言葉」

ないけど、まぁなんとなくわかるような気がする。恵美里と話していると本当に何気ない会話の中でも一瞬ドキッとしてしまうことがあるんだ。何でお前わかるんだ！ってびっくりするんだけど本人は何も気にしていない。恵美里のカレシになる人は大変じゃないかって思う。

でも、犬の名前で本質を言い当てたってどういうことだろう。言葉に出さないでそんなことを考えていたら、先生がニヤリと笑った。

「前に話したな」

「何をですか」

先生が、自分の胸の辺りを箸《はし》で示した。

「ここが淋《さび》しいって話だ。親を亡くしちまって、それで淋しくてしょうがなかったって」

あぁそうだった。聞いた。喪失感、というものが想像以上だったって。牛丼を掻《か》き込んで、口をもぐもぐと動かした後にタカ先生は続けた。

「結局俺は、親父《おやじ》と話したかったんだな」

「話」

「お前も、いつかそんなことを考えることがあるかもしれん」

父さんを失った僕。

「俺は、考えてみれば親父と話したことがそんなになかった。自分の人生をどうするべきかとか、そんな大層なことでなくても日常のつまらない話とかそういうものを、二人でしたことはほとんどなかったんだ。生まれてからずっと同じ家に暮らしていたというのに」

考えたこともないし、僕ももうそれはできない。今のところ実感はないけど、そんなものなのかもしれない。

「仲が悪かったというわけでもない。まぁ忙しかったというのもある。親父は」

そこで言葉を切って、先生は少し視線を泳がせた。

「医は仁術というのを地で行っているような医者だった。患者に尽くすことが第一義。自分の時間を全《すべ》て患者のために費やしていた。当然家族と一緒に過ごす時間はなくなる。話す時間もなくなる。俺も医者になってからは同じようにして過ごしてきたつもりだったから余計にな」

お父さんと二人きりで、酒を飲みながら話したことなんかまったくなかったって。

それでも問題はなかったんだけど。

タカ先生は、少し息を吐《つ》いた。

「話したかったんだろうな。いろんなことを、どうでもいいことを、同じ男として、親子として」

できなかったことを思い出して、淋しくてしょうがなくなったんだろうって先生は言った。

「まぁ」

苦笑いした。

「親父は、何を情けないことを言っているんだと、怒っているかもな。引退して患者を放り出してお前は何をしているんだと」

「そんなことないですよ」

医者は辞めちゃったかもしれないけど。

「先生は、ちゃんと管理人をやってるじゃないですか。人の役に立っているんですよ」

今日子ちゃんも亜由さんも言っていた。タカ先生がいてくれたから、初めての一人暮らしがとても心強かったって。先生と話していると毎日を社会人として過ごす中で広がって行く不安がどんどん薄れていったって。

「まるでもう一人のお父さんみたいだって言ってましたよ」

「お父さんか」

先生が大笑いした。

「お前に慰められるとは思わなかった」

「いや、僕だってそんな感じに思ってますよ」

お父さんとまでは思えないけど、頼りになるちょっと変な親戚《しんせき》のおじさんみたいな感じ。

タカ先生がいなかったら、この〈シェアハウス小助川〉がうまく行ったとは思えない。いやそれなりにやっていくんだろうけど、きっともっとバラバラだったんじゃないか。

先生は、小さく頷《うなず》いた。

「そう言ってもらえるのはありがたいがな」

俺には子供がいないからな、って小さく呟《つぶや》いた。そう、タカ先生には子供がいない。

「でもまぁ俺は、たぶん子育てには向かん男だ。亜紀子もそういう俺がいやになって離婚したんだろう」

「小児科もやっていたのに？」

「それとこれは、別の話だ」

子供の病気を診ることと、自分の子供を育てることはまったく違うんだって先生は言う。

「子育てなんてものは、うまく行かなくてあたりまえなんだ。そもそも人間という複雑怪奇な動物を自分の思うようにきちんと育てるなんてことは、誰にも不可能なんだと俺は思うぞ」

「そういうものですか」

「じゃなかったら、医者はこんなに苦労せん。前にも言ったが病気を治療するということはその人の全部を診ることなんだ。ところが診ようとしたって人間のメカニズムそのものにいまだに未知の領域が山ほどある。わかっていること自体が少ないぐらいだ」

そうなのか。そういえば人間の脳はその何パーセントしか能力を発揮していないとか聞いたことはあるけれど。

「子育ては、自分を育てることだと誰かが言っていたな」

「自分」

「親が、親として子供と一緒に成長していくんだ。成長していくんだから当然のように間違う。予定と違ってくる。大人になるまで少なくとも十八年間以上一緒にいなきゃならん。俺はたった一人か二人か三人かの子供にそんなにかかりっきりになることなんか到底できん。そういう性格だ」

「そうですかね」

まぁ先生がそう言うんならそうなんだろう。

「親として成長するより、医者として成長したかったってことですかね」

タカ先生は、空になった丼をテーブルに置いた。

「そういうことだ。男には多かれ少なかれそういう側面があるもんだ。家族と仕事どっちが大事なの、なんて酷な質問なのさ」

「最近はそうでもないみたいですけど」

そうだなって先生は頷いた。家族あっての仕事です、なんて男の人が答えているインタビューとかも見たことあるし。先生は、ニヤリと笑った。

「お前は、どうなるのかな」

「どうなるんでしょうね」

まったくわからない。自分がどういう大人になっていくのかなんて。ましてや家庭とか仕事とか。考えなきゃならないんだろうけど。

「それで、どうするんだ」

ソファから降りたがっていたトラを、先生は床に降ろした。そのままトラは水を飲みに居間の隅っこに置いてある自分のケージに向かった。

「何がですか」

「恵美里と一緒にコンビニのレジをやるのか」

まぁ、やらざるを得ないでしょう。

「別にイヤじゃないですしね。時間も自由にできるし」

「そうだな」

煙草《たばこ》に火を点《つ》けながら、タカ先生は言った。

「お前がここを出た後も、そうやって繋《つな》がりがあれば皆も嬉《うれ》しいんじゃないか」

☆

ようやく修復工事が終わって引き渡しの日。

予定からちょっと遅れて十二月四日になった。でも日曜日なので引っ越しをするのにはちょうどいいんじゃないかってタカ先生は言っていたけど、僕と大吉さんには曜日は関係なくて、それ以前からちょこちょこ荷物を自分の部屋に運び込んでいた。

すっかり馴染《なじ》んでしまった母屋《おもや》での暮らしも終わって、元通りになった自分の部屋が、なんか懐《なつ》かしかった。そういう人間の感覚っておもしろいなぁって思う。母屋での暮らしもここでの暮らしもそんなに変わりはない。ただ寝る部屋が違うっていうだけなのに、自分一人の部屋だと思うと、自分のお金で借りている自由にできるところだという意識があると全然違ってくる。

その部屋に、自分の匂いが移るような感覚。実家には実家の匂いがあるし、母屋には母屋の匂いがあった。二ヶ月ぐらい母屋の部屋に住んだことになるけど、そこに僕の匂いが移るって感じはなかった。ずっと、タカ先生の家の匂いだった。

ここには、新しくはなったけど、もう僕の匂いがあるような気がする。

「さて、どうかな」

その日僕と大吉さんは休みを取ったんだ。けっこう無理やりに。そして朝からこれもきれいになった居間の大テーブルの前に座ってコーヒーを飲みながら待っていた。

もちろん、皆が帰ってくるのを。

あれからずっと確認はしていなかったし、相良さんも何も言わなかった。でも、きっと全員が戻ってくるって確信していた。だから、今日の引っ越しを全部手伝おうと思って待っていたし、晩ご飯も久しぶりに皆で食べようと思っていた。

「もし、誰かが来なくて、新しい人が来たらどうします？」

訊いたら大吉さんは笑った。

「まぁそれはそれでおもしろくていいさ」

「そうですね」

あれだよ、って大吉さんは言う。なんですかって訊いたら、ちょっとカーリーっぽい髪の毛を揺らせて頷いた。

「さりげなく、新しい人を迎えてやるんだ。〈welcome〉って感じでさ。ほら、海外に行くと外国人って観光客にさりげなく笑顔を向けてくれるし挨拶《あいさつ》してくれるじゃないか。あんな感じで」

「外国行ったことないですよ」

まぁ雰囲気はわかるけれど。

「しつこくなく、でも冷たくなく、ですね」

「そうそう。そんな感じで」

ここに入るときに相良さんは言った。仲間という言葉はあえて使わないと。ここはあくまでもアパート。いつかはここを出ていくであろう仮の住まい。同じ目的を持った人が集まるわけでもないし、あえて仲良くなる必要もない。そういう場ではない。だから仲間意識は持たない方がいい。

でも、毎日をここに住んでいる皆で気持ち良く過ごそう、っていう目標はあるはずなんだ。それは入居のときに相良さんにきちんと説明された。いい雰囲気を作るために皆で少しでいいから努力をしてもらう。そういう家なんだって。

それは、どこでも同じことだって思うようになった。会社でも、学校でも、たとえば町内会だって、そこにいる人が皆でそういう気持ちになっていれば大きな争いなんて起こらないはずなんだ。起こってしまうのは、そういう気持ちになれない人がいるってことだ。他人なんかどうでもいい人。あるいは、自分のことしか考えられない人。家事だって同じだと思う。ただ家を片付けたり食事を作ったりすることだけが家事じゃない。そこで暮らす全員が気持ち良く過ごせるようにすることが、家事なんだ。そして家事をやってもらう人もそれに協力した方が長くずっとうまくいく。

車が停まる音がした。

「誰か、来たかな」

「恵美里じゃないですかね」

たぶんそうだなって二人で言っていたところに、玄関が開いて、「ただいまー！」っていう必要以上に元気な恵美里の声が聞こえてきた。わざと二人でそのまま座って待っていたら、引き戸が開いて恵美里の姿が現れた。

「なぜ、出迎えに出て来ないの！」

笑顔でそうやって大きな声を出した恵美里に、二人で笑った。

その後も、今日子ちゃん、亜由さん、そして茉莉子さんと上手《うま》い具合に時間差で皆が引っ越し荷物と一緒にやってきた。

今日子ちゃんと恵美里は時間をズラして荷物運ぼうねという話をしてきたらしいんだけど、亜由さんと茉莉子さんが本当にグッドタイミングで時間がズレたのは偶然だった。

一度は住んだ家。荷物も必要なものはわかっていたし、どこに置けばいいのかも皆がわかっていたので、あっという間に片付けは終わった。そうやって片付け終わると火事が起きて全面的に修繕したなんて思えなくて、今までとまったく同じように全てが納まってしまった。

玄関の靴も、〈帰ってきたよマグネット〉も、居間のお菓子入れも、お風呂《ふろ》の〈入ったマグネット〉も、テーブルの上の連絡ノートも、何もかもが元通りになっていた。

やれやれ片付いたって言って皆でコーヒーを飲もうという話になって、出したカップも火事の前と同じもの。

それぞれが座る位置も、同じ。

「やー、揃《そろ》ったね」

恵美里が嬉《うれ》しそうに言うと、亜由さんが頷いた。茉莉子さんも微笑《ほほえ》んだ。亜由さんは会わないうちに髪を随分短くしていた。

「ここがやっぱり居心地がいいってことがよくわかったわ」

茉莉子さんが言うと、今日子ちゃんも頷いた。そこに、タカ先生が入ってくると、女性陣の「わー！」という歓声が響いた。

それは決して久しぶりに会うタカ先生への歓声じゃなくて、先生が連れてきたトラへのもの。皆が動物好きだっていうのはわかっていたからね。残念ながら茉莉子さんや今日子ちゃんは犬より猫の方が良かったみたいだけど、番犬になるから嬉しいって言ってたそうだ。

家に来たときより随分大きくなったトラは、最初は初めて会う女性陣に一瞬怯《ひる》んだり警戒したりしたけど、基本的に女性好きらしくて、すぐに皆の手をペロペロ嘗め出した。

「今日だけな」

タカ先生が言う。トラをこっちに連れてくるのは今日だけ特別だって。ひょっとしたら将来入居する人の中には犬が苦手な人もいるかもしれないし。アレルギーの問題もあるかもしれない。幸いこのメンバーの中にそういう人はいなかった。

「佳人」

タカ先生が僕を呼んだ。

「はい」

「再会の宴《うたげ》の、今夜のおかずはなんだ」

そりゃあもう。

「いい季節ですからね。鍋《なべ》ですよ」

冬の夜に皆で食べるっていったらそれしかないでしょう。

居間の大テーブルで肉団子も入れた味噌味ベースのちゃんこ風の鍋。

会話は、弾んだ。僕と大吉さんとタカ先生はずっと一緒にいたから別に報告し合うこともなかったけど、女性陣はバラバラだったから。

今日子ちゃんの書店の店長がこの間入れ替わったそうで、実は今までの店長とはどうしても反りが合わなかったんだけど、新しい店長さんとはすごく話しやすくて嬉しいって言っていた。その笑顔が本当に嬉しそうだったから良かったなって思っていた。

今日子ちゃんは細かいことが気になる人だ。そして気にする自分をイヤだって自己嫌《けん》悪《お》に陥りやすい女の子。

「まぁ」

タカ先生が頷いていた。

「上司と気が合う合わないはどうしようもないもんだが、できれば気持ち良く仕事できた方がいいからな」

　そういうものだと思う。雑誌担当だったけど、今度は文庫担当になったって。小説好きの今日子ちゃんだからこれも嬉しかったらしい。

「なんだか、イイ感じばかりで、しかもここに戻ってこられて嬉しいんです」

「災い転じて福となすってやつだな」

　実家に戻って遠距離で幼稚園に通っていた亜由さんには特に変化はなかったけど、お見合いの話を持ってこられて困ったと言っていた。どうやら親戚にそういうのが好きな人がいるらしい。丁重にお断りしたそうだけど。

「カレシできたもんね」

　恵美里が言うと亜由さんはちょっと慌《あわ》てたように恵美里を突っついた。

「初耳だな」

　大吉さんが言った。僕も初めて聞いた。

「高校時代の同級生なんだよ。偶然再会して、付き合い出したんだって。でもね、親にはまだ内緒なの」

「なんでまた」

「ミュージシャンなの」

インディーズで、バイトしながら活動をしている人らしい。

「ほら、亜由ちゃんのご両親、ちょっと固いからね」

なるほど、って皆が頷いていた。

「まだまだ前途多難だな」

そうなんですって言いながら、亜由さんはちょっと嬉しそうだった。確かに亜由さんのお父さんはミュージシャンの卵なんてカレシを認めなさそうだ。

茉莉子さんは結局ずっと月極《つきぎ》めの賃貸マンションから仕事に通っていた。意外と楽なものだったわって笑った。

「この年になって初めて気づいたのだけど」

「なんですか」

「私、ああいう味気ない部屋でも全然平気なのね。自分でも驚いちゃった」

最初は気が滅入《めい》りそうで困ったと思っていたけど、二、三日したら慣れてしまった。むしろ広くない方が楽でいいわ、なんて思ったそうだ。

「人間、自分のことでもわからないことが多いのね。勉強になったわ」

でも戻ってこられたから、当分ここにいるつもりだって。

「当分というか、私ここの主《ぬし》になるのかも」

「主って」

茉莉子さんは笑ったけど、本気よって続けた。

「今のところ私は誰かと結婚する気はまったくないし、独り身でこのまま死ぬまで生きていくつもり。身体《からだ》が動かなくなったりしたらどうしようもないからそういう施設に移るだろうけど」

「一人で動けるうちはここにいる、かい」

タカ先生が訊いたら茉莉子さんは微笑んで頷いた。

「きっとここは若い子がどんどん入れ替わるわよね。その若さを吸い取って永遠に生きてやるわ」

コワっ！　って恵美里が言って皆で笑った。

「入れ替わるって言えばさぁ」

恵美里が僕を見た。そうか、そこで振ってきたか。まぁ早めに皆に言おうって思っていたからいいけど。

「なに？」

亜由さんが僕の顔を見た。

「せっかくまた皆が揃ったのに申し訳ないけど、僕はあと三ヶ月、契約更新の月には更新しないで実家に戻ります」

　恵美里以外の女性陣が「えーっ」って軽く驚いてくれた。良かった。これで、あらそう、とか軽く流されたらどうしようって思っていたけど、理由を説明すると皆が納得してくれた。それはとってもいいことだって。

「見習うよ。キミのそういう真面目《まじめ》なところ」

　恵美里が肉を口に放り込んでからまったく真剣味のない口調で言った。

「それはもう、相良さんには言ってあるの？」

　茉莉子さんが訊いたので頷いた。

「言ってあります。次の入居人も早く探せた方がいいだろうから」

「もっとカッコいい男の子がいいなー」

　皆が少し笑った。言うと思ったよ恵美里さん。

「じゃあ、このメンバーもあと三ヶ月ぐらいなのね」

　茉莉子さんが言った。ちょっとだけ残念そうな顔をしてくれた。タカ先生が、ポン酢を小鉢に足しながら小さく頷いた。味噌味なのに先生は鍋にはポン酢を使わないと気が済まないんだ。ちょっとポン酢を使い過ぎだといつも思う。

「まぁそれもちょうどいいさ」

「ちょうどいいって？」

大吉さんが訊いたら、タカ先生は続けた。

「第三者的な眼で見れば、ここの皆はうまく行っている。それは悪いことじゃない。いいことだが、まだ若い三人娘は、これから先に社会の荒波に揉《も》まれることも多い。ひょっとしたら仕事の都合でどこかに引っ越すかもしれん。さっさと結婚して旦那《だんな》とどこか遠い町に居を構えるかもしれん」

そんなときに、って水菜を食べてから続けた。

「こういう良い環境で過ごしたことは間違いなく力になるが、逆に弱点になることもある。メンバーが入れ替わってそれがそよ風でも強風でもなんでもいいから、新鮮な風に当たった方がいい」

茉莉子さんも、そうね、って頷いた。

「私なんかはもうずーっと凪《なぎ》でもいいんだけど」

「まぁそれは俺も同じだ」

タカ先生と茉莉子さんが二人で笑い合った。言ってることはわかる。確かにここはすごく居心地が良くて、ずっとこのままでいいって思うけど。

「でも、佳人くん家が近いし」

亜由さんが微笑んで言った。

「そうそう、ときどき遊びに来て晩ご飯を作ってくれればいいよ」

恵美里が亜由さんの後に言うと、亜由さんと今日子ちゃんが大きくそうそうって頷いて、今日子ちゃんが言った。

「いっそのこと、佳人くんがここの料理人兼管理人になったら楽しいね。食事付きの家賃にして」

「あ！　それいい！」

恵美里が手を叩《たた》いた。

「それはキミが料理をしたくないだけだろ」

「バレたか」

恵美里は、料理するのはキライじゃないらしいけど、そんなに上手じゃない。タカ先生がティッシュを取って口についた何かを拭《ふ》きながら、それなんだがな、って皆に言った。

「それってなんですか」

大吉さんが訊くと、先生は「料理だ」って言った。料理がどうしたんだ。

「ちょっと聞いてくれ」

手を軽く皆に向けて上げた。なんだろうって皆がタカ先生を見た。

「俺は医院を辞めてから、ずっと勉強をしていたことがあるんだ」

いきなり何の話でしょうか。

「何の勉強ですか？」

今日子ちゃんが訊いた。

「漢方医学だ」

「漢方」

それは、漢方薬の漢方なんだろうか。そう訊いたら、そうだって。

「むろん、医師として昔から興味があったからなんだがな。ここで近代西洋医学と漢方医学の違いの講義はしないぞ。まぁ皆もなんとなくぼんやりと知ってるだろう」

ぼんやりだけどなんとなくは。

「それで、ここの管理人になって佳人が来てからは料理も覚え出した。そうすると、中華の薬膳《やくぜん》なんかにも興味が出て来た。女性陣はよく知ってるんじゃないか」

「知ってる。〈南京楼《ナンキンろう》〉が美味《おい》しいよね」

恵美里が言うと茉莉子さんがそうそう、って。

「よく食べに行ったりするか」

「皆では、二回ぐらい行ったかしら」

うんうん、って皆が頷いた。そうか、そんなところにご飯を食べに行っていたのか。

タカ先生は、うんうんって頷いて続けた。

「生活の基本は身体だ。身体さえ丈夫ならなんとかなる。健全な肉体に健全な魂が宿るってのは大げさ過ぎるが、意外と的を射た表現だと俺は思ってる。身体が正しく機能していれば、あれこれ悩むことだって少なくなるもんだ」

確かにそうかもしれない。どっかが痛いって毎日感じているとそれこそ気が滅入ってきて、ささいなことにでも悩んでしまうかも。

「管理人として、医師として、入居者の健康に気を配るのが俺の仕事だ。ただ、治療や投薬をしないで話をしているだけでは限界がある。かといって今更医院を再開するつもりもない。病気になってしまった人を診るんじゃなく、入居者が病気にならないようにしてやるのが、これからの俺の仕事じゃないかと、最近考えてな」

皆が、なるほどぉ、と頷いていた。

「え？　それで薬膳の話が出たってことは？」

茉莉子さんが何か思い当たったような顔をしてタカ先生に訊いた。先生は頷いてから、茉莉子さんじゃなくて大吉さんの顔を見た。

「大吉」

「はい」

呼ばれて大吉さんは何でしょうって顔をした。

「それから、佳人」

僕？

「なんですか」

タカ先生は、微笑んだ。

「これから話すことは、あくまでも俺の思いつきだ。決してお前たちの将来を縛ろうとかそういうんじゃない」

将来？　縛る？

一体何のことか、話がどこに進むのかわからなくて、僕と大吉さんは顔を見合わせた。

「大吉は、将来自分の店を持とうとしてコックの修業を始めた。そうだな？」

「そうですね」

「佳人はまだ自分の将来が何も見えないが、すでに家事のプロフェッショナルと言ってもいいし、人の役に立つことが何よりも嬉しいと感じる男だ。それはここにいる皆がよく知っているだろう」

皆が僕の顔を見て、うんうん、と頷いて微笑んだ。そういうふうに言われると恥ずかしいけど、まぁそうかもしれない。

「俺はな、近い将来に母屋《おもや》を改装しようと思う」

「改装？」

「食事が出来る店を開く」

お店？　皆が眼を丸くした。

「むろん、今の造りを生かしたままだ。ここと繋がっている母屋のままで改装する。そして、そこでは薬膳料理だけというわけじゃない。世界中の健康にいい料理を一生懸命勉強して、食べる人が心も身体も健康になる料理を出す食堂にしたいと思っている。そしてな」

皆を見回してニヤッと笑った。

「そこでは、入居者が自由にご飯を食べられるようにする。朝・昼・晩とな。むろんそうなったら家賃も多少は高くなるかもしれんが、要するに」

「昔の下宿みたいな、賄《まかな》い付きの〈シェアハウス〉にするってことですか！」

大吉さんが少し驚いて言ったら、タカ先生はそうだってニッコリ笑いながら頷いた。

「〈シェアハウス〉の食堂にするんだ」

「食堂」

「むろん、自分でご飯を作りたい人間はそうすればいい。たまにでいいから食べたい人間には入居者用の特別価格で提供すればいい。朝飯百円で晩飯は二百円とかな。入居者以外の普通のお客様には普通の値段で提供する。〈シェアハウス〉の食堂であると同時に、普通に営業するレストランだな。そういうことを俺は考えているんだ」

広い店じゃないって先生は続けた。

「居間と台所を改装して、せいぜいが入って十人だろう。それぐらいの小さな店だ。ひょっとしたら庭も使えばテラスみたいにして二十人ぐらいは入れる店になるかもしれんが、まぁそれは考えてみての話だが」

「それって！」

恵美里が思いっきりニコニコして前のめりになって訊いた。

「奈津子叔母さんも知ってる話？」

「もちろんだ」

タカ先生もニコニコして頷いた。

「あそこに許可を取らんとできない話だからな。改装するにしても奈津子ちゃんの協力がなきゃできん。もっとも、皆も知っての通り俺は金がない」

普通に一人で生活する分には何の不自由もないって前に言っていたけど、それはそうか。飲食店に改装するにはそれなりにお金が掛かる。

「だから、コツコツと自分一人でできるものならやってみようと思う」

一人で。それでか。

「ひょっとして、〈トラ〉の家を造ったのはその準備だったんですか？」

「そうだ」

やってみたら、意外と巧《うま》くできたよなって先生は笑った。確かにそうなんだ。相良さんの協力があったとはいっても、本当に驚くぐらい上手に先生は大工仕事をこなした。

「ひょっとしたら改装が終わるまでに何年も掛かるかもしれん。その間に皆はここを出ていってしまうかもしれないんだが、どうだ」

タカ先生は皆を見回した。

「一応、今現在の入居者の確認を取りたいんだが、賛成してくれるか」

「もちろんですよ」

茉莉子さんが大きく手を振った。

「私なんかこれからますます健康に気を使わなきゃならないから。先生がそんなことをやってくれるんなら大助かり。自分でご飯を作らなくていいなんてこんな嬉しいことはないわ」

「私も！」

恵美里なんか勢い良く手を上げた。今日子ちゃんも亜由さんも嬉しそうに頷いていた。

「完成するまでここに居たいです」

亜由さんが言うと、今日子ちゃんもそうしますって。

「そうか」

ありがとうってタカ先生は言って、それから、僕と大吉さんを見た。

「それで、だ。大吉、佳人」

「はい」

「お前たち、そこをやってみないか」

やるって。

「経営も料理もお前たちに任せてもいいってことだ。やるんだったら、店造りから参加してほしい。どういう店にしたらいちばんいいのかを一緒に考えてほしいんだがな。

もちろん強制じゃない。店をやってみて、その後お前たちが別の道を歩むのなら店は俺一人で好き勝手にやるから問題ない」

また大吉さんと顔を見合わせてしまった。大吉さんの眼がきらきらしていた。

「やらせてください！　いや、でも俺はまだ修業中で」

そりゃそうだってタカ先生は言った。

「俺も勉強中だ。そして佳人も一年間は弟妹《ていまい》のために稼ぐと言っている。三人揃ってスタートするのは一年後でどうだ」

一年後。

「その間に心変わりしたとしても、俺が店をやることには変わりはないから安心していい」

どうだ佳人、ってタカ先生は続けた。

「お前が好きな家事を、家族のためにじゃなくて、ここに暮らす誰かさんのためにやってみるっていうのも、お前に似合うような気がするんだがな」

そうタカ先生に言われた瞬間。

自分でも驚いたんだけど、その場面が見えたんだ。頭の中にまるで映画のようにパッと広がった。

母屋を改装したレストランの厨房《ちゅうぼう》で料理をしている自分の姿が。そしてそれは、とても楽しそうで魅力的なことに思えたんだ。そんなことは、初めてだった。

二十六

一応未成年だから、親にも相談してみた方がいいってタカ先生に言われて実家に帰った。そして、タカ先生の構想を話して、それをやってみたいんだって母さんに相談すると手を打って喜んだ。

「あんたにぴったり!」

「そう思う?」

思う思うって、勝人も笑美もうんうんって頷《うなず》いていた。

「素敵じゃないの! 入居者のみんなの健康を考えながら毎日料理を作るって。しかもちゃんとお金を稼いで」

「稼げるかどうかは別問題だけどね」

それはタカ先生にも大吉さんにも言われた。果たしてレストランとしてきちんとやっていくことができるかどうかは、これから考えなきゃならない。入居者が全員〈食堂〉でご飯を食べる契約をしたって、それで僕と大吉さんの給料が賄《まかな》えるわけじゃない。

タカ先生は自分一人が生活していけるお金はあるけど、僕と大吉さんはあくまでもその〈食堂兼レストラン〉の収入で生活しなきゃならないんだ。

「まぁ住むところは母屋《おもや》があるからいいんだけどね」

とりあえず家賃の心配はしなくていいからそこだけは安心なんだけど。

「それはもちろん」

母さんも真面目《まじめ》な顔をして頷いた。

「考えなきゃならないことよ。あんたはまだそこまで考えられないだろうから、レストランで働いている経験者である大吉さんや、お店を作ったこともある相良さんや、そうそう石ちゃん！」

「石嶺さん？」

「あの人はいろんなレストランにお酒を卸しているんだから、そういう知り合いも多いのよ。相談してみるといいわ。母さん話しておくから」

それは確かにそうだった。僕が配達をしているだけでも何十軒ものレストランがあるし、オーナーさんはほとんど石嶺さんの古い馴染《なじ》みの人ばかりだ。心強い相談相手かもしれない。

「でも母さん」

「なに」

「大学に行ってほしかったっていう母さんの希望は叶《かな》えられなくなっちゃうけど」

母さんは、少し笑って言った。

「そんなのは、いいのよ」

そりゃあね、って続ける。

「あんたがいい大学入ってくれれば人様に自慢できるかもしれないわよ。でも、いい大学に入ったからって将来いい仕事ができるとは限らない。一流の企業に入ったってそこでどうなるかはわからない。全部、あんた次第なんだから」

確かにそれはそうだ。

「母さんはね」

「うん」

「あんたが、自分で進みたい道を見つけて、そこで一生懸命頑張ってくれるんならそれでいいの。それがいちばん嬉《うれ》しいの。母さんの人生じゃなくて、あんたの人生なんだから」

「わかった」

でもね、って真面目な顔をした。

「自分の選んだ道を、将来をきちんとやっていくっていうのは、今までの何十倍も大変なことなのよ。そういう覚悟だけはしておきなさい。何があっても頑張るんだっていう気持ちを持ちなさい」

了解。

それで、一年間は実家に戻ってアルバイトを増やしてどうのこうのという話をして、それじゃあなおさら石嶺さんに相談しないとって話になっていた。それはもちろんだ。今まで何年間も僕の面倒を見てくれた石嶺さん。最初の頃なんか何もわからないから、本当に面倒を掛けたって思ってる。

翌日のバイトが終わって、話をしようと思っていたら石嶺さんにまぁとりあえず家に上がってくれって言われたんだ。お店の裏と二階は石嶺さんの自宅。何を改まって、って思っていたんだけど。

「かっちゃんから話を聞いてさ」

かっちゃんっていうのは母さんのことだ。佳也子《かやこ》。石嶺さんは同級生だからね。いつもかっちゃんと石ちゃんって呼び合ってる。

「あそこで料理のお店をやるんだって？」

「はい」

将来的に、の話だけど。

「それはまだおいといて、とりあえず夜のコンビニのバイトも始めようと思って」

言ったら、まぁ待てって石嶺さんは手を広げた。

「勝人くんと笑美ちゃんのために一年間働いてお金を貯《た》めるっていうのは、偉いけどさ。でもお金を貯めると同時に、料理やいろんなことの勉強ができた方がいいよね。コンビニじゃあ、そういう勉強はできないだろうし、夜中に勉強するっていうのもかなりつらいだろう」

それはまぁそうだけど。石嶺さんは、パン、と膝《ひざ》を打った。

「で、実はふっと思い出してさ。昨日話を改めて聞いてきたんだけど」

「話？」

誰に何の話を聞いてきたんだって思ったら、石嶺さんはニヤリと笑った。

「佳人くん、フランスに行かないか？」

「はい？」

フランス？

なんだそれ？

「ほら、〈KOUSAKA〉あるだろ。フレンチの」

「あぁ、はい」

フランス料理店の〈KOUSAKA〉。お店の名前の通り、シェフは向坂《こうさか》さん。駅の近くでもう二十年やっているお店だ。安くて美味《おい》しくて地元の名店になってる。うちからはワインをたくさん卸しているから、僕はもう何百回も顔を出している。

「彼の知り合いのシェフの店が南フランスにあるんだってさ。小さな町の小さなレストランなんだけど、店には畑もあってね。自分たちの店の食材になる野菜は全部自分たちで作っているし、牛も鶏も飼っているんだって。そういう店らしいんだ」

「へぇ」

それはすごい。

「そこからね、日本人の若い働き者はいないかって相談されていたらしいんだ」

「働き者」

石嶺さんはうん、って頷いた。

「そこのシェフが日本贔屓《びいき》でね。日本の普通の家庭料理をいろいろ勉強したい。そこで日本の家庭料理のことをよく知っていて、なおかつ農作業なんかも進んでやりたがる若い下働きがいたら紹介してくれって向坂さん頼まれていたんだ。その話は俺も聞いていたからさ。佳人くんのことを言ったら、向坂さんも彼なら胸張って紹介できるって言い出してさ」

ええ？

「もちろん給料は出る。近くにある、店の持ち物の農家に住み込みだから家賃も食費もかからないし、田舎だから遊ぶところもなくてまるまるお金が残る。しかも、南フランスの身体《からだ》にいい料理の勉強や農作業なんかも実地で覚えられる。なんかいいことずくめのような気がするんだけど、どう？」

どうって。

「でも、ここのバイトは」

そんなの、って石嶺さんは手をひらひらさせた。

「そりゃあ佳人くんに抜けられるのはイタイけどさ。いつまでもうちでバイトってわけにはいかないだろう。うちとしても佳人くんを正社員で雇ってあげたいけど、それじゃあ将来は見えないでしょ」

いや、そんな卑下することもないと思うけど、実際問題〈石嶺酒店〉は家族でやってるお店だからそんな余裕がないことはわかってる。

「〈小助川医院〉だったらさ、庭だってすごい広いじゃないか。もし本当にタカ先生が身体にいい料理のお店を開くんだったら、野菜だって自分たちで作るなんていう話にも繋《つな》がってくるんじゃないの？　あそこならちょっとした野菜ぐらい作れるよ。そのいい勉強にもなるじゃないか」

「あ」

確かにそれはそうだ。そんなこと考えたこともなかったけど。

「そして、あれだよ」

「あれ」

石嶺さんは、にっこり笑った。僕の肩を、ポン、と叩《たた》いた。

「人生ってさ、一生に一回はこういうどんぴしゃりのタイミングできっかけが降ってくることってあるんだよ。今がきっとそのときなんだよ。僕はそう思うんだけどな」

僕が、南フランスに？

フランス語どころか英語だって満足に喋《しゃべ》れないのに？

話がとんとん拍子で決まってしまったんだ。

いや、決めたのは僕なんだけど。

石嶺さんから話を聞いたその足で今度は二人で母さんのところに戻って説明したら、母さんもそれはいい！　って喜んだ。そしてそこから石嶺さんが向坂さんに電話して、会う段取りをつけてもらって、会いに行ったらもう。

話が決まっていた。

いつでも来いって。

三ヶ月後なんて言わずにすぐに来いって向こうのシェフが言っていたそうだ。

「向こうも喜んでいたよ。そういう若いのなら大歓迎だって」

☆

「なんだってまぁ」

皆が戻ってきて一緒に鍋《なべ》を食べて、さぁ新しいいつもの日々が始まると思ったその二日後にそういう話になってしまって、夜になって母屋に行って説明したら、タカ先生が驚いていた。

でも、ものすごく嬉しそうな顔をして喜んでくれた。

「びっくりですよね」

「そういうものなんだ。人生ってのはそういうことが起きるんだ」

タカ先生がそう言って煙草《たばこ》に火を点《つ》けたので、僕は扇風機のスイッチを入れた。

「目的を持って動けば、何かが動き出すものなんだ。往々にしてそういうことが誰の人生にでもある。逆に言えば動かなきゃ何も始まらんってことさ」

そうなのか。それは石嶺さんも言っていたけど。

「しかし、忙しくなるな」

タカ先生が言った。そうなんだ。やらなきゃならないのは、まずパスポートを取ること。それがないとどうにもならない。それから就労ビザ。それがないと向こうで働くことができない。

就労ビザか、ってタカ先生が顔を顰《しか》めた。

「詳しくはないが、向こうで手続きが必要なんだろう？」

「そうなんです」

話では僕を雇う人が、まず移民局とかに手続き申請をしなきゃならないそうなんだ。

でも、それはすぐにやってくれるって。そして向坂さんが詳しいから、ビザを取って渡航するまで全部面倒を見てくれる。

「早かったら許可が下りてビザが発行されるまで三週間ぐらいですって」

場合によっては一ヶ月とか二ヶ月とか掛かることもあるらしいんだけど。

「まぁどっちみちここを出る予定だったのは三ヶ月後だったんだからな」

「そうですね」

時間が掛かったっていい。行くことは間違いないんだから。

「フランスのどこだって？」

「南フランスのモンプリエっていう町です」

全然聞いたことがないのでネットで確かめた。向坂さんはモンプリエって言っていたんだけどWikiにはモンペリエって書いてあった。

「聞いてもまったくわからんが、気候のいいところなんだろうな」

「僕もわかりません」

二人で笑った。とにかく地中海はすぐ近くだっていうからいいところなんだろうと思う。

「店自体はその町の外れの田舎にあるらしいんですけど、〈プティ・エスコフィエ〉っていうレストランです」

「フランス語を覚えるのが大変だな」

それだけが本当に頭が痛いんだ。

「とりあえず、厨房《ちゅうぼう》で使われるような単語や簡単な受け答えは向坂さんが教えてくれることになってますけど」

向こうに出発するまで、空いている時間に〈KOUSAKA〉の厨房で皿洗いでもしながら覚えることになったんだけど、覚えられるかどうか自信はまったくない。

タカ先生は大丈夫だって笑った。

「医者がドイツ語を扱うのは知ってるか？」

「あ、知ってます」

「今はそんなことはあまりないんだが、俺の前の世代なんか論文もドイツ語だった。医大時代にもよく悩まされたもんだが、やればなんとかなるもんだ」

要はやる気だっていう。

「ましてやお前はフランスに放り出されるんだ。必死になれば人間は覚えるもんさ」

「そう願ってます」

眠っていたトラが急に起き出して、僕に近寄ってきた。頭を撫《な》でたら擦り寄ってくる。遊んでって言ってるみたいに。

「まぁこっちのことは任せておけ」

タカ先生は煙草を吹かして言った。

「お前がいない間に、準備を進めておく。どうせお前と大吉はパソコンでいつでもやりとりできるんだろう？」

「向こうもネットが使える環境であれば」

たぶん大丈夫だと思う。

「様子はわかるわけだし、その気になれば三人で話すこともできるんだろう」

そうやって、ゆっくり準備をしていけばいいって頷いた。

「乾杯するか」

言いながらタカ先生は立ち上がって台所に向かった。

「乾杯って」

目出度《めでた》い門出の話をしているのに、乾杯がなきゃ落ち着かん。そう言いながら先生はグラスを二個とワインを持ってきた。

「生憎《あいにく》とフランスじゃなくてイタリアのワインだがな」

しかも一杯分しかなくて、二人で分けたらほんの二口ぐらいになった。

「じゃ、乾杯だ。お前の未来に」

「僕だけですか」

そう言ったら苦笑いした。

「そうだな。ここの未来にだな」

〈シェアハウス小助川〉と、ここに集まった皆の未来にって言って、タカ先生はグラスを掲げた。

僕も、そうした。

☆

それからのことは、あっという間だった。

就労ビザが下りて、僕は準備をして、契約の期限が来る前に〈シェアハウス小助川〉を後にした。

大吉さんが送別会をやろうって話したらしいけど、恵美里がダメだって言ったらしい。理由は送別会なんて帰ってこないみたいだからイヤだって。ちゃんと帰ってくるんだから、普通に「いってらっしゃい」を言ってそれだけでいいじゃないかって。

僕はその場にいなかったんだけど、大吉さんの話では恵美里の眼が潤《うる》んでいたらしい。

ちゃんと話をしてやれよって大吉さんに言われた。

なので、ちゃんと話をした。部屋の中では二人きりで話ができないので、いつも行く駅前のドトールで。

一緒にコンビニのバイトをできなくなったけどゴメンって。そうしたら恵美里は、ちょっと口を尖《とが》らせた。

「しょうがないけど」

「けど？」

昼がごにょごにょ動いていた。

「アルバイトは他にもあるから。家庭教師とか」

「そうだね」

それだったら恵美里のお父さんお母さんも安心だと思う。

「一年で帰ってくるんだよね」

「その予定だけど」

ひょっとしたら、もうちょっと長くなるかもしれない。最低でも一年で、あとはタカ先生と大吉さんの準備次第。大吉さんは単に料理の修業をするより、そういう目標がはっきりしたほうが具体的にできていいって喜んでいた。お店をやってる友達に頼んで、あちこちの店に武者修行に行くかもしれないって言っていた。だから。

「三人でそろそろいいかって話をして、そうしたら帰ってくると思う」

恵美里がちょっとだけ眼を伏せて、言った。

「一つだけ約束してよ」

「いいけど」

何の約束なんだ。顔を上げた恵美里は、なんだかちょっと怒ったような顔をしていて、言った。

「フランス人の彼女なんか連れて帰ってこないでね」

うん。まぁそれはないな。

「私もカレシ作らないようにするから」

「わかった」

言いたいことは、わかった。気持ちもわかったと思うから、言った。

「ちゃんと、戻ってくるから。恵美里のところに」

ていたのかな。

〈プティ・エスコフィエ〉のシェフ、バジーリオさんを見た瞬間に僕はスーパーマリ

オを思い出してしまって笑いそうになるのをこらえた。フランスの人はマリオを知っ

ているかなぁ。

☆

バジーリオさんはかなりおもしろそうな人で、僕の背中をバシバシ叩きながら

『Tout se passera bien』って繰り返していた。もちろん、なんて言ってるかわから

ないんだけど、店のスタッフに少しだけ日本語がわかるファビオさんって人がいて、

〈何もかも上手《うま》く行くさ〉って意味だって教えてもらった。

店には全部で十二人のスタッフがいた。お店に出ているのはその内の半分ぐらいで、

後の半分は畑の方の専門スタッフ。スタッフというか、ほとんどがバジーリオさんの

家族だった。おじいちゃんおばあちゃんに叔父さんや伯母さんもいて、僕のことを本

当に歓迎してくれた。僕の部屋もバジーリオさんの家に用意されていたんだ。いかに

もフランスの田舎の農家って感じで、まるで映画みたいだってちょっと感激していた。

まるで昔の小学校みたいな板張りにシングルベッドとライティングデスクだけの小

さな部屋。でも、布団《ふとん》は新品でふかふかしていて、バジーリオさんの奥さんが日本人は布団を大切にするからってわざわざ用意してくれたらしい。心遣いがとても嬉しかった。

僕のここでの役割は厨房での下働きと、日本の家庭料理の味をバジーリオさんとスタッフにきちんと教えること。その合間に僕はフランス料理の基本と、野菜作りも教えてもらう。

皆が僕のことを〈Yoshi〉って呼んだ。それがいちばん呼びやすかったみたいだ。身体がなじむまでは、二、三日は何もしなくていいから店や農場をぶらぶらしてろって言われた。見て、何をしているのか、どうすればいいのかを考えることも重要だってバジーリオさんが言ってくれたんだ。もちろん、ファビオさんに訳してもらったんだけど。

亜由さんにも今日子ちゃんにも茉莉子さんにも、相良さんにまで餞別《せんべつ》をもらってしまったので、帰ってくるときにはお土産を買ってこないとな、って思っていたら、フランスに着いて二日目に恵美里からメールが来た。

タイトルは〈皆のお土産リスト〉。

もちろんタカ先生と大吉さんの欲しいものもその中にあった。苦笑いしながら僕はそれをプリントアウトして、ライティングデスクの壁に貼《は》っておいた。

あ、肩の力が抜けたって思った。

日本を出てからここに着くまで、自分でも知らないうちにずっと力を入れていたんだ。初めての外国に初めての仕事。そして文字通り初めての、一人暮らし。しかも海外。

それに、このメールで気づいた。

息を吐いて、肩の力を抜いてみた。

いつかこの紙が少し古びてきた頃に、剥《は》がして丁寧に折り畳んで僕はパリかどこか都会を歩き回らなきゃならないんだ。これは餞別だけじゃ足りないだろうってぐらいに量があったからトランクも買わなきゃならないかも。

その日を楽しみに、頑張ろうって思ってる。

解　説

YOU

今回は、私が今たまたま「テラスハウス」という番組をやらせていただいていて。

それでたぶん読んで欲しいと声をかけてくださったかと、思っております。

例えばその番組について少し説明させていただくと、観《み》も知らない男女三人ずつの若者六人に結構贅沢《ぜいたく》な家に（笑）住んでもらって、各々の自意識を切磋《せっさ》琢磨《たくま》しながら、恋でもし、成長していく記録的な番組（？）ドキュメンタリー（？）的な、なのであります。

まぁ、テレビなもので、純粋なシェアかどうか（笑）、わかりませんが。

私自身は、シェアハウスというものについて、昔から興味はあったのですが、なかなかそのような状況になりもせず、ここまできてしまいました。

海外の友人などの間では昔からとてもポピュラーだったので、憧《あこが》れたり、憧れなかったり（笑）、していたのですが。私自身は、六〇年代の核家族化当初の一人娘という、何不自由のない家庭に生まれ育ちました。一人っ子って、独特だとものすごく言われるのですが、全くその通りなのであります。わはははは。

幼い頃は、よく、姉妹やら兄弟やらいなくて可哀想《かわいそう》に、と、言われたものです。実際、全く意味不明でして、極端な話、下が産まれたらどーしてやろうかと画策していたほどに、一人娘に大満足だったのであります。周りを見回せば何かを、それはお菓子でもおもちゃでも何でも、取り合ったりなんだり。幼い私には、とても信じられない可哀想な光景でしかなかったのです。

そんな私の不幸に気付いたのは、もう二十歳も越えていました。たぶん。本当に心から何かを分かち合うという意味合いに気付いたのが、だいぶ遅かったわけです。お仕事してからですね、本当に身にしみたのは。可哀想な私（笑）。

まず、親の育て方が悪かった（笑）。早めに気付かせるべきだったんですよ、分かち合うことの大切さを。

ただ、なんか聞くところによると、やっとできた子供だったらしく。だから、彼等に罪はないわけで。大切にしてもらったし。で、社会に出てから、切磋琢磨、いまだにしているわけで。

要するに、どう育ったにせよ、他人からでも書物からでも、学べる人は場所を選ばないはずだ、と、今は思います。だから、ただ、私のセンスがバカだっただけの話で。はははは。

今ね、例えばシェアできるかっていうと……実際むずかしい（笑）。時間も音も何もかも、出来上がってるこの年には、それなりのシェア精神はあっても、リアルには暮らせない。自ずと他人をリスペクトする感覚も、もう相当にあるわけで。だったら個々で、となったりもする。

この小説のタカ先生みたいに豊かな土地と家を持ってりゃ考えも変わるかもしれないけれど（笑）。

昔はシェアハウスしなくても、近所の人に育てられたりしたらしいですものね。だから、人生の縮図なんでしょうね。正しい、とも言えるでしょうね。

物語のように、年代性別、全然違う人と毎日触れ合うって、普通は職場ってシチュエイションだけですものね。それでも十分学べるわけですけど。ロマンティックな場所だと思いますよ。よく考えたら。家族では学べないことがいくらでもあるわけですから。

ただ結局、他人との距離感を一生学ぶ場所というのが人生なんでしょうかね。自分以外の人間が、何をどう感じているかを読み取って行動するという。できるだけ円滑に（笑）。しかも、自分自身がいったいどういう人間かは、己だけでは一向に判断もできないという。なんなんっすかね。我々とは（笑）。未熟極まりない。

さらっと読めたと言っては言葉がなんだか悪いけれど、そうだよね、そう在りたいよね、という意味で共感し、とても解《わか》りやすく人生の縮図を描いている作品だと思いました。

親切とは、読んで字のごとく、親離れする時にどうしても身につけているべき作法、ということですかねぇ。私には高校生の、これまた一人息子がおりまして。なんとはなしに、女親なもので、いわゆるウザい的な存在をできるだけやってやろうと、日々思うわけです。わははははは。女とはあなたたち男にとって、こんなんだったりあんなんだったりするものよ的な。わはははは。

要するに、なんでもかんでも面倒くさくて当たり前であり、そうでないとしたら、有り難いのか、いらないのか、どっちか、みたいな。しかもそれを勿論《もちろん》判断しなければ間違うという……。

人とは助け合うものだとよく申します。教育とは勿論決して簡単なものではなく、他人との触れ合いというのもこれいかに。でも、私はやはり、なんにせよとにかく楽しみたいというモットーの上に生きたいと感じております。

日々精進、まったく有り難いお言葉であります。堪え難い状況に置かれた時、自分がどうするかを、ドキドキしながら毎日を送りたいです。

なんという楽観的な。

でも、そういう場所で得たものが、明日、つまり未来に生きていくと信じているのです。てか、じゃなきゃやってけねぇ、ですものね（笑）。

読ませていただいてありがとうございました！

（二〇一四年五月、タレント）

この作品は平成二十四年二月新潮社より刊行されたものに加筆・修正した。

荻《おぎ》窪《くぼ》 シェアハウス小《こ》助《すけ》川《がわ》

新潮文庫　し－66－4

平成二十六年八月一日発行

著者　小《しょう》路《じ》幸《ゆき》也《や》

発行者　佐藤隆信

発行所　株式会社　新潮社

郵便番号　一六二—八七一一
東京都新宿区矢来町七一
電話　編集部(〇三)三二六六—五四四〇
読者係(〇三)三二六六—五一一一
http://www.shinchosha.co.jp

価格はカバーに表示してあります。

乱丁・落丁本は、ご面倒ですが小社読者係宛ご送付ください。送料小社負担にてお取替えいたします。

印刷・大日本印刷株式会社　製本・株式会社大進堂

ISBN978-4-10-127744-8 C0193